文學與商人

邵毅平 著

復旦大學出版社

目 录

初版前言 …………………………………… 1

第一章　历来文学对于商人的态度 ………… 1
　　同情 ……………………………………… 3
　　非难 ……………………………………… 8
　　肯定 ……………………………………… 15

第二章　士商关系(上)：士人上位 ………… 20
　　傲慢与自卑 ……………………………… 21
　　婚姻观上的表现 ………………………… 29
　　士商互济 ………………………………… 43

第三章　士商关系(中)：商人上位 ………… 51
　　盐商的气势 ……………………………… 52
　　士人的投降 ……………………………… 57
　　士人的抵抗 ……………………………… 63

第四章　士商关系(下)：士商对流 ………… 69
　　弃儒为商 ………………………………… 69

亦儒亦商 ………………………………………… 76
　　由商入儒 ………………………………………… 81
第五章　商人、女人和士人 ………………………… 87
　　唐代诗歌:隐而未显的幻想 …………………… 88
　　元代杂剧:幻想的现实化 ……………………… 92
　　明代白话小说:新的角逐 ……………………… 99
　　清代文言小说:喜剧化的幻想 ………………… 105
第六章　商人的社会处境 …………………………… 108
　　皇权的干涉 ……………………………………… 109
　　官吏的欺压 ……………………………………… 113
　　无赖的骚扰 ……………………………………… 121
　　商人的应变 ……………………………………… 125
第七章　商人的危险 ………………………………… 130
　　路上 ……………………………………………… 130
　　舟中 ……………………………………………… 138
　　黑店 ……………………………………………… 142
　　黑寺与黑渡 ……………………………………… 146
第八章　商人的理念和实践 ………………………… 150
　　商人的养成 ……………………………………… 151
　　敬业精神(上) …………………………………… 159
　　敬业精神(下) …………………………………… 166
　　风险的考验 ……………………………………… 172

第九章　商人的拜金主义 ……………………… 177
　　唯钱是图 …………………………………… 178
　　钱上取齐 …………………………………… 181
　　金钱排座次 ………………………………… 184
　　悔罪意识 …………………………………… 187

第十章　理想的商业原则 ……………………… 191
　　现实的 ……………………………………… 192
　　幻想的 ……………………………………… 197

第十一章　商人之爱 …………………………… 202
　　娼楼妓馆 …………………………………… 203
　　"两头大" …………………………………… 208
　　偷情至上主义 ……………………………… 214
　　金钱买爱 …………………………………… 220

第十二章　商人的女人们 ……………………… 231
　　等待 ………………………………………… 232
　　红杏出墙 …………………………………… 239
　　覆水重收 …………………………………… 248
　　自我牺牲 …………………………………… 255

第十三章　商人的幻想 ………………………… 257
　　发财 ………………………………………… 258
　　艳遇 ………………………………………… 263
　　得助 ………………………………………… 268
　　发财、艳遇与得助 ………………………… 272

第十四章　从事海外贸易的商人们 …………………… 278
　　关于海外贸易的描写 …………………………………… 279
　　由海外贸易所催生的奇谈 ……………………………… 284
　　海外贸易与发财梦 ……………………………………… 287

附章:伏尔泰"下海"经商
　　——读傅雷译莫罗阿作《服尔德传》有感 ………… 293

重版后记 …………………………………………………… 300

三版后记 …………………………………………………… 302

附录:邵毅平著译目录 …………………………………… 303

初 版 前 言

当我写作本书时,我正寄迹于远离祖国、远离家人的异国他乡,一个人过着紧张充实而又孤独寂寞的日子。我好像是同时生活在两个世界之中,一个是现实的异国他乡的世界,一个是想象的传统商人的世界。在这两个世界之间似乎没有任何联系和共同点,除了它们对我来说都是既感陌生又令我好奇之外。

然而,渐渐地我发现事情并非如此。无论是在日本,在韩国,还是在其他地方,我都能见到形形色色的现代商人。他们或者拥有自己的小小的公司,或者从属于世界闻名的庞大商社。他们似乎都有一些共同的特点,他们的共同称呼是"businessman"。他们大概也是世界上最为忙碌的人,一般认为,正是他们在推动着世界经济的轮子向前转动,在促进着各个地区的繁荣与发展。要说我在异国他乡感受最深的,就是现代世界简直可以说是一个现代商人的世界,亦即是一个"businessman"的世界。

对于这个世界我自然是深感陌生的,但是我又有着强烈的想要了解它的好奇。当我试图这么做的时候,我发现正在从事的研究课题能够给我以启发和帮助。现代各个国家的商人们,也分别从属于各自悠久的商人传统。尽管说着不同的语言,用着不同的钱币,有着不同的习惯,但在现代商人与传统商人之间,仍然有着许多基本的相似之处。我深深地感觉到,过去的那个传统商人世界,通过传统的联系与纽带,仍然还活在现代商人世界里。对于过去的传统商人世界的探索,有助于我们更好地了解现代商人世界。

与此同时,我关于现代商人们的所见所闻,我对于现代商人世界的感性认识,在我探索那个业已消逝的传统商人世界时,也能提供许多启发和帮助,使我更容易感受传统商人们的喜怒哀乐,他们的希冀与悲伤,他们的光荣与梦想。不仅如此,由于现代经济对于商人的越来越多的依赖,由于商人在现代社会中越来越重要的作用,因此现代关于商人的观念也已不同于以往。这种不同于以往的新的商人观念,对于我们穿透传统偏见的迷雾,更真切地认识传统商人世界,无疑也是具有重要意义的。

这样,我所同时生活于其中的这两个现实的或想象的世界,对我来说便不再显得陌生而又无关。我深深地感觉到,一种隐秘而又伟大的纽带,把所有的世界联系在一起,超越时代,超越国度,超越语言。在本书里,我试图用自己拙劣的手笔,把这种感觉表达出万一。

在本书中，我们把范围只限定于传统商人，也就是那些生活在古代社会里的商人，而没有涉及进入近代以后所出现的买办之类新型商人，这是因为他们与传统商人相当不同，需要用另外一本书来加以讨论。

本书所涉及的，只是文学如何表现商人的问题，而另一个同样重要的问题，也就是商人如何影响文学的问题，则我们也同样不拟涉及。虽说这两个问题关系极为密切，但在性质上却仍然有着明显的不同，因此我们把后一个问题也留给我们的下一次机会。

中国文学中的商人形象，既然是出现在文学中的，既然是由文人来表现的，那就必然会罩上文人偏见的迷雾，投上文人心理的光影。指出这种偏见的迷雾与心理的光影，对于真切而客观地认识商人世界，无疑是极为重要和必要的，在本书中我们将随处加以注意，并且还会有一些专门章节来处理它。

又是初夏时节了，异国的校园里玫瑰花正在盛开，在它们的陪伴下写完了此书，我的心里感到了一丝慰藉。

邵毅平
1993 年 6 月 11 日识于韩国蔚山南云寄寓
2010 年 5 月 22 日改于日本京都寄寓

第一章
历来文学对于商人的态度

在中国传统社会各阶层中,商人一直被置于最末一位。"士农工商"的排列顺序,便再清楚不过地说明了这一点。中国传统的经济思想,除了少数异端的存在(如司马迁),也大抵是"重农轻商"甚或"重农抑商"的。出现这样的现象和思想其实并不奇怪,因为中国传统社会以农业立国,中国传统文化也主要是一种农业文化。这种历史情况和条件,本来就与西洋的一些国家,如地中海周边国家,以贸易立国的情况和条件不同。"民以食为天",几千年来,吃饭问题一直是困扰着中国人的一个大问题。

然而,这只是理论上和原则上这么说,一旦进入实际的社会生活,事情就不那么简单了。尽管有"士农工商"的等级观念和"重农轻商"的经济思想,但在实际上,"商"由于其往往能够赚到更多的金钱,从而能够过上更好的生活,因而在实际生活中和人们心理上,也往往享有比"农"、"工"更高的地位,有时甚至还会向"士"发起挑战,尤其是那些未能进入统治阶层的"士",而"农"、"工"则从无力量和机会这么做。一般的社会观念,往往并不是根据人们对于社会的实际贡献和重要性,而是根据他们事实上能够过怎样的生活,来决定其褒贬轩轾的态度的。所以,在实际的社会生活中,各个社会阶层的排列顺序常常是"士商工农",有时更甚至是"商士工农"的。在有些时代,完全倒过来的情况也是有的,如在"九儒十丐"的元代社会里,便大抵是"商工农士"的。中国文化历来对"士农工商"顺序的强调,对"重农轻商"思想的强调,其实也从一个侧面说明了实际情况的出入。强调得越厉害的时候,往往也就是出入得越多的时候。

对于"商"凭借经济实力对等级观念和经济思想发起的挑战,一般的"农"、"工"当然只有发发牢骚的分儿,可是"士"就不那么容易对付了。这不仅是因为他们可以进入统治阶层,也是因为他们掌握着文化特权——在中国传统社会各阶层中,他们也许是唯一拥有文化特权的阶层。因而他们也就不会满足于仅仅发发牢骚,而是也会利用自己拥有的文化特权,利用各种文字和文学形式,对商人进行抑制和反弹。在进行抑制和反弹的时候,他们常常把自己隐藏起来,而以"全民代言人"的身份,尤其是以"农"的代言人的身份立言。

但是,"士"对于"商"的态度,也并不仅限于轻视或者非难。他们也是一些普通人,在基本的人性上与"商"是相通的。"商"的富裕优越的生活,也会诱发他们的羡慕;"商"的危险艰难的处境,也会引起他们的同情;"商"对于社会的实际贡献,也会得到他们的肯定。同时,他们作为"社会的良心"、"全民代言人"的身份,也会促使他们超越个人恩怨或利害关系,而对"商"的生活和处境作出复杂多面的反映。这种超越了简单的牢骚和不满的复杂多面的反映,正是使得文学作品具有认识价值的原因。

同　情

在社会各阶层中,商人阶层的地位尽管不高,但它总是一个"正当"的阶层,一个对社会有贡献的阶层,而绝不是一个寄生的阶层。他们的正当性和对社会的贡献,都是通过辛勤劳动而获得的。除了少数巨商大贾可以不劳而获以外,大部分的商人都必须辛勤劳动。他们要吃尽种种辛苦,经历种种危险,还要遭受官府的欺压,以及风险的考验。对于商人阶层的辛苦,其他社会阶层也有所认识,士人阶层当然也不例外。他们常常在文学作品中,表现出他们温厚的同情。

文学作品中经常表现,商人的跋涉旅途会遇到多少麻烦和危险,而对此文人们又是如何地同情。比如在南朝何承天的《巫山高篇》里,诗人在描绘了巫山和三峡的险峻之后,又特别提到了"凄凄商旅之客,怀苦情"(《乐府诗集》卷十九)。这不是随便说说的,而是有感而发的。因为南朝的沿江贸易比较发达,很多商人活跃在长江流域,在险峻的地段吃尽了苦头,诗人对此流露出了真诚的同情。

唐代诗人刘驾由于同情商人的危险处境,而特地把传统的《贾客乐》改为《反贾客乐》。他说:"乐府有《贾客乐》,今反之。"从而以商人经商的危险作为主题:

> 无言贾客乐,贾客多无墓。行舟触风浪,尽入鱼腹去。农夫更苦辛,所以羡尔身。(《全唐诗》卷五八五)

诗人实事求是地指出,农夫之所以羡慕商人,只是因为他们更辛苦罢了。换句话说,在诗人看来,商人与农夫的生活只有辛苦程度的不同,而没有什么本质上的区别。这种观点,与一般强调农商对立的观点是相当不同的,从中我们可以感受到诗人对于商人的同情之心。

在黄滔的《贾客》、苏拯的《贾客》、李白的《估客乐》等诗里,都在强调从事海外贸易的危险的同时,也流露出了对于从事海外贸易的商人的同情。柳宗元的《招海贾文》(《柳宗元集》卷十八)也具有同样的倾向,其中虽然也有对于商人的非难,如写他们"周游傲睨神自如,撞钟击鲜恣欢娱"的奢华生活,他们"贤智走诺争下车,逍遥纵傲世所趋"的气势派头,都包含有某种非难之意,但是全文的主题和基调,还是对于从事海外贸易的商人的同情。在"归来兮宁君躯"的召唤中,流露出一种温厚的怜悯和关心。"贾尚不可为,而又海是图",则说明这种同情已不限于海贾,而是扩展到了所有的商人。

商人经商的危险,不仅来自于自然的风涛,也来自于人间的歹徒。对于商人的后一种危险,唐代诗人刘驾的《贾客词》与其《反贾客乐》一样,再次流露出了同情之心:

> 贾客灯下起,犹言发已迟。高山有疾路,暗行终不疑。寇盗伏其路,猛兽来相追。金玉四散去,空囊委路岐。扬州有大宅,白骨无地归。少妇当此日,对镜弄花枝。(《全唐诗》卷五八五)

这里的商人也为了逐利而轻视危险,结果因寇盗或猛兽而遭遇不测。由于与家中少妇的浑不知情作了对比,因而商人的命运就显得尤为悲惨了。这种对比手法,同于陈陶《陇西行》诗的"可怜无定河边骨,犹是春闺梦里人"(《全唐诗》卷七四六),不过其中男主人公的身份却有士兵或商人之别。从这首诗的描写里,我们同样可以感受到诗人的同情之心。

商人经商的麻烦,还常常来自于官吏。对于官吏的欺压商人,文人们也会表示愤慨,同时对商人表示同情。如明代文人王穉登的《估客乐》,便对欺压商人的"中官"提出了责难,对受到"中官"欺压的商人表示了同情:

> 中官咆哮,横道咥人。摧肤剥髓,縻躯丧身。尔金尔玉,为沙为尘。昔何媮快,今何苦辛。游魂不返,山鬼为邻。谁告上帝,哀哉主臣!

……估客虽乐,其祸也酷。不如归田,幸免屠僇。(《南有堂诗集》卷一)

对于"中官"欺压商人的行为,唐代诗人白居易已经在《卖炭翁》里作过揭露,而王穉登此诗的揭露则更为严厉直露。对于饱受"中官"欺压的商人,诗人不禁表示了由衷的同情。

　　即使是对于那些富有的盐商,只要他们受到了挫折,还是一样能得到文人的同情。如明代文人陆深的《夜泊真州》诗,便对经营不善的盐商深表同情:

　　真州歌,将奈何。大船如屋,船船官艖。危樯插空飞不入,铁锁钩联密如织。语音嘈唧了不分,同是经商异南北……连楼夹巷簇簇新,家家许住异乡人。共道今年生意少,下客折本上客贫。(《俨山文集》卷三)

能够注意到"下客折本上客贫"的诗人,一定是在心里充满着对于商人的同情的。又如郑板桥的《潍县竹枝词四十首》之一,对于盐商的失业也表示了同情之心:

　　行盐原是靠商人,其奈商人又赤贫。私卖怕官官卖绝,海边饿灶化冤磷。(《郑板桥集》六)

郑板桥平时并不重视商人,不过在商人遭遇不公时,还是能为他们说几句公道话的。

　　特别是到了近世,对于商人的同情,在文学作品里已表现得越来越明显。比如李贽在《又与焦弱侯》中便表示:

且商贾亦何可鄙之有？挟数万之赀,经风涛之险,受辱于关吏,忍垢于市易,辛勤万状,所挟者重,所得者末。(《焚书》卷二)

这是一种极为明确的宣言,说出了很多商人的心里话,也表明了文人作为"社会的良心"的公正性。这种同情出现在很多近世诗歌里,如徐祯卿的《贾客词》云:

万里长舻转贩频,愁风愁水亦劳辛。(《徐迪功外集》卷一)

又如,《喻世明言》卷十八《杨八老越国奇逢》里有一首古风,"单道为商的苦处",其中也充满着对商人的同情:

人生最苦为行商,抛妻弃子离家乡。餐风宿水多劳役,披星戴月时奔忙。水路风波殊未稳,陆程鸡犬惊安寝。平生豪气顿消磨,歌不发声酒不饮。少货利薄多货累,匹夫怀璧将为罪。偶然小恙卧床帏,乡关万里书谁寄？一年三载不回程,梦魂颠倒妻孥惊。灯花忽报行人至,阖门相庆如更生。男儿远游虽得意,不如骨肉长相聚。请看江上信天翁,拙守何曾阙生计！

这是对经商的辛苦的一个全面描述,还没有哪一篇诗歌比它写得更详细。我们觉得它与李贽的说法是精神相通的。我们再来看看元末诗人顾瑛的《三二年来商旅难行畏途多棘政以为叹徐君宪以雪景盘车图求题观其风雪载道不能无戚然也遂为之赋云》诗：

> 山盘盘，车逐逐，大车前行后车促。不愁雪里衣裳单，但恐雪深车折轴。行人岁暮心忉忉，天寒马疲牛腹枵，日落不知行路遥。今年月尾度敖鄗，明年月头过成皋，二月三月临帝郊。似闻物低米价高，莫使终岁徒劳劳。城中贵客朱门豪，狐裘绣襆红锦袍，琵琶合曲声嘈嘈。毡房肉阵传羊羔，雪花回风如席飘，卷帘醉脸殷若桃。岂知人间衣食如牛毛。（《玉山璞稿·至正甲午稿》）

一般的诗歌都是把商人的奢华与农人的辛苦相比，此诗却把商人的辛苦与权贵的享乐相比，从而给人以完全不同的印象。愿意看到商人的辛苦，这本身需要同情心。

总而言之，在文学作品之中，经常可以听到同情商人的声音，而进入近世以后，这种声音开始变得越来越强了。这种同情商人的声音，不仅来自于商人的辛苦的实际，也来自于文人温厚的人道主义。

非　　难

在社会各阶层中，商人最受人非难的，乃是他们通过经商能够挣到更多的钱，从而过上更好的生活。挣更多的钱和过更好的生活，本身是完全正当而无可厚非的，但是因为其他阶层往往也很辛苦,却并不能过上商人那种奢华的生活,比如"农"、"工",以及大部分的"士"就是如此,因而在两相比较之下,商人阶层就显得比较特殊了。同时,商人挣钱的手段,在其他阶层的人看来,也常常显得有点可疑,这也加剧了人们对商人的非难意识。当然,不能否认的是,其他阶层的酸葡萄心理,在这种对于商人的非难中也起了很大的作用。

南朝诗人鲍照的《观圃人艺植诗》,是较早表现对于商人的非难的诗歌之一:

> 善贾笑蚕渔,巧宦贱农牧。远养遍关市,深利穷海陆。乘轺实金羁,当垆信珠服。居无逸身伎,安得坐粱肉?徒承属生幸,政缓吏平睦。春畦及耘艺,秋场早芟筑。泽阅既繁高,山营又登熟。抱锸垄上餐,结茅野中宿。空识己尚淳,宁知俗翻覆。(《先秦汉魏晋南北朝诗》宋诗卷九)

在这里,商人的奢华生活成了诗人非难的对象,作为其对立面的,则是诗人所肯定的农耕生活。这一点颇值得注意。因为许多中国文人,尽管自己都不是农人,但在非难商人生活时,却都愿意与农人阶层认同,以农人生活为自己的理想参照物。这也是一种"田园牧歌"现象。不过另外一个事实也不容否认,那就是促使文人向农人认同的,还是因为他们往往也像农人一样,不善于经商求富。"居无逸身伎,安得坐粱肉"云云，正是这一点的写照。因此他们总是愿意帮助农人说话，其实也是想借农人之口来宣泄自己心中的不平。我们实在不必信以为真，以为文人更愿过农人的生活，只除了个别老实人如陶渊明以外。然而，"空识已尚淳，宁知俗翻覆"云云，正说明了社会现实更重视商人阶层，而甚不重视农人乃至士人阶层。

这种以农人生活为参照物，来非难商人奢华生活的诗歌，在唐代出现了很多。其中的一个原因，是唐中叶兴起的新乐府运动，主张关心民生疾苦，所以很多诗人关心农人，并注意到了农商的苦乐贫富不均现象，而以长篇大论的诗歌对此作出评论，其中自然充满了对于商人的非难。如刘禹锡的《贾客词》，其引曰："五方之贾，以财相雄，而盐贾尤炽。或曰：'贾雄则农伤。'予感之，作是词。"其诗云：

> 贾客无定游，所游唯利并。眩俗杂良苦，乘时取重轻。心计析秋毫，捶钩侔悬衡。锥刀既无弃，转化日已盈。邀福祷波神，施财游化城。妻约雕金钏，女垂贯珠缨。高赀比封君，奇货通幸卿。趋时鸷鸟思，藏镪盘龙形。大艑浮通川，高楼次旗亭。行止皆有乐，关梁似无征。农夫何为者，辛苦事寒耕。（《全唐诗》卷三五四）

诗人也关注于农商的苦乐贫富不均现象，服膺于"贾雄则农伤"的传统思想。不过比起鲍照的诗来，此诗更多地表现了"贾雄"的一面：他们唯利是图，精打细算，锱铢必较；他们拥有雄厚的经济实力,家人过着奢华富裕的生活;他们凭借经济实力交通权贵,一般的官吏对他们也束手无策。因为与农人的贫苦生活作了对比,因而这种奢华生活更显得像是一种"罪恶"。诗人一如既往地为农人说话,让农人作商人"罪恶"生活的见证,同时也借农人发泄自己心中的不平。张籍《贾客乐》诗的"年年逐利西复东,姓名不在县籍中。农夫税多长辛苦,弃业长为贩宝翁"(《全唐诗》卷三八二),也具有同样的倾向,可与此诗参看。

白居易的《盐商妇》也是一首具有同样旨趣的诗歌,只不过换了商妇的奢华生活作为角度:

> 盐商妇,多金帛,不事田农与蚕绩。南北东西不失家,风水为乡船作宅。本是扬州小家女,嫁得西江大商客。绿鬟富去金钗多,皓腕肥来银钏窄,前呼苍头后叱婢。问尔因何得如此?婿作盐商十五年,不属州县属天子。每年盐利入官时,少入官家多入私。官家利薄私家厚,盐铁尚书远不知。何况江头鱼米贱,红脍黄橙香稻饭。饱食浓妆倚柁楼,两朵红腮花欲绽。盐商妇,有幸嫁盐商,终朝美饭食,终岁好衣裳。好衣美食有来处,亦须惭愧桑弘羊。桑弘羊,死已久,不独汉时今亦有。(《全唐诗》卷四二七)

诗人同样将盐商妇的生活与农妇的生活作了对比,她的"多金帛"而"不事田农与蚕绩",使她的奢华生活也显得像是一种"罪恶"。然而诗人又指出这不是她的过错,因为她只是有幸嫁给盐商而已,问题只在于盐商们,他们获得了丰厚的利润,却很少对国家的财政作出贡献。因此,诗人最后所呼唤的,已不是农人生活的理想,而是桑弘羊式的政治家,希望由国家来控制盐利。这样,这首诗便不仅仅是文人个人的牢骚了,而是也具有了某种实际的政治意义,因为白居易本人就是一个官僚,他能对政治发挥一定的影响力。

元稹的《估客乐》是一首罕见的长诗,其中几乎涉及了商人生活的方方面面,对商人的"罪恶"生活作了全面的责难:

> 估客无住者,有利身即行。出门求火伴,入户辞父兄。父兄相教示,求利莫求名。求名有所避,求利无不营。火伴相勒缚,卖假莫卖诚。交关少交假,交假本生轻。自兹相将去,誓死意不更。一解市头语,便无邻里情。鍮石打臂钏,糯米吹项璎。归来村中卖,敲作金石声。村中田舍娘,贵贱不敢争。所费百钱本,已得十倍赢。颜色转光净,饮食也甘馨。子本频蓄息,货赂日兼并。求珠驾沧海,采玉上荆衡。北买党项马,西擒吐蕃鹦。炎洲布火浣,蜀地锦织成。越婢脂肉滑,奚僮眉眼明。通算衣食费,不计远近程。经营天下遍,却到长安城。城中东西市,闻客次第迎。迎客兼说客,多财为势倾。客心本明黠,闻语心已惊。先问十常侍,次求百公卿。侯家与主第,点

缀无不精。归来始安坐,富与王者勍。市卒酒肉臭,县胥家舍成。岂唯绝言语,奔走极使令。大儿贩材木,巧识梁栋形。小儿贩盐卤,不入州县征。一身偃市利,突若截海鲸。钩距不敢下,下则牙齿横。生为估客乐,判尔乐一生。尔又生两子,钱刀何岁平?(《全唐诗》卷四一八)

在专门表现商人生活的白话小说和戏曲产生之前,这首诗对于商人生活所作的全面细致的表现着实令人惊叹。诗人写到了商人趋利而行、居无定所的生活,唯利是图、不择手段的信条,这种信条对于纯朴的人际关系的侵蚀,卖假卖赝、哄人骗人的行径,资本日积、财大气粗的变化,经营范围滚雪球般的扩大,人们见钱眼开、巴结奉承的势利,贿赂权贵、结交官吏的手段,盱衡天下、蛮横霸道的气势,子承父业、克绍箕裘的传统……描写了商人从发足到发达的全过程,宛如一部商人的发迹史。当然,诗人是用非难的态度来表现这一切的,他没有提到商人的艰辛和危险,也没有提到商人的敬业精神,总之,凡是正面的东西他都没有提到,只有无穷无尽的不满与非难。这里也没有将商人与农人对比,于是商人生活的"罪恶"便似乎只来自于他们的生活本身。

对于商人的非难的声音,也出现在近世诗歌里。比如元末明初诗人张昱的《估客》诗云:

> 不用夸雄盖世勋,不须考证六经文。孰为诗史杜工部?谁是玄经扬子云?马上牛头高一尺,酒边豪气压三军。盐钱买得娼楼宿,鸦鹊鸳鸯醉莫分。(《可闲老人集》卷三)

诗人讽刺了商人的没有功劳,没有文化,不须立功,不须学习,有了财富,便气概豪迈;而其所谓享乐,也只是粗俗的追欢买笑而已!其中非难之意显然。又如杨维祯的《盐商行》云:

> 人生不愿万户侯,但愿盐利淮西头。人生不愿万金宅,但愿盐商千料舶。大农课盐析秋毫,凡民不敢争锥刀。盐商本是贱家子,独与王家坿富豪。亭丁焦头烧海榷,盐商洗手筹运握。大席一囊三百斤,漕津牛马千蹄角。司纲改法开新河,盐商添力莫谁何。大舻钲鼓顺流下,检制孰敢悬官铊。吁嗟海王不爱宝,夷吾策之成伯道。如何后世严立法,只与盐商成富媪?鲁中绮,蜀中罗,以盐起家数不多。只今谁补货殖传,绮罗往往甲州县。(《铁崖先生古乐府》卷五)

诗人有感于盐商的豪横气势,而写了这样一首诗歌,其中的非难之意一目了然。杨维祯一般来说对商人持同情态度,不过对于盐商的豪横气势仍不能释然,在这一点上他颇像后来的吴敬梓。

总之,在文学作品之中,也经常可以听到非难商人的声音,而进入近世以后,这种声音虽开始变得越来越弱了,不过也依然存在。这种非难商人的声音的存在,说明阶层之间对立的实情。

肯　　定

只要商人是正正当当做生意,那么,不管他们主观上是否"唯利是图",生活是否比别人奢华,行为方式又是多么不合正统,他们就总是对社会作出了贡献的。对于商人的实际贡献,其实一般人也是知道的,只不过有时不愿意承认罢了。从中国文学表现商人的历史来看,特别是进入近世以后,肯定商人的声音开始增强。这无疑是商人势力增强的结果,也是社会对于商人贡献的回报,当然也是文人思想开放的产物。

《二刻拍案惊奇》卷二九《赠芝麻识破假形　撷草药巧谐真偶》里的商人蒋生,看上了一个仕宦人家的小姐,可是又担心自己的门第不般配,那小姐的父亲安慰他说:

> 经商亦是善业,不是贱流。

这是近世小说中经常可以听到的声音,是对商人阶层的社会作用的一种积极肯定。当时的仕宦人家是否真会这么说不得而知,但至少小说的作者是这么认为的。所谓"善业",也就是正当的职业,对社会有贡献的职业;而所谓"贱流",

也就是不正当的行业,寄生于社会的行业。

《红楼梦》大抵不表现商人,不过当它偶然涉及商人时,其态度也是与上述小说一样的。如薛蟠想要去做买卖,说服她母亲的理由,是"如今要成人立事,学习着做买卖",宝钗的看法也是"哥哥果然要经历正事,正是好的了"(第四八回)。可见在作者看来,经商也自是"成人立事"的"正事"。

《醒世恒言》卷十七《张孝基陈留认舅》的入话里,写一个"官拜尚书,家财万贯"的贵人,让五个儿子士农工商贾各执一业,他的想法是:

> 农工商贾虽然贱,各务营生不辞倦。从来劳苦皆习成,习成劳苦筋力健。春风得力总繁华,不论桃花与菜花。自古成人不自在,若贪安享岂成家!

这里的"贱"不同于上文的"贱",这里的"贱"是地位低的意思,也就是排在"士"之后的意思。这个贵人的意思是,农工商贾虽然地位在士之下,但同样也是正当的职业。"春风得力"二句,便明确地表明了这一点:"桃花"、"菜花"虽然品级不同,但一样都是"花儿"。

比只是肯定"商"的正当性、却仍认为它排位最后的看法更进一步的,是近世出现的想把"商"的地位提前的呼声。比如元末文人袁华的《送朱道原归京师》诗说:

> 胸蟠万卷不疗饥,孰谓工商为末艺……朱君朱君不易得,务财逐利通绝域。只今太史笔如椽,汗简杀青

书货殖。(《耕学斋诗集》卷七)

既然不是"末艺",那么其地位就应该提前。提前到哪里诗人没有说,但他认为应该提前则是肯定的。而关于提前的位置,明代文人何心隐在《答作主》里就说得较为明确了:

> 商贾大于农工,士大于商贾,圣贤大于士。(《何心隐集》卷三)

原来是提前到"农"、"工"之前,而紧靠在"士"之后。这样的看法,出于士人之口,应该是很不容易的。而清代文人郑板桥则另有一说,他要把"士"拉下来排在最后,这样"商"就自然上升为第三位了。其《范县署中寄舍弟墨第四书》云:

> 我想天地间第一等人只有农夫,而士为四民之末……工人制器利用,贾人搬有运无,皆有便民之处;而士独于民大不便,无怪乎居四民之末也!(《郑板桥集》一)

他承认经商也是正业,且于国计民生有利。不过郑板桥的话也许只是对本阶层的愤激之言,其实并无意于提高商人的地位,因而是当不得真的。

我们认为,最进步最合理的观点,应该是"四民平等"的观点。这一观点在近世文学中相当常见。如上述《张孝基陈留认舅》的开场诗,便表达了这种观点:

> 士子攻书农种田,工商勤苦挣家园。世人切莫闲

游荡,游荡从来误少年。

这是一种四民平等的思想,四民皆为正业的思想,四民皆有益于社会的思想,其中当然也包含有肯定商人之意。在李梦阳的《明故王文显墓志铭》中,也引蒲商王现训子之语,表达了同样的看法:

> 夫商与士异术而同心。(《空同先生集》卷四四)

让商与士平起平坐,则农工自不必说了。这是一种极为明确的说法,肯定了四民平等的观点。王守仁的《节庵方公墓表》也持同样观点,而且表述得更为清楚:

> 古者四民异业而同道,其尽心焉,一也。士以修治,农以具养,工以利器,商以通货,各就其资之所近、力之所及者而业焉,以求尽其心,其归要在于有益于生人之道,则一而已……自王道熄而学术乖,人失其心,交骛于利,以相驱轶,于是始有歆士而卑农,荣宦游而耻工贾。(《王文成公全书》卷二五)

他认为四民平等才是正理,而四民不平等则是错误。尽管这些文章都是为商人而写的,作者都不免有讨好商人之意,但如果原本没有四民平等的思想,他们就根本不会说这一类的话。

近世社会这种肯定商人、四民平等的思想,也使商人阶层自身增强了自信心。比如,《醒世恒言》卷三《卖油郎独占

花魁》里的卖油郎,便也有这样一种对于自己职业的正当性的自信:

> 何况我做生意的,青青白白之人。

这话和上述各种观点在精神上一脉相通,有异曲同工之妙;而借一个卖油小贩之口说出来,尤其使人觉得兴味津津。

当然,在传统社会观念里,能够肯定经商为善业,承认经商非末艺,乃至主张四民平等,就已经难能可贵了;要进一步再抬高商人,尤其是抬高商人到士人之上,那几乎是不可能的,也就更不要说给商人以政治权力了。

第二章
士商关系（上）：士人上位

在传统社会各阶层中，与商人阶层关系特别密切的，也是对商人阶层影响最大的，是士人阶层。这是因为在中国特殊的社会形态中，士人阶层处于特别有利的地位之故。尽管绝大部分的士人也许永远没有发达的机会，只能以平民身份终其一生，但是统治阶层的大部分成员毕竟还是由士人阶层组成的，因此在传统社会各阶层中，士人阶层始终是一个特殊的阶层。也正因此，与士人阶层的关系，也就成为商人阶层所面临的最为重要的关系。从商人阶层和士人阶层的关系中，我们可以看出商人阶层势力的消长，他们的社会地位的升降，他们的社会处境的艰易，以及其他很多东西。为此，我们特别设立以下几章，通过各种文学作品，来对此作一番考察。

傲慢与自卑

在传统社会各阶层中,虽然"士农工商"均被认为是"正业",但由于"商"不像"士"那样可以进入统治阶层,也由于它不像"农"、"工"那样有关国计民生之根本,所以它总是被排在"四民"的最后一位。长期以来地位上的不平等,造成了其他阶层对于"商"的轻视。尤其是在士商关系中,"商"常常受到"士"的轻视,"士"也常常对"商"抱着傲慢的态度。而且,尤其是表现在文学中的"士"对于"商"的傲慢,无疑也受到了文人的倾向性的强化,因为文人大都属于士人阶层,所以自然也就容易站在"士"的一边,对商人阶层抱有傲慢的态度。这样的例子真是太多了,在此我们只是随手举几个。

《太平广记》卷五二《闾丘子》故事,说明对于商人阶层的傲慢,在唐代士人身上可以表现得多么厉害:

> 有荥阳郑又玄,名家子也……又玄性骄,率以门望清贵……有同舍仇生者,大贾之子,年始冠,其家资产万计。日与又玄会,又玄累受其金钱赂遗,常与宴游。然仇生非士族,未尝以礼貌接之。尝一日,又玄置酒高会,而仇生不得预。及酒阑,有谓又玄者曰:"仇生与子同舍,会宴而仇生不得预,岂非有罪乎?"又玄惭,即召仇生。生至,又玄以卮饮之。生辞不能引满,固谢。又

> 玄怒骂曰:"汝市井之民,徒知锥刀尔,何为僭居官秩邪?且吾与汝为伍,实汝之幸,又何敢辞酒乎?"因振衣起。仇生羞且甚,俯而退,遂弃官闭门,不与人往来,经数月病卒。

在"门望清贵"的"名家子"郑又玄眼里,"家资产万计"的巨商之子仇生,即使已经是自己的同僚,也实在算不上一回事,即使自己经常受到他的资助,也仍然不知表示感谢,反而认为是给了他面子,一有机会还要百般羞辱他。从这个故事也可以看出,唐代士人对于商人的傲慢是多么的厉害!后来郑生才知道,仇生乃太清真人之化身:"上帝以汝有道气,故生我于人间,与汝为友,将授真仙之诀。而汝以性骄傲,终不能得其道。吁,可悲乎!"郑生于是受到了"报应":"又玄既寤其事,甚惭恚,竟以忧卒。"这是以超自然的表现方式,表示了对于郑生行为的不满,也替受到士人凌辱的商人出了一口恶气。只不过这种超自然的表现方式,本身也回避了直接替商人说话,因而仍是一种软弱而不彻底的辩护;而商人竟成了考验士人之道气的道具,也仍反映了唐代商人阶层的地位是多么低下。

在北宋孙光宪的《北梦琐言》(卷四)、南宋马永卿的《嬾真子》(卷二)、皇都风月主人的《绿窗新话》(卷下《柳家婢不事牙郎》)等中,都记载了一个大同小异的故事,说明唐代士人轻视商人的风气是如何之盛。这里我们姑以《嬾真子》为例:

> 唐世士大夫崇尚家法,柳氏为冠,公绰唱之,仲郢和之,其余名士,亦各修整。旧传柳氏出一婢,婢至宿卫韩金吾家,未成券,闻主翁于厅事上买绫,自以手取视之,且与驵侩议价。婢于窗隙偶见,因作中风状,仆地。其家怪,问之,婢云:"我正以此疾故出柳宅也。"因出外舍。问曰:"汝有此疾,几何时也?"婢曰:"不然。我曾伏事柳家郎君,岂忍伏事卖绢牙郎也?"其标韵如此。

唐代士人轻视商人的风习甚至波及了婢女身上,使得她在目睹新主人的买卖行为时,竟然不由得假装晕了过去!这个婢女的行为颇使人感到滑稽,但正是这种看似滑稽的行为,反映着唐代商人受到轻视的严酷现实。

《歧路灯》虽说对于商人有真诚的同情,但其基本倾向仍是重士轻商的。其中的那些士人,大都对商人抱着强烈的优越感,经常用居高临下的态度看他们。尽管他们口头上也说"士农工商,都是正务"(第三回),但骨子里其实还是视商人为低人一等的。如其中一个士人训斥弃学为商的王隆吉说:

> 你近日做了生意,可惜你的资质。也很好,我也不嫌你改业。既作商家,皆国家良民,亦资生之要。但你是个聪明人,只要凡事务实。(第十五回)

虽然说得还算在情在理,但轻视商人之意显然。所以,王春宇这个商人在士人席上要感到甚不自在了:"王春宇当是众人讲起书来,推解手去看姐姐走讫。席上走了不足着意之人,众人也没涉意。"(第十四回)在士人眼里,商人自然都是些"不足着意之人"。

《拍案惊奇》卷十《韩秀才乘乱聘娇妻　吴太守怜才主姻簿》里的故事,也足以说明同样的事实。当徽州商人金朝奉嫌贫爱富,想要赖与韩秀才的婚约时,韩秀才的学中朋友大感不平,把这个金朝奉大骂了一通:

> 那二人听得,便怒从心上起,恶向胆边生,骂道:"不知生死的老贼驴!……我们动了三学朋友,去见上司,怕不打断你这老驴的腿!管教你女儿一世不得嫁人。"金朝奉却待分辨,二人毫不理他。

尽管他们是占着理的,但这样一种威胁和气势,也自是出于士人对于商人的优越感的。后来太守帮着韩秀才,把金朝奉给断输了,还痛打了另一个商人程朝奉一顿。韩秀才也是冷嘲热讽,把程朝奉骂了个不亦乐乎:

> 程朝奉做事不成,羞惭满面,却被韩子文一路千老驴万老驴的骂。又道:"做得好事!果然做得好事!我只道打来是不痛的!"程朝奉只得忍气吞声,不敢回答一句。

尽管商人广有钱财,但是在士人的眼里,还是照样被看不起,可以随便辱骂他们,而他们也不敢还嘴。从这样一些小事,也可见当时士商关系之一斑了。

一边是士人对于商人的傲慢,一边自然就是商人对于士人的自卑了。商人对于士人的自卑感,表面上看起来,是因为他们自感欠缺文化修养,或不如士人知书达理,但在实质上,却同样是因为实际的利害关系:士人总有可能进入统治阶层,而商人则甚少这种可能性。当然,文学作品中所表现的商人的自卑感,在一定程度上也可说是文人"作践"商人的结果,因为文人们常常既怀抱作为士人的傲慢态度,又对生活的偏袒于商人阶层感到愤愤不平。

表现商人的自卑感最为典型的,也是表现文人"作践"商人最为典型的,大概要算是《歧路灯》里的那个商人王春宇的形象了。《歧路灯》的作者肯定具有丰富的与商人打交道的经验,因而才能把商人的心理和行为描写得如此栩栩如生。只是他始终放不下士人的架子,而要让商人在士人面前卑躬屈膝。小说里写到,王春宇的父亲本是"能文名士",到他那一辈才弃儒为商的,于是在士人亲友面前,他总是感到抬不起头来:

> 先君在世,也是府庠朋友。轮到小弟,不成材料,把书本儿丢了,流落在生意行里,见不的人,所以人前少走。就是姐夫那边,我自己惶愧,也不好多走动的。今日托姐夫体面,才敢请娄先生光降……少读几句书,到底自己讨愧,对人说不出口来。(第三回)

> 我是个没读书的人,每日在生意行里胡串,正人少近,正经话到不了耳朵里,也就不知什么道理……有了这正经亲戚,才得听这两句正经话。(第三回)

他经常把自己说得一钱不值,"少读两句书,所以便胡闹起来"(第三回),"我也不是有体面的老子"(第八回)。在士人亲戚面前,他总是小心翼翼:"王春宇是生意乖觉人,便把话儿收回……王春宇被娄、孔二人说的无言可答,就不敢再问了。"(第十二回)因此在士人中间,他常感觉浑身不自在:"这王春宇听众人说话,也不甚解,只是瞠目而视,不敢搀言。"(第十四回)对于他士人亲戚家的事,他也自谦不敢过问:"咱是小户生意人家,你姑夫是官宦读书世族,他家的事,咱隔着一层纸,如隔着万重山。"(第一百回)即使到了晚年,已成了一个有几十万银子资本、全国各地都有字号的大商人,他也还是一如既往地感到自卑:

> 姐姐呀,兄弟不曾读书,到了人前,不胜人之处多着哩!像如咱爹在日,只是祥符一个好秀才,家道虽不丰富,家中来往的,都是衣冠之族。今日兄弟发财,每日在生意行中,膺小伙计的爷。骑好骡子,比爹爹骑的强,可惜从不曾拴在正经主户门前;家下酒肉,比当日爹爹便宜,方桌上可惜从不曾坐过正经客。每当元旦焚香、清明拜扫时节,见了爹爹神主、坟墓,兄弟的泪珠,都从脊梁沟流了,姐姐你知道么?(第七四回)

王春宇的自卑总给人以过分之感。也许他所处的周围环境,还有他本人的心理素质,都会使得他如此自卑;但我们总觉得在他的自卑后面,有小说家的手在操纵着。所以在王春宇的形象中,似乎同时凝聚着现实生活中商人的自卑与小说家故意"作践"商人的意识这双重因素在内。

类似的表现商人自卑感的作品此外还有很多,虽然表现得也许没有《歧路灯》这么夸张。《镜花缘》,至少其前半部,是一部描写远洋航行的小说。其中的主人公,本应是从事海外贸易的商人林之洋,但是小说家却让一个士人唐敖做了第一主人公,而让林之洋屈居于唐敖之后。这种安排本身,便反映了作者的倾向性。同时,在具体描写中,作者也处处让林之洋屈从于唐敖,表现出商人对士人应有的自卑和恭敬:

> 林之洋因唐敖是读书君子,素本敬重;又知他秉性好游,但可停泊,必令妹夫上去;就是茶饭一切,吕氏也甚照应。唐敖得他夫妻如此相待,十分畅意。(第八回)

有意思的是,《歧路灯》里的商人有一个士人姐夫,这里的商人有一个士人妹夫;商人对于士人姐夫妹夫都"素本敬重",而士人姐夫妹夫对此也都"十分畅意"。这显示了作者心目中理想的士商关系,或者是理想的社会秩序。林之洋平时口口声声,也是自卑感十足的:"俺这肚腹不过是酒囊饭袋,若要刻书,无非酒经食谱,何能比得二位?"(第九回)此外,他的女儿婉如,也"心心念念原想读书"(第七回),显示了对于士人生活的向往。正因具有这种倾向性,《镜花缘》才仅成了一部幻想性的航海小说,或表现作者才学的小说,而不是一部真正的航海小说,或表现海外贸易的小说。商人尽管也是这部小说的主角之一,但是其重要性已被士人大为压低了。

由于具有自卑感,所以只要有机会,商人们便会附庸风雅,向士人的文化靠拢。比如《儒林外史》里的盐商们,便喜欢与士人往来,吟诗作画什么的。那个大盐商万雪斋,居处布置得很文雅,自己也有什么"诗稿",要让国公府里的徐二公子看(第二二回)。这种附庸风雅的行为,其实反而表现出他们的自卑感。在郑板桥的下面这段话里,士人的傲慢与商人的自卑表露无遗:

> 虎墩吴其相者,海上盐鳖户也,貌粗鄙,亦能诵《四时行乐歌》,制酒为寿。同人皆以为咄咄怪事。(《郑板桥集》六《刘柳村册子》)

然而,那些与盐商往来的士人,照作者辛辣的笔致写来,也都是一些趋炎附势之徒,图的是在商人那儿打抽丰。因此,这种士商关系,已经以双方自卑感互补的形式出现了。刘大櫆的《金府君墓表》里写到,商人传主非常喜欢结交士人:

> 自以托迹市廛、不获读书为憾,及见儒生文士,则

悚然心亲而貌敬之。于是贤士大夫习见其内行无失，外应有余，皆乐与之交游。(《刘大櫆集》卷七)

这里所写的理想的士商关系，当然只是文人方面的感觉，倘如联系《儒林外史》的描写来看，也许也不过是自卑感互补关系的反映吧？亦即商人出于自卑而结交士人，士人为了金钱而依附于商人。

婚姻观上的表现

商人阶层为士人阶层所轻视，在婚姻方面也是如此。大部分士人不愿与商人缔姻，而大部分商人则希望能与士人缔姻。因为从商人方面来说，与士人缔姻有助于改善自己的地位和处境，而且下一代有希望进入统治阶层。当然有时候也会出现例外的情况，这或是出于文人的想象，或是因为士人需要商人的金钱，而在门第方面作出让步。总之，通过商人阶层与士人阶层的缔姻情形，可以看出士商关系的一个侧面，并对商人阶层有更多的了解。

缔姻高门一直是商人阶层的幻想之一。我们看黄粱梦故事的原型《焦湖庙巫》，便可以发现一个有趣的现象，那就是其中的主人公乃是商人，他的梦想是缔姻高门：

> 焦湖庙有一柏枕，或名玉枕，有小坼。时单父县人杨林为贾客，至庙祈求。庙巫谓曰："君欲好婚否？"林

曰:"幸甚!"巫即遣林近枕边,因入坼中。遂见朱门琼室,有赵太尉在其中,即嫁女与林,生六子,皆为秘书郎。历数十年,并无思乡之志。忽如梦觉,犹在枕傍。林怆然久之。(《太平寰宇记》卷一二六)

这个故事出自晋干宝的《搜神记》,可见早在魏晋南北朝时期,商人们便已在做着缔姻高门的美梦了。这正是当时门阀社会中极不平等的士商关系的反映。商人们希望通过缔姻高门,获得进入统治阶层的机会;但是"忽如梦觉,犹在枕傍",他们的愿望就像美梦一样难以实现。

另一篇唐代文言小说《郑绍》,也表现了同样的主题。商人做了一次缔姻高门的美梦,但美梦醒来依旧是两手空空。话说商人郑绍漫步华山脚下,邂逅一高门美丽女子,愿与他结百年之好,对此郑绍既感兴奋又觉惶恐:

余一商耳,多游南北,惟利是求,岂敢与簪缨家为眷属也!然遭逢顾遇,谨以为荣,但恐异日为门下之辱。(《太平广记》卷三四五)

后来的事实表明,这个高门女子纯属子虚乌有,因而这次艳遇也不过是商人的美梦一场。而商人那引以为荣又惶恐不安的心理,正反映了他们在幻想缔姻高门时的内心矛盾。

不过,当商人阶层的势力增强以后,依赖雄厚的经济实力,有时也能达成他们的美梦。比如,《儒林外史》里的大盐商万雪斋,就凭借自己的经济实力,而与高门缔结了婚姻:

> 去年万家娶媳妇,他媳妇也是个翰林的女儿,万家费了几千两银子娶进来。那日大吹大打,执事灯笼就摆了半街,好不热闹。到第三日,亲家要上门做朝,家里就唱戏,摆酒。(第二三回)

在这里起决定作用的是金钱,金钱扯平了门第之间的差异,填平了阶层之间的鸿沟。然而,即使有了经济实力,却还要与士族通婚,这仍反映了商人的自卑感;而那婚礼上的奢华与摆阔,也不过是同样的自卑心理的表现。而且当然,也不是所有的商人都有能力与高门缔姻的。

虽然不是缔姻高门,但是《儒林外史》里的五河县方家,也同样运用金钱的武器,打开了与士人阶层缔姻的大门:

> 又有一家,是徽州人,姓方,在五河开典当行盐,就冒了籍,要同本地人作姻亲。初时,这余家巷的余家,还和一个老乡绅的虞家,是世世为婚姻的,这两家不肯同方家做亲。后来,这两家出了几个没廉耻不才的人,贪图方家赔赠,娶了他家女儿,彼此做起亲来。(第四四回)

在这里起决定作用的同样是金钱,金钱使商人有可能与士人缔姻,并使得士人愿意与商人缔姻。不过即使这样,商人想要缔姻士人的基本愿望,以及这种愿望中所掺杂的自卑心理,也仍然没有什么改变。

商人想要缔姻士人,为此而赔出金钱,当然不是为了施舍,而只是为了实际的利益。说到底,是因为士人有可能进入统治阶层,商人通过缔姻士人,有可能得到实际的好处。《醒世恒言》卷七《钱秀才错占凤凰俦》里的洞庭西山商人高赞,生了个"美艳异常"的女儿,出于商人阶层的自卑心理,以及改善地位与处境的愿望,他一心要把女儿嫁给士人,而不是自己阶层中的商人。为此他设定了严格的条件,对士人作了严格的挑选:

> 高赞见女儿人物整齐,且又聪明,不肯将他配个平等之人,定要拣个读书君子、才貌兼全的配他,聘礼厚薄到也不论,若对头好时,就赔些妆奁嫁去,也自情愿。有多少豪门富室,日来求亲的,高赞访得他子弟才不压众,貌不超群,所以不曾许允。

后来他终于挑中的,是一个"家世书香"、"饱读诗书,广知今古,更兼一表人才"的秀才钱青,尽管钱青当时已"产微业薄,不幸父母早丧,愈加零替",而"年当弱冠,无力娶妻"。高赞的"面试"不过两道"考题",一是"外才",即外貌长相;二是"内才",即学问功底:

> 高赞想道:"外才已是美了,不知他学问如何?且请先生和儿子出来相见,盘他一盘,便见有学无学。"

考试的结果当然是合格了。而高赞之所以要考其"内才",便是为了看他有否希望在科举上成功,从而进入统治阶层。后来钱青结婚以后,果然"一举成名",使高赞的心愿终于实现,而他当初的"投资"也没有白费。

《醒世恒言》卷二十《张廷秀逃生救父》里的那个巨富商人王员外,之所以不顾别人的反对,一心要招赘小木匠的儿子做女婿,也是因为那小伙子会读书,将来有"科甲之分",会对家庭有好处:

> 王员外因是爱女,要拣个有才貌的女婿。不知说过多少人家,再没有中意的。看见廷秀勤谨读书,到有心就要把他为婿。还恐不能成就,私下询问先生。先生极口称赞二子文章,必然是个大器。王员外见先生赞扬太过,只道是面谀之词,反放心不下,即讨几篇文字,送与相识老学观看,所言与先生相合。心下喜欢,来对浑家商议。徐氏也爱他人材出众,又肯读书,一力撺掇。王员外的主意已定。

与那个洞庭西山商人高赞一样,王员外也想要招个有前途的士人女婿,也为此而举行了"摸底考试"。"摸底考试"合格了以后,他才终于下定了决心。他自述自己的想法道:

> 常言道:"会嫁嫁对头,不会嫁嫁门楼。"我为这亲事,不知拣过多少子弟,并没有一个入的眼。他虽是小家出身,生得相貌堂堂,人材出众;且又肯读书,做的文字人人都称赞,说他定有科甲之分……如今纵有人笑话,不过是一时;倘后来有些好处,方见我有先见之明。

后来,这个女婿果然不负其所望,中了进士做了官,且"官至八座之位","子孙科甲不绝"。这个商人的"先见之明"算是证实了,他的"投资"也获得了丰厚的回报。

高赞和王员外都有"先见之明",既一心要把女儿嫁给士人,又真能发现有前途的"青年才俊"。不过,并不是所有的商人都能像他们这般幸运,有他们这般的识人能力的。而对于那些没有眼光的商人来说,在与士人缔姻方面遭到失败,也就是理所当然的了。

比如,《韩秀才乘乱聘娇妻 吴太守怜才主姻簿》里的徽州商人金朝奉,在谣传皇帝将要点秀女时,忙忙地把女儿许给了穷秀才韩子文。后来谣言平息,金朝奉便又"渐渐的懊悔起来","不舍得把女儿嫁与穷儒",因为"那人是个穷儒,我看他满脸饿文,一世也不能够发迹……料想也中不成,教我女儿如何嫁得他?"这时,正巧碰上同为徽州商人的程朝奉,程朝奉竭力劝金朝奉把女儿嫁给自己儿子,"犬子虽则不才,也强如那穷酸饿鬼",于是金朝奉便思量要悔婚。不料太守帮着韩秀才,把金朝奉给断输了,金朝奉只得把女儿嫁给韩秀才。又不料后来韩秀才"春秋两闱,联登甲第,金家女儿已自做了夫人。丈人思想前情,惭愧无及。若预先知有今日,就是把女儿与他为妾,也情愿了"。可见他的"鼠目寸光",远比不上高赞和王员外的"先见之明",这才自讨了这场没趣,得到了一个老大的教训。

正因为士人的前途变化莫定,所以对于想要缔姻士人的商人来说,像高赞和王员外那样的"先见之明",便尤其显得重要了。不过,正如金朝奉的场合所表明的那样,并不是每个商人都具有这种能力的。因此,这种抉择和决定的困难,也便成了对于商人的"自由意志"的严峻考验。毋宁说,大部分商人都是凡夫俗子,都不免会犯"鼠目寸光"的毛病。正如同上小说所说的:

> 如今世人一肚皮势利念头。见一个人新中了举人、进士,生得女儿,便有人抢来定他为媳;生得男儿,便有人捱来许他为婿。万一官卑禄薄,一旦夭亡,仍旧是个穷公子、穷小姐,此时懊悔,已自迟了。尽有贫苦的书生,向富贵人家求婚,便笑他阴沟洞里思量天鹅肉吃。忽然青年高第,然后大家懊悔起来,不怨怅自己没有眼睛,便嗟叹女儿无福消受。

这也是一个基本的人生教训:跟着潮流走,总是会落在后头;走在潮流前头,才能成为弄潮儿。可是要走在潮流前头,也委实不是件容易的事情。因此小说家奉劝商人们,干脆不管三七二十一,先把女儿嫁给穷书生再说;这就好比买彩票,不管胜率大小,总有中奖的希望和可能:

> 说话的,你又差了。天下好人也有穷到底的,难道一个个为官不成?俗语道得好:"赊得不如现得。"何如把女儿嫁了一个富翁,且享此目前的快活?看官有所不知,就是会择婿的,也都要跟着命走,一饮一啄,莫非前定,却毕竟不如嫁了个读书人,到底不是个没望头的。

不过小说家说起来容易,商人要下决心就难了:万一女婿真是个"穷到底"的,那女儿的一生也就跟着完了!因此,这种抉择和决定的困难,便始终会困扰着商人们。

可是,有时候即使商人听了小说家的话,不顾一切地要把女儿嫁给士人,却还是难保不会发生什么其他的意外。如《醉醒石》第四回《秉松筠烈女流芳 图丽质痴儿受祸》里的程翁,是个"常在衢处等府采判木植,商贩浙西、南直地方"的木商,对于自己的阶层抱有强烈的自卑感,因此一心想要与士人缔姻:

> 且自道是个贾竖,不深于文墨,极爱文墨之士,家中喜积些书画。儿女自小就请先生教学,故此菊英便也知书,识字,能写……只才艺也是姬人领袖。程翁夫妇常道:"我这女儿,定不作俗子之妻。"……先为程式娶了一个儒家之女,又要为女儿择一儒家之男。

他亲自选中的女婿,是同里张秀才的一个儿子,"生得眉目疏秀,举止端雅,极聪明,却又极肯读书,只是家事极甚清寒","程翁见了他人品,访知他才学,要将女儿把他"。本来他也许会像高赞和王员外一样,靠"先见之明"获得乘龙快婿,不料却节外生枝,冒出一个青阳大户,家道极富,田连阡陌,硬要讲究"门当户对",把一个不成器的儿子硬塞给他做女婿,而且以五百两银子聘金为诱饵。程翁忠于他缔姻士人的理想,绝不做"一肚皮势利念头"的小人,因此断然拒绝了大户的请求。而那个大户还是纠缠不休,一直闹到官府那儿。可程翁仍是坚贞不屈,结果"拖来扭去,程翁一时气激痰塞,倒在地下。里边妻子女媳,一齐出来,灌汤灌水。程翁刚挣得两句道:'吾女不幸,为势家逼胁。我死,吾儿死守吾言,我九泉瞑目。'言罢,痰又涌来,一时气绝",竟为了与士人缔姻的理想,不惜与大户和官府抗争,为此献出了自己的宝贵生命!写《韩秀才乘乱聘娇妻 吴太守怜才主姻簿》的小说家若知道了,一定也会大受感动,大为感慨吧!

不过,程翁宁死不屈的壮烈行为,固然反映了他人品的可敬,但其实也反映了他自卑感的深重。正因为他具有强烈的自卑感,所以才会有强烈的缔姻士人的愿望,所以才会这么地不顾一切。这种对于士人的忠心不二,自然容易赢得士人的欢心,所以作者也一再称道他:"一诺死生持,相期共不移。视他反覆子,千古愧须眉。"虽然称道的是他的人品,但其实也是肯定他对士人的忠心。

正因为商人阶层一心想要缔姻士人阶层,因此有时候他们也会看不起自己阶层,不愿与本阶层的人缔姻。比如前述的高赞便是如此,"不肯将他配个平等之人",所谓"平等之人",也就是本阶层的人。又如前述的程翁也是如此,他的女儿"定不作俗子之妻",所谓"俗子",也就是本阶层之子吧?

《醒世恒言》卷十四《闹樊楼多情周胜仙》里周胜仙之父周大郎,是一个从事海外贸易的商人,之所以竭力反对女儿

与范二郎的婚事,便是因为范二郎家只是个开酒店的(尽管这个酒店也不小了),而他有意要攀更高的门第:

> 周妈妈与周大郎说知上件事。周大郎问了,妈妈道:"定了也。"周大郎听说,双眼圆睁,看着妈妈骂道:"打脊老贱人,得谁言语,擅便说亲!他高杀也只是个开酒店的。我女儿怕没大户人家对亲,却许着他?你倒了志气,干出这等事,也不怕人笑话!"

周大郎所说的"大户人家",恐怕不一定仅指士人阶层家庭,但当是包括士人阶层家庭在内的。他对同辈商人家庭的轻视,显示了他骨子里自卑感的深重。

《醒世恒言》卷三二《黄秀才缴灵玉马坠》里的女主角韩玉娥,乃是徽州商人韩翁之女,一见搭船的书生黄生,便一往情深地爱上了他。不过在她浪漫而热烈的恋爱里,也夹杂有一种看不起自己阶层、想要改变自己身份的念头在内:

> 我生长贾家,耻为贩夫贩妇,若与此生得偕伉俪,岂非至愿?

后来黄生果然科举及第,韩玉娥终于得遂所愿,改变了自己的身份,成了一个士大夫的妻子。由此也可看出,商人阶层的自卑心理是如何地洗磨不去,连这么一场浪漫恋爱也染上了它的痕迹。

一边是对于自己阶层的轻视,一边就是对于士人阶层的自卑了。《二刻拍案惊奇》卷二九《赠芝麻识破假形　撷草药巧谐真偶》里的浙江商人蒋生,"专一在湖广、江西地方做生意","年纪二十多岁,生得仪容俊美,眉目动人",在外地看中一个美丽的小姐,自认相貌人才都尚般配,只除了小姐仕宦人家的门第为自己所远远不及以外:

> 他是个仕宦人家,我是个商贾,又是外乡。虽是未许下丈夫,料不是我想得着的。若只论起一双的面庞,却该做一对才不亏了人。怎生得氤氲大使做一个主便好!

后来他有机会见到小姐,也还是很自卑地声明:"又是经商之人,不习儒业,只恐有玷门风。"可见其自卑心理之深。他后来能够得到那个小姐,还是靠了超自然因素的帮忙(在后来《型世言》第三八回《妖术巧合良缘 蒋郎终偕伉俪》里,那个小姐的门第索性也被改为商人,这样就避免了门第方面的障碍了)。

也正因为同样的自卑的原因,使《警世通言》卷二三《乐小舍拼生觅偶》里的商人子弟乐小舍的婚姻遇到了障碍。乐家"祖上七辈衣冠,近因家道消乏,移在钱塘门外居住,开个杂色货铺子",是个由士转商的家庭。而乐和的恋人喜顺娘的家庭,恰好相反,是由富人初入仕途的小官僚家庭。于是在这对青梅竹马的恋人之间,竟然产生了门第方面的障碍。乐和的父亲认为自己的家庭配不上对方,所以断然拒绝了乐和想要缔姻喜家的要求:

>（乐和）回家对母亲说，要央媒与喜顺娘议亲。那安妈妈是妇道家，不知高低，便向乐公撺掇其事。乐公道："姻亲一节，须要门当户对。我家虽曾有七辈衣冠，见今衰微，经纪营活。喜将仕名门富室，他的女儿，怕没有人求允，肯与我家对亲？若央媒往说，反取其笑。"乐和见父亲不允，又教母亲央求母舅去说合。安三老所言，与乐公一般。

而长辈们想要为乐和议亲的，都是"同般生意人家"的女儿，可见商人阶层在此事上的自卑感之深。后来，由于乐和与喜顺娘有了一段历险，才使双方父母答应了他们的婚事；而喜家答应婚事的理由之一，便也是乐家祖上"七辈衣冠"的光荣史，可见门第观念仍是起作用的。两人成婚以后，作为补笔，写了乐和复成为衣冠中人："喜将仕见乐和聪明，延名师在家，教他读书。后来连科及第。"遂使得这段婚姻在门第上也完美无憾了。

也正因为同样的自卑的原因，《二刻拍案惊奇》卷十五《韩侍郎婢作夫人　顾提控掾居郎署》里的那个徽州商人，才会在缔姻问题上那么大拍官吏的马屁。他听说韩侍郎要娶个偏房，便为了"贪个纱帽往来"，而"反赔嫁装"地把义女嫁了出去：

>元来徽州人有个僻性，是乌纱帽、红绣鞋，一生只这两件不争银子，其余诸事悭吝了。听见说个韩侍郎

娶妾,先自软摊了半边,自夸梦兆有准,巴不得就成
了……徽商认做自己女儿,不争财物,反赔嫁装,只贪
个纱帽往来,便自心满意足……徽商受了,增添嫁事,
自己穿了大服,大吹大擂,将爱娘送下官船上来……那
徽商认作干爷,兀自往来不绝。

这个徽商的心理,与《儒林外史》里的万雪斋和方盐商等原
是没有什么两样的。

商人阶层想要缔姻士人阶层,而士人阶层却未必想缔
姻商人阶层。不过当然也不是没有例外的。比如士人过
于贫穷,便是一个缔姻商人的理由。如《韩秀才乘乱聘娇
妻 吴太守怜才主姻簿》里的韩秀才,虽然也未尝不想缔
姻高门,也未必把商人放在眼里:

吾辈若有寸进,怕没有名门旧族来结丝萝?这一
个富商,又非大家,直恁稀罕!

但因为他一贫如洗,连"一样儒家女儿"也不愿嫁他,所以才
退而求其次,愿意与商人家缔姻。他当时的私心,除了知道
商女生得漂亮外,也是因为又"动火"了商人家的一点"妻
财"(而那些甘愿与万雪斋和方家之类盐商家结亲的人,就
更是为了贪图他们的钱财了)。

而当士人过于贫穷,商人又异常豪富时,就连士人自己
也会出现不般配的自卑感了。比如《黄秀才缴灵玉马坠》里
的黄生,尽管"原是阀阅名门",自己又"学富五车,才倾八

斗,同辈之中,推为才子",但因为"父母早丧,家道零落",自己一时也穷困无聊,所以当邂逅并爱上商女时,也对婚姻是否能成就表示悲观,因为他自认为配不上对方:

> 小娘子乃尊翁之爱女,小生逆旅贫儒,即使通媒尊翁,未必肯从。

其心理与上述商人的自卑心理正可谓处于两个极端,显示了士商之间一种微妙的平衡与抗争。

另一种例外,是士商儿女私相恋爱,已经"做出事来",做父母的不得不予以追认。如《喻世明言》卷四《闲云庵阮三偿冤债》里的陈太常,累官至殿前太常,只生一女玉兰,太常视若宝贝,对其婚姻期望甚高:

> 那陈太常常与夫人说:"我位至大臣,家私万贯,止生得这个女儿,况有才貌,若不寻个名目相称的对头,枉居朝中大臣之位。"便唤官媒婆分付道:"我家小姐年长,要选良姻,须是三般全的方可来说:一要当朝将相之子,二要才貌相当,三要名登黄甲。有此三者,立赘为婿;如少一件,枉自劳力。"

结果具有讽刺意义的是,他的女儿却爱上了商人子弟阮三,并且还怀上了他的孩子。陈太常至此地步也无他法,只得与阮员外家往来起来。好在后来外孙"连科及第,中了头甲状元",也走上了科举成名之路,总算弥补了他的一点遗憾。这样的士商缔姻,恐怕是极个别的例外了。

士 商 互 济

商人阶层往往具有雄厚的经济实力,他们可以凭之做很多事情。从士人的角度来说,尤其是从落魄士人的角度来说,未必不希望在困难时能得到商人的经济援助;而从商人的角度来说,则也未必不希望通过帮助暂时落魄的士人,而换来士人发达后对自己的提携回报。

这种"士商互济"的例子,在现实生活中应该是不少见的,如先秦的吕不韦与秦始皇之父的关系,便是一个具有象征性的例子;在文学作品中也经常出现,如我们下面所要看到的。它们既是现实生活的反映,又是文人幻想的产物。

不过有一点我们必须注意:即使是所谓的"士商互济",也仍是建立在不平等的基础上的。也就是士人总是处于上位,而商人则总是处于下位。

《太平广记》卷三二八《阎庚》,便写到这样一个故事。一个好学不倦的商人,与一个穷士人友好相处,并对他关心备至;后来士人发迹以后,商人也得到了提携:

> 张仁亶,幼时贫乏,恒在东都北市寓居。有阎庚者,马牙荀子之子也,好善自喜。慕仁亶之德,恒窃父资,以给其衣食,亦累年矣。荀子每怒庚云:"汝商贩之流,彼才学之士,于汝何有,而破产以奉?"仁亶闻其辞,谓庚曰:"坐我累君!"……其后数年,仁亶迁侍御史并

州长史御史大夫知政事,后庚累遇提挈,竟至一州。

阎庚的父亲出于阶层隔阂,认为商人与士人是无法沟通的,即使"投资"也收不回好处,所以不让儿子与士人交往;可是阎庚却试图超越这种鸿沟,一如既往地给予士人以资助,最后终于得到了可观的回报,成了统治阶层中的一员。两人的互济关系虽仍建立在不平等的基础之上,但显示出士商之间的良好关系是可能的。

在另外一些例子中,富有的商人常常被写成是富于同情心的,他们能够慧眼识英雄,帮助暂时落难的士人。如关汉卿(一云贾仲明作)的《山神庙裴度还带》里裴度的姨夫王员外,就是这么一个"好商人"的形象。尽管他确信经商的价值,也对外甥的一味读书,"不肯做那经商客旅买卖",颇不以为然,但他还是一边用激将法,一边暗中资助,帮助裴度达到了发迹的目的:

> 我为何不留裴度在我家里住?我则怕此人堕落了功名。

直到裴度一举状元及第后,王员外才说出了前情,令裴度感激不已。王员外后来得到了什么回报,杂剧里没有写,但可以肯定是一定会有的。

又如阙名的《冻苏秦衣锦还乡》中的王长者,也是这么一个"好商人"的形象。苏秦发迹以前,在王长者的客店中安歇。"如今街市上有等小民,他道俺秀才每穷酸饿醋,几时能勾发迹?"而王长者却与他们不同,"肉眼愚民,不识高贤,正所谓'燕雀岂知鸿鹄之志',无足怪也",他看出苏秦"博古知今,真乃将相之器",所以对苏秦嘘寒问暖,关怀备至;又出谋献策,赠送路费,让苏秦去谋取功名:

> 见今六国选用贤良,先生仗胸中虎略,凭腹内龙韬,但若投于一国,必然名扬天下。在下无物相赠,有春衣一套,鞍马一副,白银两锭,与先生权为路费,望乞笑纳。

这真是一个士人所幻想遇到的资助者的形象;苏秦的回答则显示出商人所盼望得到的回报:

> 小生久困穷途,遇蒙厚赠,日后倘能发迹,必当重报!

这是一种理想的"士商互济"关系。能够这么做的商人,由于是"先发制人"者,因而更属难能可贵,也因而更受士人欢迎。当然,对于士人的要求,则是他们不能忘恩负义。此外,在这种关系中,居主导地位的永远是士人,而商人则始终只能是配角。

在《喻世明言》卷五《穷马周遭际卖䭔媪》里,也出现了一个在士人落魄时能够慧眼识英雄并帮助士人的商人形象,那就是新丰市上的客店主人王公。他一见来店投宿的落魄士人马周,就知其不是平常之辈,于是对他优礼有加,还把自己的外甥女介绍给他:

> 王公暗暗称奇,知其非常人也……次日王公早起会钞,打发行客登程。马周身无财物,想天气渐热了,便脱下狐裘,与王公当酒钱。王公见他是个慷慨之士,又嫌狐裘价重,再四推辞不受……王公见他写作俱高,心中十分敬重,便问:"马先生如今何往?"马周道:"欲往长安求名。"王公道:"曾有相熟寓所否?"马周回道:"没有。"王公道:"马先生大才,此去必然富贵;但长安乃米珠薪桂之地,先生资斧既空,将何存立?老夫有个外甥女,嫁在彼处万寿街卖馄赵三郎家,老夫写封书,送先生到彼作寓,比别家还省事。更有白银一两,权助路资,休嫌菲薄。"马周感其厚意,只得受了。王公写书已毕,递与马周。马周道:"他日寸进,决不相忘!"作谢而别。

后来马周果然发迹,王公也得到了报偿:

> 那新丰店主人王公,知马周发迹荣贵,特到长安望他……问到尚书府中,与马周夫妇相见,各叙些旧话。住了月余,辞别要行。马周将千金相赠,王公那里肯受?马周道:"壁上诗句犹在,一饭千金,岂可忘也!"王公方才收了,作谢而回。遂为新丰富民。此乃投瓜报玉,施恩报恩。

"时人不具波斯眼,枉使明珠混俗尘。"只有王公这样的商人,反而能慧眼识英雄,这不能不令士人感叹;而王公最终得到了千金之报,则也不能不说是夙愿已偿。一对良好的士商互济关系,便又这样达成了。

不过,这类故事里良好的士商互济关系,可能恰好是相反世情的逆向表现。正如关汉卿的《山神庙裴度还带》中所说的,当时的世情根本是看不起穷士人的:

> 近者有一等闾阎市井之徒暴发,为人妄自尊大,追富傲贫……有那等嫌贫爱富的儿曹辈,将俺这贫傲慢,把他那富追陪,那个肯恤孤念寡存仁义?有那一等靠着富贵,有千万乔所为,有那等夸强会……他显耀些饱暖衣食,卖弄些精细伶俐。怎听他假文谈,胡答应,强支持。出身于市井,便显耀雄威。则待要邀些名誉,施些小惠,要些便宜。

这样的市井暴发之徒中,自然也包括商人阶层。他们的势力增长以后,给穷士人造成了压力。由于痛切感受到了这种压力,文人们才写出了这类剧本和小说,塑造出此类理想的"好商人"的形象。

类似的描写士商互济内容的故事,也见于《醉醒石》第十回《济穷途侠士捐金　重报施贤绅取义》。其中的一个商人浦肫夫,由于济助了几个落难的举人,后来得到了他们大大的回报,自己也成了统治阶层中的一员:

> 浦肫夫择了个日,腰了银子,叫了只船,走常州。过得吴江,将到五龙港,只见一只船,横在岸边,三个人

相对痛哭,还有三四个坐的卧的,在地下呻吟叫痛。浦肫夫道:"这一定是被劫的。不知要到那里去?天色寒冷,衣服都被剥,不冻死也要成病,这须救他。"船家道:"才出门,遇这彩头,莫要管,去罢。"浦肫夫喝道:"叫住就住,还摇?"船家只得拢了。浦肫夫跳上去问。原来是福建举人,一个姓林,一个姓黄,一个姓张,诉说到此被盗,行李劫去,仆从打伤,衣服剥尽,往京回闽,进退无资,以此痛哭。浦肫夫道:"列位到京,可得银多少方够?"林举人道:"路费一人得三十金;到如今,衣服铺陈,也得十余两。"浦肫夫道:"这等列位不必愁烦,都在学生身上。相近苏州,就在此制办,以便北上。"就在近村,打些水白酒,与他荡寒;又把自家被褥,与他御风……到了苏州,在阊门边,与他寻了下处;为他买毡条、绸布做被褥,为三个举人做衣服;失了长单,为他府中告照;又赠盘费三十两。这三个问了姓名居址,道:"异日必图环报!"两下相别。

至此为止,所写的都是浦肫夫这个商人对于士人的好处,这可以说是士人的理想;不过小说的目的,还要写后来他从士人那儿得到的回报,这可以说是商人的理想:

> 就是这三个举人,想起穷途间,便是亲友,未必相顾;他做生意人,毫厘上用功夫,吃不肯吃,穿不肯穿的人,怎为我一面不识人捐百余金?固是天不绝我三人,

他这段高情,不可泯灭。如今我们三人中,发得一两个去,去报答他才好!

"巧巧这年,三个人一齐都中了。"所以旁人都对浦肫夫说:"这等你一生一世吃着不尽了。"这话也算是说对了,那三个士人发迹以后,马上便思量提携照管浦肫夫:

> 只是那三个中了的,倒越想起浦肫夫来,道:"当日没他赠盘缠,如何得到京,成此功名?没他做衣服,冻死了也做不官成!"三个计议,要在浙直地方,寻个近他处,照管他。

于是,一个进士在他遇到官府麻烦时,为他解脱了困境,并为他娶了一门好亲,又送他不少银两;一个进士替他纳监弄前程;一个进士替他谋到了美差。总之,浦肫夫是得尽了好处。在各种文学作品里,恐怕这是一个描写士商互济关系最美妙的故事,将士商双方的理想都表现得淋漓尽致了。

《儒林外史》出于士人的傲慢,对于盐商几乎没有什么好话,但是对于那些愿意帮助士人的商人,其描写却也不禁洋溢着温情和客气。如以周进姊丈金有余为代表的一伙商人,也许是全书中被写得最客气的商人形象。因为他们在周进失去饭碗时,给周进一碗饭吃;在周进"一头撞在号板上,直僵僵不省人事"(第二回)时,他们又都产生恻隐之心,每人凑了几十两银子,帮助周进捐了一个监生,以便能参加科举考试:

> 那客人道:"监生也可以进场。周相公既有才学,何不捐他一个监进场? 中了,也不枉了今日这一番心事。"金有余道:"我也是这般想。只是那里有这一注银子?"此时周进哭的住了。那客人道:"这也不难。现放着我这几个弟兄在此,每人拿出几十两银子,借与周相公纳监进场。若中了做官,那在我们这几两银子? 就是周相公不还,我们走江湖的人,那里不破掉了几两银子? 何况这是好事。你众位意下如何?"众人一齐道:"君子成人之美。"又道:"见义不为,是为无勇。俺们有甚么不肯! 只不知周相公可肯俯就?"周进道:"若得如此,便是重生父母,我周进变驴变马也要报效!"爬到地下,就磕了几个头。众人还下礼去。金有余也称谢了众人。又吃了几碗茶,周进再不哭了,同众人说说笑笑,回到行里。次日,四位客人果然备了二百两银子,交与金有余。一切多的使费,都是金有余包办。周进又谢了众人和金有余。(第三回)

后来周进果然考取了,遂发达做起官来。他后来是否报答了那伙商人,小说里没有再写到,但想来应该是不会有问题的吧? 小说家的一腔不平之情,碰到这样的情节时,大概才获得了一些安慰吧? 所以让人读来也倍感温暖。仔细想来,文学作品里所描写的士商互济的理想关系,也正是士商双方在实际生活里的缺憾的曲折反映吧?

第三章
士商关系(中)：商人上位

商人阶层尽管处于"四民"之末，受到其他社会阶层的轻视，尤其是受到士人阶层的轻视，可是他们较强的经济实力，却一直作为一个不容忽视的因素，在试图改变着这种不利的处境，向传统的社会秩序提出挑战。尤其是近世以来，商人阶层中的富有人物，特别是那些号称"素封"的巨商大贾，更是显得气势逼人。尽管他们始终不能取得政治上的发言权，也就是始终不能进入统治阶层，但是至少在一般的社会生活层面上，已经对其他社会阶层占有了优势，有时甚至对他们构成了威胁。对于日益强大的商人阶层的逼人气势，反应最为敏感的自然是士人阶层，他们的自尊心和既得利益同时受到了考验。很多士人在这种考验面前溃败了，又有很多士人仍作着"悲壮"的抵抗。这样就构成了士商关系的另一个侧面，翻开了士商关系的一个新的篇章。

盐商的气势

在过去的巨商大贾之中,盐商显得特别的富裕有力,因此我们选用他们来作巨商大贾的代表,看看他们的崛起给士商关系带来了一些什么样的影响,使社会风气产生了一些什么样的变化。

早在唐代,盐商们的奢华和气势便已经引起了文人们的注意。比如刘禹锡有《贾客词》(《全唐诗》卷三五四),其中特别注意到盐商的豪横:"五方之贾,以财相雄,而盐贾尤炽。"还特别提到了当时盐商大船的壮景:"大艑浮通川,高楼次旗亭。"他认为,"贾雄则农伤"。其实受伤的何止是"农",自然还应包括"士"在内的。白居易有《盐商妇》,则特别注意到了盐商家属生活的奢华:

> 盐商妇,多金帛,不事田农与蚕绩……本是扬州小家女,嫁得西江大商客。绿鬟富去金钗多,皓腕肥来银钏窄。前呼苍头后叱婢……饱食浓妆倚柂楼,两朵红腮花欲绽。盐商妇,有幸嫁盐商,终朝美饭食,终岁好衣裳。(《全唐诗》卷四二七)

不过在唐代,盐商的势力还不够大,不足以威胁士人的既得利益,也并未能引起社会风气的转变,因而文人注意及此的还不多见。

而到了近世,随着商品经济的发展,以及商人势力的增长,盐商的势力也越来越强,对社会风气的影响也越来越大,对士人阶层的威胁也越来越甚,因此文人们的注意也越来越密切。在很多近世白话小说里,我们都可以看到盐商们的形象,他们以奢华的生活和豪横的气势,阔步昂首于文学的舞台。

《石点头》第二卷《卢梦仙江上寻妻》里写到,一个江西盐商的生活是多么的奢华:

> 此人姓谢名启,江西临川人。祖父世代扬州中盐,家私巨富。性子豪爽,年纪才三十有余,好饮喜色。四处访觅佳丽,后房上等姬妾三四十人,美婢六七十人,其他中等之婢百有余人。临川住宅,屋宇广大,拟于王侯;扬州又寻一所大房作寓。盐艘几百余号。不时带领姬妾,驾着巨舰,往来二地。是一个大挥霍的巨商,会帮衬的富翁。

他的"无敌舰队"停泊时的景象颇为壮观:"抬头望见,盐船停泊河下,不止数百……那盐船上人千人万。"而他的婢妾队伍的气势,恐怕也不下于他的"舰队",已足以拟于王侯,初不限"屋宇广大"的临川住宅为然。这是一个商业时代的素封之王。

《后水浒传》里的反派主角,也是一个大盐商,其声势不亚于谢启:

> 今我二人，奉着一个家私千万，目今助了官家一项输纳金人饷银，钦赐冠带，城中大小官员，无不往来，广陵盐灶有千百余处，伙计整百，一应钱财，堆积如山，今年二十五岁整……他今住城中蟹壳巷，东京驰名的财主员外，姓董，名索，大号敬泉。（第二五回）

《儒林外史》里写到的盐商更多，如万雪斋、宋为富和方老六等，形成了《儒林外史》的一个特色。如万雪斋，"自己行盐，生意又好，就发起十几万来"（第二三回）。又如"河下兴盛旗冯家，他有十几万银子"（第二八回）。都是财大气粗，气势非凡。

盐商们有了雄厚的经济实力，便可以过上奢华的生活。就说住宅吧，哪一个盐商，都是住得十分豪华的。我们来看万雪斋的住宅吧：

> 见一个大高门楼，有七八个朝奉坐在板凳上，中间夹着一个奶妈，坐着说闲话……当下走进了一个虎座的门楼，过了磨砖的天井，到了厅上。举头一看，中间悬着一个大匾，金字是"慎思堂"三字，傍边一行"两淮盐运使司盐运使荀玫书"。两边金笺对联，写"读书好耕田好学好便好"、"创业难守成难知难不难"。中间挂着一轴倪云林的画。书案上摆着一大块不曾琢过的璞。十二张花梨椅子。左边放着六尺高的一座穿衣镜。从镜子后边走进去，两扇门开了，鹅卵石砌成的

地。循着塘沿走,一路的朱红栏杆。走了进去,三间花厅,隔子中间,悬着斑竹帘。有两个小幺儿在那里伺候,见两个走来,揭开帘子,让了进去。举眼一看,里面摆的都是水磨楠木桌椅,中间悬着一个白纸墨字小匾,是"课花摘句"四个字。(第二二回)

这还不过是其住宅的一部分。我们再来看宋为富的住宅:

> (沈琼枝)便跟着丫头,走到厅背后左边,一个小圭门里进去,三间楠木厅,一个大院落,堆满了太湖石的山子。沿着那山石走到左边一条小巷,串入一个花园内,竹树交加,亭台轩敞。一个极宽的金鱼池,池子旁边,都是朱红栏杆,夹着一带走廊。走到廊尽头处,一个小小月洞,四扇金漆门。走将进去,便是三间屋,一间做房,铺设的齐齐整整,独自一个院落。(第四十回)

这仍然只是其住宅的一部分。那最后的"独自一个院落",只是为一个新纳的妾准备的,而宋为富"一年至少也娶七八个妾",则其住宅之宽敞就可想而知了。

盐商们的出手都很"大方",有时"大方"得令人咋舌。比如万雪斋的姨太太生病,药方里要用一个"雪虾蟆",他竟托人用三百两银子去买:

> 因他第七位如夫人有病,医生说是寒症,药里要用一个雪虾蟆,在扬州出了几百银子也没处买,听见说苏

>州还寻的出来,他拿三百两银子,托我去买。(第二三回)

一个"雪虾蟆"就要花三百两银子,其他方面的消费也就可想而知了。另一个盐商,用八十两银子求一副对联:

>前日不多时,河下方家来请我写一副对联,共是二十二个字。他叫小厮送了八十两银子来谢我。(第二八回)

在盐商们的这种出手大方里,其实都有"掼派头"的成分。

盐商们有了银子,便思量追欢买笑。他们通常的做法是娶妾。如《卢梦仙江上寻妻》里的谢启,"好饮喜色,四处访觅佳丽",有婢妾二百余人。"今番闻得李妙惠又美又贤,多才多艺,愿致白金百两,彩币十端,娶以为妾。"又如《儒林外史》里的宋为富,"我们总商人家,一年至少也娶七八个妾"(第四十回)。当然也会去娼楼妓馆,如《后水浒传》里的董敬泉:

>因少年情性,广有资财,遂接婊子,包私窠,整年整月的在寓处取乐。又因贪慕汴京繁华,勾栏名妓,这年遂谋撒了开封一府食盐,将盐场中的事情俱交托一个得当伙计,自己来京发卖。要图快乐顽耍,便不住在铺中,遂买了永平门内大街上一所大房,又招买了许多仆妇使女服事,遂日日去串勾栏。(第十九回)

盐商们就这样以他们的种种富贵奢华的行为,成了生活中和文学里引人注目的角色。不管是喜欢还是不喜欢,文人们都不得不描写他们,这本身就说明了盐商势力之强大。

士人的投降

在盐商们这种雄厚的经济实力面前,一般的士人早已失去了抵抗能力,这正如《儒林外史》里的杜少卿所说的:

> 盐商富贵奢华,多少士大夫见了就销魂夺魄!(第四一回)

于是,原先为商人所独有的自卑感,现在也为士人所感觉到了。这既像是一种报应,又像是一种轮回。对于这种商人的凯歌和士人的挽歌,文人们不得不感到痛心疾首。

于是社会风气变了,不是商人去巴结士人,而是士人去巴结商人。《儒林外史》里有个五河县,五河县里有个方盐商,方盐商家里很有钱。于是五河县的余、虞二世家,便"出了几个没廉耻不才的人",完全丢掉了士人的自尊心,时时处处去巴结方家,"非方不亲","非方不心","势利透了心"。一开始方家想同余、虞两家结亲,但余、虞两家不肯,要顾全士人的面子;后来方家用银弹攻势,两家那些"贪图方家赔赠"的人,便"娶了他家女儿,彼此做起亲来";再后来方家占了上风,反看不起余、虞两家了,再同两家结亲时,"方家不但没有分外的赔赠,反说这两家子仰慕他有钱,求着他做亲";再后来,他们即使想同方家做亲,方家也不同他们做了。"那些奸滑的,心里想着同方家做亲,方家又不同他做,他却不肯说出来,只是嘴里扯谎吓人。"(第四四回)这可真是商人节节胜利、士人节节败退了。

于是,士人也变"堕落"了。他们失去了自尊心,要借方家的幌子吓人。那个秀才唐三痰,明明是"因方家里平日请吃酒吃饭,只请他哥——举人,不请他,他就专会打听:方家那一日请人,请的是那几个"(第四七回),然后口口声声地对人说:"我绝早同方六房里六老爷吃了面,送六老爷出了城去,才在这里来。"(第四五回)那姚老五明明在别家吃的午饭,可偏要对别人说是"在仁昌典方老六家吃了饭出来"(第四六回)。那成老爹也要吹牛说:"外后日是方六房里请我吃中饭,要扰过他才得下去。"(第四七回)在他们的心目中,同方盐商吃饭,乃是有身份有面子的事情;在我们看来,他们想要吃饭而吃不成,乃是士人在商人面前失败的象征。

商人的胜利与士人的失败表现得最集中、对比得最强烈的,应该说是方家与余、虞两家祭祀仪式的对比了。余、虞两家的士人子弟们,为了巴结方盐商家,都竞相去参加方家老太太的入祠仪式,却不参加自己本家叔祖母、伯母、叔母的入祠仪式。于是自己本家的入祠仪式简陋不堪:

> 到初三那日,虞华轩换了新衣帽,叫小厮挑了祭桌,到他本家八房里。进了门,只见冷冷清清,一个客

也没有。八房里堂弟是个穷秀才,头戴破头巾,身穿旧襕衫,出来作揖。虞华轩进去拜了叔祖母的神主,奉主升车。他家租了一个破亭子,两条扁担,四个乡里人歪抬着,也没有执事。亭子前四个吹手,滴滴打打的吹着,抬上街来。虞华轩同他堂弟跟着,一直送到祠门口歇下。远远望见,也是两个破亭子,并无吹手,余大先生、二先生弟兄两个跟着,抬来祠门口歇下。(第四七回)

但是方家的入祠仪式却是热闹非凡:

> 看见祠门前尊经阁上,挂着灯,悬着彩子,摆着酒席。那阁盖的极高大,又在街中间,四面都望见。戏子一担担挑箱上去,抬亭子的人道:"方老爷家的戏子来了!"又站了一会,听得西门三声铳响,抬亭子的人道:"方府老太太起身了!"须臾,街上锣响,一片鼓乐之声。两把黄伞,八把旗,四队踹街马,牌上的金字打着"礼部尚书"、"翰林学士"、"提督学院"、"状元及第",都是余、虞两家送的。执事过了,腰锣、马上吹、提炉,簇拥着老太太的主亭子,边旁八个大脚婆娘扶着。方六老爷纱帽圆领,跟在亭子后。后边的客做两班,一班是乡绅,一班是秀才。乡绅是彭二老爷、彭三老爷、彭五老爷、彭七老爷,其余就是余、虞两家的举人、进士、贡生、监生,共有六七十位,都穿着纱帽圆领,恭恭敬敬跟着走。

一班是余、虞两家的秀才,也有六七十位,穿着襕衫、头巾,慌慌张张在后边赶着走。乡绅末了一个,是唐二棒椎,手里拿一个簿子,在那里边记帐。秀才末了一个,是唐三痰,手里拿一个簿子,在里边记帐……大家簇拥着方老太太的亭子进祠去了。随后便是知县、学师、典史、把总,摆了执事来。吹打安位,便是知县祭、学师祭、典史祭、把总祭、乡绅祭、秀才祭、主人家自祭。祭完了,绅衿一哄而出,都到尊经阁上赴席去了。(第四七回)

这是一个极富寓意的对比场面:在方盐商家的经济实力面前,所有的乡绅秀才都已投降了,那余、虞两家的世家子弟,也早已丢弃了自尊与自信,把自己祖先的"光荣",都送给方家作为金钱上的点缀。而不愿屈服的虞华轩及余大先生、余二先生,反成了不合时宜的人,连本家人都要嘲笑他们"背时"。他们本家的入祠仪式,宛如士人阶层的葬礼;而方家的入祠仪式,则宛如商人阶层的庆典。

在盐商们的富贵奢华面前,士人们不仅丧失了自尊,甚而也丧失了人格,以致出现了牛玉圃这样的怪物,竟然利用盐商的势力和名义,来狐假虎威,仗势欺人:

那人走出轿来,吩咐船家道:"我是要到扬州盐院太老爷那里去说话的,你们小心伺候,我到扬州另外赏你;若有一些怠慢,就拿帖子送在江都县重处!"船家唯

唯连声,搭扶手请上了船。船家都帮着搬行李。(第二二回)

不过,这也说明了盐商势力之强,已到了可被人利用的地步了。牛玉圃明明是要去盐商家打抽丰,却偏要说得堂而皇之:

> 我不瞒你说,我八轿的官也不知相与过多少,那个不要我到他衙门里去?我是懒出门。而今在这东家万雪斋家,也不是甚么要紧的人,他图我相与的官府多,有些声势,每年请我在这里,送我几百两银,留我代笔。代笔也只是个名色。我也不奈烦住在他家那个俗地方,我自在子午宫住。(第二二回)

但是他过于愚蠢,让"侄孙"牛浦郎给耍了,失欢于万雪斋,抽丰没打成,还讨了一场羞辱。

士风的转变,当然也会影响到文风。奔走投降于盐商之门的,何止是那些只会打抽丰的牛玉圃之流,连一般的文人学士也往往受其影响。郑板桥就曾尖锐地指出:

> 学者当自树其帜。凡米盐船算之事,听气候于商人;未闻文章学问,亦听气候于商人者也。吾扬之士,奔走躞蹀于其门,以其一言之是非为欣戚,其损士品而丧士气,真不可复述矣!(《郑板桥集》六《与江宾谷江禹九书》)

郑板桥此文作于乾隆戊辰(1748年),正当《儒林外史》完稿(1750年左右)前不久,郑氏又是扬州人,扬州是盐商的大本营,所以他所写的,正可与《儒林外史》参看,以见当时的文风之一斑。

作为文风受到影响之一例,我们想举刘大櫆文为例。刘大櫆是安徽桐城人,是桐城派古文名家。他生活于18世纪前中期,与吴敬梓约略同时。他的朋友中的很多人,成了《儒林外史》中人物的原型。刘大櫆文的一个主要特征,便是为商人所作之文特多。学者们或讥其曲徇富商大贾之意,写自己未必愿写之作。不过联系《儒林外史》的描写来看,为富商大贾作文,其报酬一定甚为可观;而在当时的士风之下,文人们也很愿意为商人服务,所以也许他竟是乐此不疲的。在他的文集里,卷四《方庭粹六十寿序》,卷五《赠通奉大夫程君传》、《乡饮大宾金君传》、《赠大夫方君传》、《封大夫方君传》、《吴义士传》,卷七《赠资政大夫吴府君墓表》、《金府君墓表》、《方桤林墓表》,卷八《汪府君墓志铭》、《吴萼千墓志铭》、《张豹林墓志铭》、《吴锦怀墓志铭》等,都是为商人所作的碑传文,其中有几篇更是为盐商所作的。在他所有的七十余篇碑传文中,为商人所作者几占到六分之一。这些为盐商大贾所作的碑传文,夹杂在为达官贵人所作的碑传文之间,并存于一代散文大家的文集中,显得十分的引人注目,显示出时代的确是变了。只是这些为商人所作之文,大抵皆为阿谀奉承之作,可能作者为此得到了不少银子,也许也正可以印证郑板桥的批评,落实《儒林外史》中的描写。

士人的抵抗

一般的士人,见了"富贵奢华"的盐商,早已是"销魂夺魄",完全拜倒投降了,但是也有一些士人,紧抱着本阶层的自尊心,那也许已经过去的光荣,对盐商们的压力作着"悲壮"的抵抗。不过他们的抵抗常常是这般的苍白无力,以致不一定能损害于盐商,却把自己给弄变态了。而且他们越是抵抗得起劲,其实也反而越说明盐商的强大。

不愿嫁给盐商为妾,从盐商家逃跑的沈琼枝,可以说是进行抵抗的士人的典型(如果说可以把她看作"士人"的话,因为她是士人家庭出身,并混迹于士人中间的)。然而她所反抗的,当然不是"包办婚姻",也不是"没有爱情"的婚姻,而只是自己的地位太低。因为按照"衣冠中人物"的价值标准,她是不应该给盐商作妾的,而是应该作"正室"的。她和她的父亲所争的,仅仅是妻妾的地位:

> 我常州姓沈的不是甚么低三下四的人家。他既要娶我,怎的不张灯结彩,择吉过门,把我悄悄的抬了来,当做娶妾的一般光景?(第四十回)

沈大年既是常州贡生,也是衣冠中人物,怎么肯把

女儿与人作妾?(第四十回)

要不是另一个知县帮助他们的话,他们的抵抗是会完全失败的。不过即使是他们的胜利,也显得那么的苍白无力。

杜少卿是另一个坚持抵抗的士人的典型,据说他就是作者本人的化身。他表扬沈琼枝的逃跑行为,说她以"一个弱女子",而对盐商"视如土芥,这就可敬的极了"(第四一回),表明他与沈琼枝具有同样的立场。他自己由于出身没落世家,不肯放弃其旧架子,所以对盐商颇不恭敬,用摆架子来顽强抵抗:

> 王胡子又拿一个帖子进来,禀道:"北门汪盐商家明日酬生日,请县主老爷,请少爷去做陪客,说定要求少爷到席的。"杜少卿道:"你回他:我家里有客,不得到席。这人也可笑得紧,你要做这热闹事,不会请县里暴发的举人、进士陪?我那得功夫替人家陪官?"王胡子应诺去了。(第三一回)

盐商做生日而要请县主老爷,又要请世家子弟陪席,这派头也够大的了;而杜少卿的拒绝,正是为了抵抗盐商的派头。不过从所谓"暴发的举人、进士"的话里,也可闻到没落世家子弟的扑鼻酸气。这同样显示了抵抗的苍白无力,因为他除了消极摆架子外别无他法。

五河县的余大先生、余二先生,也是进行抵抗的士人。他们的祖上出过不少举人、进士,可是到他们那一辈已经没

落了。然而他们不愿像其他士人亲戚那样,去拜倒在方盐商等暴发户的脚下:

> 这余有达、余有重弟兄两个,守着祖宗的家训,闭户读书,不讲这些隔壁帐的势利。(第四四回)

所以别人要说他们不懂变通,不能适应新的形势:

> 你家大爷平日性情不好,得罪的人多。就如仁昌典方三房里,仁大典方六房里,都是我们五门四关厢里铮铮响的乡绅,县里王公同他们是一个人,你大爷偏要拿话得罪他。(第四五回)

然而他们的抵抗也没什么作用,只是在别人眼里显得古怪而已,并不能对风尚发生任何影响。

他们的表亲虞华轩,更是因为坚持抵抗,而使性格也有些变态起来。他"曾祖是尚书,祖是翰林,父是太守,真正是个大家"(第四七回),所以世家子弟的架子特大,看不惯新起的暴发户。他对表兄余有达说:"举人、进士,我和表兄两家车载斗量,也不是甚么出奇东西。"(第四六回)可碰上五河县的风尚,偏是"说起前几十年的世家大族,他就鼻子里笑"(第四七回)的,所以就激出了他的一点子怪脾气:

> 虞华轩生在这恶俗地方,又守着几亩田园,跑不到别处去,因此就激而为怒。他父亲太守公是个清官,当初在任上时,过些清苦日子,虞华轩在家省吃俭用,积

起几两银子。此时太守公告老在家,不管家务。虞华轩每年苦积下几两银子,便叫兴贩田地的人家来,说要买田,买房子。讲的差不多,又臭骂那些人一顿,不买,以此开心。一县的人,都说他有些痰气,到底贪图他几两银子,所以来亲热他。(第四七回)

我们看到,在盐商们的巨大压力之下,像虞华轩这样的坚持抵抗的士人,都已经被激得有点变态了。

心理变态的士人还有好些。比如"扬州大名士"辛东之,去扬州找盐商打抽丰不成,就用精神胜利法来安慰自己:

> 扬州这些有钱的盐呆子其实可恶!就如河下兴盛旗冯家,他有十几万银子。他从徽州请了我出来,住了半年。我说:"你要为我的情,就一总送我二三千银子。"他竟一毛不拔!我后来向人说:"冯家他这银子该给我的。他将来死的时候,这十几万银子,一个钱也带不去,到阴司里是个穷鬼。阎王要盖森罗宝殿,这四个字的匾,少不得是请我写,至少也得送我一万银子,我那时就把几千与他用用也不可知,何必如此计较!"(第二八回)

自我安慰一直安慰到阴司里,这个大名士的精神胜利法也委实是可怜了;而那自炫文才的酸气,又不免让人大倒胃口。又如另一扬州大名士金寓刘,跟盐商有过一次大较量:

前日不多时,河下方家来请我写一副对联,共是二十二个字。他叫小厮送了八十两银子来谢我。我叫他小厮到跟前,吩咐他道:"你拜上你家老爷,说金老爷的字是在京师王爷府里品过价钱的:小字是一两一个,大字十两一个。我这二十二个字,平买平卖,时价值二百二十两银子。你若是二百一十九两九钱,也不必来取对联。"那小厮回家去说了。方家这畜生卖弄有钱,竟坐了轿子到我下处来,把二百二十两银子与我。我把对联递与他。他、他两把把对联扯碎了。我登时大怒,把这银子打开,一总都掼在街上,给那些挑盐的、拾粪的去了。列位,你说这样小人岂不可恶?(第二八回)

这是一场金钱与"士气"的较量。金寓刘被盐商逼出一股名士脾气,而盐商又把其名士脾气打个粉碎。金寓刘即使把银子给扔了,他也还是没能占上风。所以他怒火冲天,但又无可奈何。

有时,他们也借讲笑话取乐,以发泄对于盐商的不满:

捧上面来吃。四人吃着,鲍廷玺问道:"我听见说,盐务里这些有钱的,到面店里,八分一碗的面,只呷一口汤,就拿下去赏与轿夫吃。这话可是有的么?"辛先生道:"怎么不是有的。"金先生道:"他那里当真吃不下?他本是在家里泡了一碗锅巴吃了,才到面店去的!"(第二八回)

这里既有对盐商奢华派头的艳羡,也有吃不到葡萄说葡萄酸的心理,又有充满酸气的想象和批评。这样的对盐商的抵抗,反而突显了他们心理的变态。

上面这些士人的苍白无力的抵抗,反映着他们先天的不足。这是因为创造了他们的小说家,自己就是一个苍白无力的抵抗者。出身于没落世家的吴敬梓,与他笔下的士人一样,怀抱着家世门第的自豪感,不愿屈从于盐商的气势。但是除了"嬉笑怒骂"之外,他不可能有其他的办法。因此几乎从一开始起,这就是一场注定要输的竞争。不过好在吴敬梓还能"皆为文章",使他能在小说里发泄掉一点怒气。然而文人的胜利是在书本里的,而盐商的胜利却是在生活里的。

第四章
士商关系(下):士商对流

传统社会里的士商关系,充满着如上所述的对立和矛盾。不过,这只是事情的一个方面。事情的另一个方面是,商人阶层和士人阶层之间,也有一个相向流动的倾向。也就是说,一部分的士人会流入商人阶层,而一部分的商人也会流入士人阶层。我们把这叫作"士商对流"。类似的对流当然也存在于其他阶层之间,以及士、商与其他阶层之间,但在此我们所关心的只是士商对流。士商对流的原因,或许正是受到对方阶层的价值观的吸引;同时,士商对流的存在,也说明两大阶层间的对立和矛盾并不是绝对的。通过对于士商对流的了解,我们也许可以更深入地了解商人阶层,他们的来源和他们的内心愿望。

弃 儒 为 商

在传统中国社会里,士人阶层的地位一般来说总是高于商人阶层的,这是因为部分士人有可能进入统治阶层,而一般的商人则根本无此可能性。可是在另一方面,士人阶层中的广大下层人士,尽管也有进入统治阶层的希望,但事实上又甚少可能性。于是处在不上不下的处境里,有时其生活也会发生问题,反不如有经济实力的商人来得舒服。于是很多士人因此而不得不改变身份,进入以前他们所看不起的商人阶层。这种现象叫做"弃儒为商",或"弃读就商",或"弃文从商",意思都大同小异。即从这种说法也可看出,这被认为是一种向下的"堕落",而不是"出于幽谷,迁于乔木"的向上的迁升。

特别是到了近世,由于不合理的科举制度,造成了人数多达几十万的生员阶层,而成功的可能性则像中奖券一样渺茫,于是更多士人走上了"弃儒为商"的道路。不过,在另一方面,这种"弃儒为商"现象,恐怕也与近世商人势力的增强不无关系,尤其是与商人的实际经济条件比较优越不无关系。所以绝大部分有关"弃儒为商"的描写,大都出现在近世的文学作品里。

从弃儒为商者的身份来说,大致可以分为三类。第一类是本为世家子弟,但是因为家道消乏,无力供养子弟读书,也就断了入仕之门,而为了维持日常生活,也就不得不弃儒为商了。如《警世通言》卷二三《乐小舍拼生觅偶》里的乐家,本是一个"祖上七辈衣冠"的"旧家",但后来却因"家道消乏",不得已而弃儒为商,"开个杂色货铺子"。《醒世恒言》卷三三《十五贯戏言成巧祸》里的刘贵,"祖上原是有根基的人家,到得君荐手中,却是时乖运蹇。先前读书,后来看看不济,却去改业做生意"。《拍案惊奇》卷二《姚滴珠避羞惹羞 郑月娥将错就错》里的潘甲,也因同样的原因而弃儒为商,"那屯溪潘氏虽是个旧姓人家,却是个破落户,家道艰难……这个潘甲虽是人物也有几分像样,已自弃儒为商"。《歧路灯》里的商人王春宇,他的父亲原是"能文名士",到了他才弃儒为商,"先君在世,也是府庠朋友。轮到小弟,不成材料,把书本儿丢了,流落在生意行里"。《聊斋志异·双灯》里的商人魏运旺,"故世家大族也,后式微,不能供读,年二十余,废学,就岳业酤"。

第二类是本为商人子弟,因经济余裕而入儒,但又因种种原因而复为商。主要原因大抵仍是经济方面的。如《喻世明言》卷十六《范巨卿鸡黍死生交》里的范巨卿,"世本商贾","近弃商贾,来洛阳应举",算是由商入儒的。不过后来由于生计所累,又不得不弃儒为商,"为妻子口腹之累,溺身商贾中"。同书卷十八《杨八老越国奇逢》里的杨八老,"祖上原在闽、广为商",原是商人子弟,不过又去读书。但读书又不就,"我年近三旬,读书不就,家事日渐消乏……我欲凑些赀本,买办货物,往漳州商贩,图几分利息,以为赡家之资"。《欢喜冤家》第三回《李月仙割爱救亲夫》里的商人王文甫,"他祖宗三代,俱是川广中贩卖药材,挣了一个小小家园",因此他能由商入儒。不过他同样未能成功,"不期王文甫过了二十五岁,尚然青云梦绕。想到求名一字,委实烦难,因祖父生涯,平素极俭,不免弃了文章事业,习了祖上生涯,不得其名,也得其利"。后来他自己也说:"我祖父在日,专到川广贩卖药材,以致家道殷实。今经六载,坐食箱空,大为不便。"《聊斋志异·罗刹海市》里的马骥,原出身于商人家庭,后入学校念书;又因经济状况,而复操祖业:"十四岁,入郡庠,即知名。父衰老,罢贾而居。谓生曰:'数卷书,饥不可煮,寒不可衣。吾儿可仍继父贾。'马由是稍稍权子母。"

除经济方面的原因外,另一个重要原因,则是受商人的价值观的影响,不愿意过穷书生的日子,而要去经商求富贵。如《聊斋志异·白秋练》中的商人子弟慕生,"聪惠喜读",但"年十六,翁以文业迂,使去而学贾,从父至楚"。《罗刹海市》里马骥之父所说的话,也有同样的意思在内。《二刻拍案惊奇》卷二一《许察院感梦擒僧　王氏子因风获盗》里的商人王禄,其父是个盐商,他和兄弟王爵,"幼年俱读书";其兄弟"进学为生员",而王禄"废业不成,却精于商贾权算之事",所以"其父就带他去山东相帮种盐。见他能事,后来其父不出去了,将银一千两,托他自往山东做盐商去"。而在那些经商风气盛行的地方,商人子弟大抵很难终其学业,常常会为牟利而重操父业。如刘大櫆的《汪府君墓志铭》云,传主"年二十二,弃儒术,操百缗,以往贾于浙之兰溪"。《张豹林墓志铭》云,传主"初学为应举之文,既而先祖以家之困乏,将使学懋迁于他郡"。《吴锦怀墓志铭》云,传主"以生殖之日繁,不得终其业于读书,使服贾于汉阳"(以上皆《刘大櫆集》卷八)。其实,正如《二刻拍案惊奇》卷三七《叠居奇程客得助 三救厄海神显灵》里所说的,"却是徽州风俗,以商贾为第一等生业,科第反在次着",在这样的重商地区,商人子弟受风气之影响,大抵会弃儒为商的。

第三类是一般的士人,由于成功的希望渺茫,而且又往往艰于谋生,而同样不得不弃儒为商。如《欢喜冤家》第九回《乖二官骗落美人局》里的张二官,因为"老大无成"而弃儒为商:"我事已老大无成,把书本已丢开了,正要寻生意做,以定终身。"《十二楼·萃雅楼》里的两个书生,也因科举无望而弃儒为商:"两人同学攻书,最相契厚。只因把杂技分心,不肯专心举业,所以读不成功,到二十岁外,都出了学门,要做贸易之事。"《聊斋志异·大男》里的士人奚成列,刘君锡(一云阙名作)《庞居士误放来生债》里的李孝先,阙名《冻苏秦衣锦还乡》里的王长者,都是读书不成而弃儒为商的。

当然,也有一些士人,是为了求富贵而弃儒为商的。如《聊斋志异·房文淑》里的书生邓成德,一直以设馆谋生,但他颇不能心平气和:"邓解馆,谋与前川子同出经商。告女曰:'我思先生设帐,必无富有之期。今学负贩,庶有归时。'"同书《雷曹》里的书生乐云鹤,"潦倒场屋,战辄北",他"恒产无多","内顾家计日蹙",于是"乃叹曰:'文如平子,尚碌碌以没,而况于我!人生富贵须及时,戚戚终岁,恐先狗马填沟壑,负此生矣,不如早自图也。'于是去读而贾"。

各种出身的士人,为了各种不同的原因,而弃儒为商,其所获致的结果,也是各式各样的。有的因此而富裕了起来,证明了自己选择的正确。如《乖二官骗落美人局》里的张二官,在弃儒为商以后,先是做了合伙店主,而后又自己开店,生意做得蛮不错的。《歧路灯》里的王春宇,弃儒为商以后也发了大财。《聊斋志异·房文淑》里的邓成德,弃儒为商以后,"又三年,邓贾有赢余,治装归"。同书《雷曹》里的乐云鹤,弃儒为商以后,"操业半年,家赀小泰"。《许察院感梦擒僧　王氏子因风获盗》里的王禄,弃儒为商以后,也甚为顺利:"王禄到了山东,主仆三个眼明手快,算计过人,撞着时运又顺利,做去就是便宜的,得利甚多。"

不过当然也会有不顺利的,那样就只能怪自己选择错误了。如《十五贯戏言成巧祸》里的刘贵,弃儒为商以后,什么都不顺利,"便是半路上出家的一般,买卖行中,一发不是本等伎俩,又把本钱消折去了。渐渐大房改换小房,赁得两三间房子"。这说明很多士人弃儒为商以后,未必能如愿改善他们的处境。

对于上述种种弃儒为商现象,当时人的看法也是颇不一致的。一般的看法,往往仍是轻视的。潍县很多世家子弟,为求富贵而弃儒为商,对此郑板桥甚不满意:

莫怨诗书发迹迟,近来风俗笑文辞。高门大舍聪

明子,化作朱颜市井儿。(《郑板桥集》六《潍县竹枝词四十首》)

据法坤宏的《书事》记载,"潍俗重贾"(《国朝耆献类征初编》卷二三三),可见这是当时潍县的风气。然而对于这种现象,郑板桥的态度却是否定的。

而蒲松龄的态度却是大力肯定的,在《聊斋志异·雷曹》里,他对于乐云鹤的弃儒为商之举乃大为称许:

> 乐子文章名一世,忽觉苍苍之位置我者不在是,遂弃毛锥如脱屣,此与燕颔投笔者何以少异?

作者竟把乐生的弃儒为商比作以前班超的投笔从戎!这无疑反映了作者的反传统态度,同时也有科举不利的孤愤在内。

而在关汉卿的《山神庙裴度还带》里,则可以看到商人对于此事的观点。杂剧中的商人之妻、裴度的姨妈经常说:

> 裴度,想你父母身亡之后,你不成半器,不肯寻些买卖营生做,你每日则是读书。我想来,你那读书的穷酸饿醋,有甚么好处?几时能勾发迹也?

> 怀才怀才,你且得顿饱饭吃者。

> 你空有满腹文章,你则不如俺做经商的受用。

> 裴度,你学你姨夫做些买卖。你无本钱,我与你些本钱,寻些利钱使,可不气概?不强似你读书,有甚么好处?

尽管裴度听不进这些话,还是一意走他的读书路,但是相信大多数弃儒为商者的心里,都会对裴度姨妈的这番话抱有同感。这是相信经商的价值观的商人对士人发出的劝告和诱请,以及对于弃儒为商者行为的预先肯定。

不管怎么说,士人的弃儒为商促进了两个阶层之间的交流和了解,同时,对于商人的价值观的传播也具有积极的作用。

亦 儒 亦 商

正如上文所说的,士商关系既充满着对立与矛盾,同时也存在着相向的对流。正因如此,除了弃儒为商以外,还出现了另一种现象,那就是"亦儒亦商"。所谓"亦儒亦商",也就是有些士人为经济所迫,或者为谋求富贵,在业儒的同时,也从事商业活动,试图"脚踩两头船",从士商两方面得到好处。他们既是士人价值观的信奉者,又是商人价值观的信奉者。在他们看来,两种价值观既是对立的,也可以是互补的。因而他们的出现和存在,便表明了士商关系的一种相交点。他们中有的人成功,有的人失败;但无论成功还是失败,他们总是尝试过了一种新的生活方式。

在《聊斋志异》中,写到不少"亦儒亦商"者的故事,其中的主人公们往往都能获得成功。如《任秀》中的诸生任秀,其父是个商人,父亲死后,任秀一边"以优等食饩",一边又

第四章 士商关系(下):士商对流

从表叔张某经商:

> 有表叔张某,贾京师,劝使赴都,愿携与俱,不耗其赀。秀喜,从之……乃以赀与张合业而北,终岁,获息倍蓰。遂援例入监。益权子母,十年间,财雄一方。

他既为诸生,又去经商,后为监生,又"益权子母",真是个典型的亦儒亦商者。而且他的能够"援例入监",恐怕也与他经商发财不无关系。而诸生或监生的资格,又使他没有后顾之忧。这真是一举两得的美事。

又如《刘夫人》中的刘夫人,劝诸生廉生兼顾经商,其话也表明了同样的想法:

> 无他烦,薄藏数金,欲倩公子持泛江湖,分其赢余,亦胜案头萤枯死也……读书之计,先于谋生。公子聪明,何之不可……妾亦知公子未惯懋迁,但试为之,当无不利。

于是廉生乃边读边商,结果大获成功:

> 往涉荆襄,岁杪始得归,计利三倍……往客淮上,进身为鹾贾,逾年,利又数倍。然生嗜读,操筹不忘书卷,所与游皆文士;所获既盈,隐思止足,渐谢任于伍……生后登贤书,数世皆素封焉。

这个亦儒亦商的廉生,可真谓福星高照,不仅实现了读书中举的愿望,还打下了坚实的经济基础。这同样表明,"脚踩两头船"是可能的。不过,这或许同时也是作者蒲松龄这样一个穷书生的白日梦的表现吧?

有时候,士人也常偶发性地经商,其目的完全是为了经济利益。如《石点头》第一卷《郭挺之榜前认子》里的书生郭乔,因屡考不中,心中气闷,到他做广东韶州府乐昌县知县的母舅那儿去散闷消遣。为解决盘缠和生活费,让家人买三五百金货物跟去,到广东寻一个客店,将货物上好了发卖,因而赚得了足够的金钱:

> 郭乔因问郭福货物卖的如何? 郭福道:"托主人之福,带来的货物行情甚好,不多时早都卖完了。原是五百两本钱,如今除去盘费,还净存七百两,实得了加四的利钱,也算好了。"郭乔听了欢喜道:"我初到此,王老爷留住,也还未就回去。你空守着许多银子,坐在此也无益。莫若多寡留下些盘缠与我,其余你可尽买了回头货去,卖了,再买货来接我,亦未为迟。就报个信与主母也好。"郭福领命,遂去置货不题。

虽然郭乔没有亲自动手,但他还是一个老板,而家人则不过是伙计而已。这是一种偶发性的经商,但也很容易变为长期性的,这样郭乔也还是亦儒亦商者。当时这样的亦儒亦商者想必不在少数,也正可想见当时经商风气的普遍。

以上所说的,都是一些成功的亦儒亦商者。不过,《儒林外史》里的那些亦儒亦商者就没有那么幸运了,他们中的

第四章 士商关系(下):士商对流

不少人在两方面都不走运。比如杨执中,他本是廪生挨贡,又受盐商东家委托,代管新市镇盐店事。可是他既无经商之才,又无经商兴趣,所以把生意搞砸了,吃了一次大大的苦头:

> 杨先生虽是生意出身,一切帐目却不肯用心料理,除了出外闲游,在店里时,也只是垂帘看书,凭着这伙计胡三,所以一店里人都称呼他是个"老阿呆"。先年东家因他为人正气,所以托他管总。后来听见这些呆事,本东自己下店,把帐一盘,却亏空了七百多银子。问着,又没处开消,还在东家面前咬文嚼字、指手画脚的不服。东家恼了,一张呈子送在德清县里。县主老爷见是盐务的事,点到奉承,把这先生拿到监里坐着追比。而今已在监里将有一年半了。(第九回)

他既然没有商人的敬业精神,又不忠于东家所托之事,也就不应该走亦儒亦商之路。可是,也许是受了经商风气的影响,也许是为日常生计所迫,他却还是这么做了,也就难怪会把事情搞砸了。

又如名士兼商人景兰江,"青绢直身,瓦楞帽子,象个生意人模样"(第十七回),在杭州开了一家头巾店;可是又喜欢充名士,做诗词,因而耽误了生意,把业务弄得一塌糊涂:

> 这姓景的开头巾店,本来有两千银子的本钱,一顿诗做的精光。他每日在店里,手里拿着一个刷子刷头

巾,口里还哼的是"清明时节雨纷纷",把那买头巾的和店邻看了都笑。而今折了本钱,只借这做诗为由,遇着人就借银子,人听见他都怕。(第十九回)

他本来也不应该做生意,而是应该专心做名士;或者应该专心做生意,而不应该去做名士。他想要二者兼顾,却又两边乏才,所以两方面都做不成。

又如秀才邓质夫,兼为盐商做贩盐生意,"小侄自别老伯,在扬州这四五年。近日,是东家托我来卖上江食盐,寓在朝天宫"(第四八回)。秀才们常在盐商家做门客帮闲,每当盐商有什么买卖,他们也许都会兼带帮忙,这样,他们也就不由自主地成了亦儒亦商的人。

又如周进,在久考不第的情况下,日常生活发生困难,只得下海经商,为商人们记记账:

> 那年却失了馆,在家日食艰难。一日,他姊丈金有余来看他,劝道:"老舅,莫怪我说你,这读书求功名的事,料想也是难了。人生世上,难得的是这碗现成饭,只管'稂不稂莠不莠'的到几时?我如今同了几个大本钱的人到省城去买货,差一个记帐的人,你不如同我们去走走。你又孤身一人,在客伙内,还是少了你吃的穿的?"周进听了这话,自己想:"'瘫子掉在井里——捞起也是坐。'有甚亏负我?"随即应允了。(第二回)

他这样做完全是出于无奈,与前面那些求富贵者情况不同,所以后来为他"一头撞在号板上"事,客人们怪其姊丈金有余:"论这事,只该怪我们金老客,周相公既是斯文人,为甚么带他出来做这样的事?"金有余答道:"也只为赤贫之士,又无馆做,没奈何上了这一条路。"(第三回)

总之,亦儒亦商者的情况,也和弃儒为商者差不多,大抵不是出于生活所迫,便是为了谋求富贵。不过由于是"脚踩两头船",所以对会踩者来说,自是两头得利,而对不会踩者来说,可就是两头不讨巧了。这是与弃儒为商者不一样的地方。但不管怎么说,亦儒亦商现象的存在,也同样说明了当时经商风气的普遍。

由 商 入 儒

由于在传统中国社会里,商人几乎没有可能进入统治阶层,因此即使再有钱财,他们也只能过"富"的生活,而不能过"贵"的生活。于是,与士人们往往弃儒为商相反,商人们则往往"由商入儒",即放弃经商之业,改走读书应举之路。

一般来说,商人本人甚少有条件作此"转业",大抵只是让自己的子弟读书,以望在下一代能改变身份。这样的成功例子并不少见,这我们在第二章里已经看到过了。因为业儒原本需要经济基础,而商人家庭往往具备这样的条件。只有女儿的商人家庭,则往往通过缔姻士人,来改变下一代的身份。这样的成功例子也不少见。当然,也有不通过业儒或缔姻,而直接利用金钱买官的,这大抵只有在末世的乱局中,朝廷公然卖官鬻爵时,才有可能做到。

商人的渴望由商入儒,乃是由于受到士人价值观的吸引,向往着对方的实际利益;同时也是出于自卑感,希望获得某种补偿。但这么做的后果,则也促进了士商之间的交流和了解。

由商入儒者的基本理念,在武汉臣的《散家财天赐老生儿》中,通过商人刘从善与侄儿刘引孙关于业儒好抑是经商好的讨论,而被表现得十分清楚:

> [引孙云]您孩儿一径的来问伯伯、伯娘,借些本钱做些买卖。[正末云]引孙孩儿也,则不如读书好。[引孙云]伯伯,则不如做买卖。[正末云]引孙孩儿也,则不如读书好。[引孙云]伯伯,则不如做买卖好。[正末唱]我道那读书的志气豪,为商的度量小,则这是各人的所好。你便苦志争似那勤学。为商的小钱番做大钱,读书的把白衣换做紫袍。则这的将来量较,可不做官的比那做客的妆幺。有一日功名成就人争羡,[云]头上打一轮皂盖,马前列两行朱衣,[唱]抵多少买卖归来汗未消,便见的个低高。

这是对于业儒与经商的好处的比较,而比较的结果则是业儒更好。值得注意的是,这样的比较和结论,乃是由一个商人作出的。由此可以看出,商人向往进入士人阶层,向往进入统治阶层。表面看起来,刘从善的话与上文所引裴度姨妈的话,恰好形成了鲜明的对照,但其实两者并不矛盾,反映了并存于商人心目中的两种想法:如果读书能读出个名堂来(也就是能进入统治阶层),则商人自会抱有与刘从善相同的看法;如果读书读不出个名堂来(也就是进不了统治阶层),则商人自会抱有与裴度姨妈相同的看法。

《欢喜冤家》第十二回《汪监生贪财娶寡妇》里的一个商人,出于对本阶层的自卑和对士人阶层的向往,一心想让他那不成器的儿子走读书应举的道路:

> 话说嘉兴府秀水县,有一个监生,姓汪,名尚文,又号云生,年长三十岁了。他父亲汪礼,是个财主,原住徽州,因到嘉兴开当,遂居秀水。那汪礼有了钱财,便思礼貌,千方百计,要与儿子图个秀才。怎奈云生学问无成,府县中使些银子,开了公折,便已存案。一上道考,便扫兴了。故此汪礼便与他克买附学名色,到南京监里纳了监生,倒也与秀才们不相上下,就往南京坐监。

这个商人的儿子头脑不够聪明,所以只能用钱买士人的身份。他所依赖的当然是金钱,这是商人由商入儒的基本武器。这与那些读书人为生计所迫而不得不弃儒为商的现象,恰好形成了鲜明的对照。这样做的商人在当时应不少见。

不过,这毕竟不是正路,因为要能读出名堂来,毕竟还得靠头脑和用功。所以理想的由商入儒的方法,应是将金钱、才能、用功加在一起,这样才能保证取得成功。那些成功的由商入儒者,大抵具备这样三个条件。比如《乐小舍拼生觅偶》里的乐和,原本是商人子弟,后来娶了士人之女,丈人"见乐和聪明,延名师在家,教他读书。后来连科及第"。这便是因为具备了以上三方面条件之故。又如刘大櫆的《金府君墓表》写到,一个商人让子弟们业儒,结果取得了很大的成功:"所居僻介丛山,村人以樵牧为务,而府君独市典籍,延师儒,课子孙以进士业。其后子孙既贵显,而一乡之中,皆彬彬兴起于学焉。"(《刘大櫆集》卷七)又如钱谦益的《曹府君墓志铭》写到,一个商人家庭经业儒而贵显:"广之先世,家歙之岩镇,以赀雄里中。吾祖逐什一,行贾于浙。乐崇德之土风,将卜居焉。"(《牧斋初学集》卷五三)后来通过读书应举,其父成为国子生,其本人成为进士,终于由商入儒成功。

不过,也有由商入儒不成功的,那或是因为生活所迫,或是舍不得放弃经商。前文提到过的一些例子,如《喻世明言》卷十六《范巨卿鸡黍死生交》里的范巨卿,同书卷十八《杨八老越国奇逢》里的杨八老,《欢喜冤家》第三回《李月仙割爱救亲夫》里的王文甫,《聊斋志异·白秋练》里的慕生,《罗刹海市》里的马骥,《许察院感梦擒僧 王氏子因风获盗》里的王禄,都是本来出身商人家庭,由商入儒而又不成功的。

每当遇到末世的乱局,朝廷为了弥补国库亏空,往往会公然卖官鬻爵。那时候商人凭其经济实力,往往有可能买到一官半职,而直接进入统治阶层。《太平广记》卷四九九《郭使君》,便写到了唐代的这样一个例子:

> 江陵有郭七郎者,其家资产甚殷,乃楚城富民之首。江淮河朔间,悉有贾客仗其货买易往来者。乾符初年,有一贾者在京都,久无音信。郭氏子自往访之。既相遇,尽获所有,仅五六万缗。生耽悦烟花,迷于饮博。三数年后,用过太半。是时唐季,朝政多邪,生乃输数百万于鬻爵者门,以白丁易得横州刺史,遂决还乡。

可是这个商人运气不好,在赴任途中,他的船被打沉,"委任状"也丢失了,母亲也因受惊而去世。"孤且贫,又无亲识,日夕厄于冻馁。"不得已,只能为人做工。"生少小素涉于江湖,颇熟风水间事,遂与往来舟船执梢,以求衣食。永州市人呼为'捉梢郭使君'。自是状貌异昔,共篙工之党无别矣。"一个富商的做官美梦,就这样没下梢地收了场。

也许是其情节特别富于戏剧性,所以这个故事也吸引了后世文人的注意,如凌濛初据之改写为白话小说《钱多处白丁横带 运退时刺史当艄》(《拍案惊奇》卷二二)。所谓

"钱多处白丁横带",正是商人用钱买官的写照。在这篇白话小说里,商人渴望做官的心理,表现得尤为清楚:

> 小弟家里有的是钱,没的是官。况且身边现有钱财,总是不便带得到家,何不于此处用了些,博得个腰金衣紫,也见人生一世,草生一秋。就是不赚得钱时,小弟家里原不稀罕这钱的,就是不做得兴时,也只是做过了一番官了,登时住了手,那荣耀是落得的。

在官本位的社会里,做官的荣耀,自是人生的理想,也是商人阶层的理想。而在商人的场合,正是金钱,也只有金钱,能帮助他们实现这一理想。然而这个商人还是失败了,因为他的运气不好。"运退时刺史当艄",说的正是这个意思。

不过,我们认为,在这个故事里,也有士人心理的反映。士人通过这个故事来表示对于商人的警告:统治阶层乃是士人的世袭领地,绝不允许商人凭借金钱来侵入!小说末尾的《挂枝儿》山歌,也许正表达了这种心理:

> 问使君,你缘何不到横州郡?元来是天作对,不许你假斯文,把家缘结果在风一阵!舵牙当执板,绳缆是拖绅。这是荣耀的下梢头也,还是把着舵儿稳。

第五章
商人、女人和士人

在长期以来的男性中心社会里,占有女人的多少,常常是男人力量强弱的标志。有权有势有钱的男人,常常能够占有更多的女人(皇帝当然是最有势力的男人,所以能够占有最多的女人);而许多社会底层的男人,则往往只能终身打光棍。

商人阶层具有较强的经济实力,因此他们大抵总是"情场"上的胜利者。在这个方面,他们的能量也许在统治阶层之下,却几乎总是在"农"或"工"之上,甚至也在一般的"士"之上。在后面的"商人之爱"一章中,我们会看到商人们怎样依靠金钱,成为女人心目中的"时代英雄"。

然而在很多文学作品中,我们却看到了一个相反的现象,那就是当商人和士人角逐于"情场"时,几乎总是士人获得胜利,而商人总是一败涂地。尤其是在女人的心里,总是士人的"文才"受到欢迎,而商人的"钱财"则不受欢迎。即使由于商人的金钱的力量,士人暂时遭受挫折,但他们大抵总能反败为胜,赢得最后的胜利。而且,即使在士人暂时遭受挫折时,女人的心也依旧在他们身上,而永不会在商人身上。

对于这样一种文学作品中常见的商人、女人和士人的三角关系,轻信而天真的读者容易信以为真,以为在过去的现实生活里也是这样。但是我们却认为,这种三角关系乃是出于士人的想象,他们借此获得在现实生活中不容易得到的对于商人的胜利,以弥补在现实生活中总是败于商人的缺憾,并在文学想象中对总是压倒他们的商人进行报复。

我们之所以设立本章,正是为了观察一下,士人的立场与偏见,使他们在表现商人生活时表现出怎样的偏差和误导,从而让我们对文学作品中有关商人的描写采取更为审慎小心的态度。

唐代诗歌:隐而未显的幻想

我们觉得,表现商人、女人和士人三角关系的第一篇引人注目的文学作品,应该是唐代诗人白居易的《琵琶行》。这篇诗歌的本事,有人说是纪实的,有人说是虚构的,但不管是纪实的抑是虚构的,其所表现的主题却没有什么不同,对于我们的论述来说也无关紧要。《琵琶行》写诗人在迁谪之地,邂逅一个本为长安名妓的商妇,对她的身世油然产生同情之感,并因而触发了自己的迁谪之意。最值得注意的,是其中所表现的诗人、商妇和不出场的商人这三个角色之间的感情关系。我们先来看其序:

> 元和十年,予左迁九江郡司马。明年秋,送客湓浦口,闻船中夜弹琵琶者,听其音,铮铮然有京都声。问其人,本长安倡女,尝学琵琶于穆、曹二善才。年长色衰,委身为贾人妇。遂命酒,使快弹数曲。曲罢,悯默。自叙少小时欢乐事,今漂沦憔悴,转徙于江湖间。予出官二年,恬然自安,感斯人言,是夕始觉有迁谪意。因为长句,歌以赠之,凡六百一十二言,命曰《琵琶行》。

这是一个充满感伤浪漫氛围的环境:一个左迁外地的诗人,于一个秋天的夜晚,在芦苇萧瑟的江边,邂逅一个同是来自京师的商妇,那个商妇又弹得一手好琵琶,具有一段风流走红的历史——类似诗人的仕宦经历?于是从诗人的心底里,流露出了"他乡遇故知"的亲密之意,流露出了"同是天涯沦落人"的感伤之情,又流露出了对于她"委身为贾人妇"的同情之心。这些情绪错综复杂地交织在一起,使我们隐隐地感受到了某种微妙的东西:那似乎是诗人和商妇之间的一种亲密之感,以及两人对于商人的一种拒斥心理。在诗歌里,这种情绪和心理,通过商妇的自述,表现得更为清晰:

> 今年欢笑复明年,秋月春风等闲度。弟走从军阿

姨死,暮去朝来颜色故。门前冷落鞍马稀,老大嫁作商人妇。商人重利轻别离,前月浮梁买茶去。去来江口守空船,绕船月明江水寒。夜深忽梦少年事,梦啼妆泪红阑干。

在"商人的女人们"那一章里我们将会提到,在唐代表现商妇与商人离别主题的诗歌中,此诗是唯一表现出商妇对于丈夫的不满与嫌鄙之意的。其他诗歌中的商妇,都是满怀着爱情,等待着丈夫的归来;但是在此诗中,却看不到爱情,只有失意与嫌鄙。不仅如此,就连这个商妇的婚姻,看来也是不得已之举。因此,对这个商妇来说,目前的生活实在还比不上过去。这是商妇与商人之间的感情关系,看来显然是不太美妙的,不仅不同于同时诗歌中的,也不同于白居易另一首《盐商妇》中的。

诗人与商妇之间的感情关系又如何呢?诗人乃是自始至终同情这个商妇的。其实,正是因为在这首诗里,诗人把自己的感情投射了进去,在里面充当了一个"自作多情"的角色,这才引起了其不同于其他诗歌的感情偏移。"商人重利轻别离",被撇下的商妇只有诗人来同情,从而反衬出诗人的"重情重别离",这正是诗人所隐隐表现出来的情绪。于是在诗人听来,那商妇的琵琶之声,都像是在倾诉种种的不满——对于目前的处境,对于商妇的身份:

转轴拨弦三两声,未成曲调先有情。弦弦掩抑声

> 声思,似诉平生不得意。低眉信手续续弹,说尽心中无限事。

而商妇所倾诉的不满,也只有诗人能够理解。从这种相互的倾诉与理解之中,产生了一种亲密的"同党"式感觉,这就是诗人与商妇此时的心理反应:

> 我闻琵琶已叹息,又闻此语重唧唧。同是天涯沦落人,相逢何必曾相识……感我此言良久立,却坐促弦弦转急。凄凄不似向前声,满座重闻皆掩泣。就中泣下谁最多?江州司马青衫湿!

诗人引商妇为同调,商妇也视诗人为知己。在诗人看来,只有像自己这样的诗人,才能理解商妇的孤独与苦恼,才能鉴赏她的才能与风韵;而粗蠢、无情、重利、无文化的商人,则是根本不懂这一切的,因而也是根本配不上她的。这样的有才华而敏感多情的女人,似乎本应是诗人的伴侣,而不应是商人的配偶。

然而她却嫁给了商人,而并没有嫁给诗人。

显而易见,在此诗所表现的诗人、商妇与商人这三个角色之间的感情关系中,诗人与商妇互相理解,互相同情,互为知己,有一种"同党"式的亲密感觉;而对于那个不在场的商人,则都一致表现出嫌鄙与轻视,把他摒弃在这个"两个人的江口"之外。而所有这一切,其实却都出诸诗人之手,是诗人想象力的产物(无论其基于实事抑或仅为虚构)。

元代杂剧：幻想的现实化

也许正是从《琵琶行》中体会到了上述种种情绪，元代的马致远才创作出了《江州司马青衫泪》这出杂剧，索性把诗歌里原来隐而未显的幻想现实化了。其中把诗人的"自作多情"落实，让白居易与妓女裴兴奴相爱，而浮梁茶商刘一郎则以金钱破坏之，把裴兴奴骗娶到了手里；不过，最终却是诗人与妓女的联军，打败了以金钱作后盾的商人。这个杂剧的情节相当荒唐，与《琵琶行》原诗几乎没有什么关系；不过也许剧作家正是要通过这种荒唐的情节，来表示其对于原诗中诗人那隐而未显的幻想的洞察？

话说白居易与裴兴奴交好，来往约有半年光景。不料白居易被贬为江州司马，两人只得忍痛而别，发誓互不相负。裴兴奴果然说到做到，"自从白侍郎去了，孩儿兴奴也不梳妆，也不留人，只在房里静坐"。正在这时，出现了江西茶商刘一郎，他以经济实力作后盾，向裴兴奴发起了进攻：

> 都道江西人，不是风流客。小子独风流，江西最出色。小子刘一郎是也，浮梁人氏，带着三千引细茶，来京师发卖。听的人说，教坊司裴妈妈家有个女儿，名兴奴，昨日央张二哥说知，老妈叫我今日自去……久闻令爱大姐大名，小子有三千引细茶，特来做一场子弟。

> 大姐拜揖。小子久慕大名,拿着三千引茶,来与大姐焐脚。先送白银五十两,做见面钱。
>
> 随老妈要多少钱,小子出的起。
>
> 小子金银又多,又波俏,你不陪我,却伴那样人?

可是裴兴奴却不买"三千引细茶"的账,在商人的金钱与士人的才华之间,她断然选择了后者,而坚意拒绝了前者:

> 妾见侍郎人品高,才华富,遂有终身之托……这茶客是江西人,拿着三千引茶,要来伴宿。妾因侍郎分上,坚意不从他。

鸨母不得已,遂与刘一郎设计,造一封假书,伪称白居易已死,不由裴兴奴不信。遂由鸨母做主,把她卖给了刘一郎,随他去了江西。有一天晚上,茶船来到江州,裴兴奴在江边巧遇白居易,演出了类似《琵琶行》的那一幕。然后乘刘一郎熟睡之际,裴兴奴跟着白居易私奔了。此事一直闹到皇帝那儿,皇帝亲自做出判决:"白居易仍复旧职,裴夫人共享荣光。老虔婆决杖六十,刘一郎流窜遐方。"

这个杂剧的倾向性,完全是在士人一边的。在士人与商人的争夺战中,妓女完全站在士人一边。在士人的人品才华与商人的经济力量之间,妓女断然选择了前者,而坚意拒绝了后者。这当然是士人的幻想的表现。同时,士人的暂时失败与卷土重来,都与他是否有权势息息相关。士人最终能够战胜商人,夺回妓女,也是因为他最后官复原职的关系。这当然仍是士人的幻想的表现。正是在表现士人的幻想方面,我们认为这个杂剧与《琵琶行》在精神实质上是息息相通的。

表现同样的商人、女人和士人的三角关系的杂剧,还有贾仲明(一云武汉臣作)的《李素兰风月玉壶春》。话说"诗词歌赋,针指女工,无不通晓,生的十分大有颜色"的嘉兴名妓李素兰,与"自幼攻习儒业,因游学来至嘉禾地方"的书生李斌,在清明时节郊外踏青赏玩时邂逅相遇,互相一见钟情,相处一年有余。李斌把钱都用完了,鸨母开始赶他出门。正在这时,一个羊绒潞绸商人甚舍出场了,他也凭借雄厚的经济实力,想要赢得李素兰的芳心:

> 我装三十车羊绒潞绸,来这嘉兴府做些买卖。此处有一个上厅行首李素兰,生得十分大有颜色,我有心要和他做一程儿伴。

他用来打动鸨母的,还是他的经济实力:

> 奶奶,我与你二十两银子做茶钱,你若肯将女孩儿嫁与俺,我三十车羊绒潞绸,都与奶奶做财礼钱。

> 我有三十车羊绒潞绸,都与妈妈,则要娶你个大姐。

因为自己具有经济实力,所以他根本看不起穷书生李斌:

> 这穷厮无礼！你虽然先在他家走，怎比的我有三十车羊绒潞䌷！
>
> 我又有钱，你怎生比的我！
>
> 你这等穷厮，我见有三十车羊绒潞䌷哩！

而李斌也同样看不起甚舍，因为自己具有文章才华，文章才华能保证自己进入统治阶层，但经济实力却随时有可能遭到削弱：

> 你虽有万贯财，争如俺七步才。两件儿那一件声名大？你那财常踏着那虎口去红尘中走，我这才但跳过龙门向金殿上排。

他认为妓女之所以看中自己，也是因为自己有可能进入统治阶层，能给妓女带来美好的生活前景：

> 他守我那紫罗襕、白象简、黄金带。我直着驷马车鼎沸这座莺花阵，我将着五花诰与他开除了那面烟月牌。

在这场士人与商人的争夺战面前，李素兰坚定地站在士人一边，对士人之"才"坚信不疑，对李斌始终忠心不贰。甚舍一度像是要取胜的样子，但李斌却突然做成了官，于是甚舍就被李斌打败了。甚舍不仅没能得到妓女，还被"杖断四十，抢出衙门去"。

又如贾仲明的《荆楚臣重对玉梳记》，也是一部表现商人、女人和士人的三角关系的杂剧。话说松江府妓女顾玉香,与扬州府秀才荆楚臣作伴。往来有两年光景,荆楚臣使了数十锭银子,渐渐地没有钱了。这时候出现了一个挑战者,那是一个东平府商人柳茂英,"装了二十载绵花,来此松江府货卖",同样仰仗经济实力,要与荆秀才一决雌雄:

> 先留五十两银子,与奶奶作茶钱;料着二十载绵花,也不到的剩一分回去。
>
> 这等风流子弟,又有钱,不强似那荆秀才?
>
> 大姐,小人二十载绵花都与大姐,不强如那穷身破命的?

为此鸨母把荆楚臣给赶了出去。只是顾玉香还是对秀才恋恋不已,"我怎肯钱亲人不亲"? 为了改变自己的屈辱处境,荆楚臣忍痛告别顾玉香,上京去参加考试;顾玉香则坚拒柳茂英的歪缠。荆楚臣在京,"一举状元及第,所除句容县令"。顾玉香私逃出行,柳茂英一路追去,正要施用暴力,正巧碰上已做官的荆楚臣,于是救了顾玉香,拿了柳茂英。

又如阙名的《郑月莲秋夜云窗梦》,也是一部表现商人、女人和士人的三角关系的杂剧。汴梁妓女郑月莲,与秀才张均卿相好。因为张秀才用完了钱,所以被鸨母赶了出去。而贩茶商人李某,则因富有金银财物,而图交好郑月莲:

> 小子姓李，江西人氏。贩了几船茶，来汴梁发卖。此处有个上厅行首郑月莲，大有颜色，我心中十分爱他。争奈他和张秀才住着，插不的手……凭着我金银财物，定然挨了他。

只是郑月莲爱"才"不爱"财"，"他虽有钱我不爱，我则守着那秀才"。她对鸨母说道：

> 你爱的是贩江淮茶数船，我爱的是撼乾坤诗百联。你爱的是茶引三千道，我爱的是文章数百篇。

张秀才在妓院存身不住，遂发愤上京取应，一举状元及第，除洛阳县宰。正巧郑月莲被卖到洛阳妓院，张均卿遂把她救出火坑，两人终结连理。

元代这类杂剧出现得非常多，除了以上四个现存的以外，从目录及引述中还可知道，如王实甫的《苏小卿月夜贩茶船》(又名《信安王断没贩茶船》，简称《贩茶船》)、庾天锡的《苏小卿(诗酒)丽春园》、纪君祥的《信安王断复贩茶船》、阙名的《赶苏卿》、《豫章城人月两团圆》、《苏小卿双渐贩茶船》，以及戏文《苏小卿月夜泛茶船》、《琵琶亭》等，都是搬演同样主题的故事的。另外，从以上几个杂剧所提到的一些典故来看，也可知当时这类剧本远比今天所知者为多。后来，即使进入了明初，这类题材的杂剧也仍有出现，如朱有燉的《刘盼春守志香囊怨》、《兰红叶从良烟花梦》等。可见写作此类杂剧，也是当时的一种风气。

综观以上几个杂剧,可以看出一些共同的特色。一是士人大抵能够赢得妓女的芳心,而商人则总是得不到妓女的欢心;二是凭借经济实力的商人,一开始几乎总是能对士人占有上风,能把妓女实际上占有到手,而士人则不得不暂时撤退,以谋取他那如在囊中的前程;三是士人一旦得到了一官半职,就能够最终打败商人,把妓女最终弄到手。这大抵可以看作此类杂剧的"三部曲"。

我们觉得,其中的第一部曲和第三部曲,无疑都是士人想象和幻想的产物,而与当时的社会现实正好相反。在现实生活中,正如杂剧中被滑稽化了的商人所表现的,商人凭金钱可以在青楼中通行无阻,足以压倒穷困的士人而占上风。士人的才华未必真能得到妓女的赏识,而商人的金钱也未必仅是银样蜡枪头的玩意儿。尤其是在此类杂剧频繁出现的元代,士人处于"九儒十丐"的地位,应举做官宛如天方夜谭,又如昨日之梦,大抵不可能像剧中的士人那样,凭之来对商人取得最后的胜利。所以我们认为,此类杂剧都是士人想象和幻想的产物,它们的频繁出现,反而证实了商人在"情场"上的力量之强大,致使士人们不得不到杂剧中来寻求安慰和补偿。他们借此获得在现实生活中不容易得到的对于商人的胜利,弥补在现实生活中总是败给商人的缺憾,并在文学想象中对总是压倒他们的商人进行报复。

明代白话小说：新的角逐

只要士商之间的阶层差异依然存在，他们在"情场"上的角逐便不会止息，而文人们表现这一题材的兴趣便不会消失。在明代白话小说中，我们同样可以看到这类题材的故事，其中的商人一如既往地不敌士人；但是有时也会出现令人意想不到的情况，显示着文学之外存在着相反的实情。

《喻世明言》卷十二《众名姬春风吊柳七》，描写了柳永在娼楼妓馆的全面凯歌，是表现士人幻想的一个典型作品。其中特别与商人有关的情节有两个，都描写了士人和商人在"情场"上的角逐，以及文人笔下士人的必然胜利。

一是名妓周月仙、士人黄秀才和商人刘二员外之间的三角关系故事。虽然周月仙本人同黄秀才交好，但是在力量上黄秀才却不敌刘二员外；可是正当黄秀才要失败的时候，另一个更有力量的士人柳永的插手，使事情发生了根本性的转变。这里还是元杂剧的老套子：士人光凭才能不能抗衡有钱的商人，但是加上权力则必胜无疑。只不过士人的两种情况现在被两个角色所分担，而不再像元杂剧那样由同一个人的前后变化来处理。在这篇小说的前身《柳耆卿诗酒玩江楼记》(《清平山堂话本》卷一)里，周月仙原来是与商人交好的，而柳永则利用权力把她从商人手中夺了过来。尽管这两种不同的情节对于柳永形象的塑造大有关系,但是在士人与商人争夺妓女这一主题上,在文人总是让士人占上风这一倾向性上,这两篇小说之间没有任何不同。

另一个是江州妓女谢玉英、士人柳永和新安大贾孙员外之间的三角关系故事。柳永路过江州,邂逅名妓谢玉英,彼此一见倾心。但因柳永公务在身,只得依依惜别。相约俟柳永任满,重新路过江州,携谢玉英同回长安。在此期间,谢玉英将"杜门绝客以待"。然而,等柳永三年任满还京,便道再到江州,以践与谢玉英之旧约时,却发现谢玉英已不守前盟,而与一个新安大贾交好:

> 原来谢玉英初别耆卿,果然杜门绝客。过了一年之后,不见耆卿通问,未免风愁月恨。更兼日用之需,无从进益;日逐车马填门,回他不脱。想着五夜夫妻,未知所言真假;又有闲汉,从中撺掇。不免又随风倒舵,依前接客。有个新安大贾孙员外,颇有文雅,与他相处年余,费过千金。耆卿到玉英家询问,正值孙员外邀玉英同往湖口看船去了。

这是士人在"情场"上的一次大挫折,而且透露出商人未必总是失败者的消息。然而小说家自然不愿看到士人失败到底,于是让故事发生了一个意料之中的转折:柳永怏怏不乐,在壁上题词一首,责备谢玉英负约,然后便"拂袖而出"——显示了士人的派头。谢玉英回来看到后,愧悔不已,马上便扔了商人,赶到东京去找柳永:

> 他从湖口看船回来,见了壁上这只《击梧桐》词,再三讽咏。想着耆卿果是有情之人,不负前约,自觉惭愧。瞒了孙员外,收拾家私,雇了船只,一径到东京来。

而且,她是"带着一家一火前来,并不费他分毫之事"。这样,士人自然大获全胜,而商人则一败涂地了。值得注意的是,在此小说所据之原始素材中,并未出现"新安大贾孙员外"这一角色;在关汉卿的《钱大尹智宠谢天香》中,也无以上情节;这完全是小说家杜撰出来的,以表现上述士人战胜商人的主题。

这篇小说可以说是士人幻想的登峰造极之作。那柳永的葬礼上,"只见一片缟素,满城妓家,无一人不到,哀声震地"。"自葬后,每年清明左右,春风骀荡,诸名姬不约而同,各备祭礼,往柳七官人坟上,挂纸钱拜扫,唤做'吊柳七',又唤做'上风流冢'。"诸如此类的描写,正透露出士人幻想的深重。在文人们的笔下,商人自是永无资格享此殊荣的。

商人在"情场"上败于士人的故事,还有《警世通言》卷二四《玉堂春落难逢夫》。其中的名妓玉姐,一心在士人王公子身上,而不肯接别的客人。山西客商沈洪求见,也为玉姐断然拒绝:

> 却说西楼上有个客人,乃山西平阳府洪同县人,拿有整万银子,来北京贩马。这人姓沈名洪,因闻玉堂春大名,特来相访……玉姐大惊,问:"是甚么人?"答道:

"在下是山西沈洪,有数万本钱,在此贩马。久慕玉姐大名,未得面睹。今日得见,如拨云雾见青天。望玉姐不弃,同到西楼一会。"玉姐怒道:"我与你素不相识,今当賫夜,何故自夸财势,妄生事端?"沈洪又哀告道:"王三官也只是个人,我也是个人。他有钱,我亦有钱。那些儿强似我?"说罢,就上前要搂抱玉姐。被玉姐照脸啐一口,急急上楼关了门,骂丫头:"好大胆,如何放这野狗进来?"沈洪没意思自去了。

后来,即使沈洪用钱买通老鸨,把玉堂春买到了手,可玉堂春还是不买他的账,根本不把他放在眼里。比较其他同类记载,可以看出此小说于商人乃特别的不敬。如《情史类略》卷二《玉堂春》云:"未几,山西商闻名求见,知其事,愈贤之,以百金为赎身。逾年发长,颜色如故,携归为妾。"《海刚峰先生居官公案》第二九回《妒妾成狱》云:"未几,有一浙江客,兰溪人,姓彭,名应科,闻妓名,求见。知前事,愈贤之,以百金为赎身。逾年发长,颜色如旧,携归为妾。"《青楼小名录》卷六《玉堂春》云:"山西商贤其事,纳为妾。"都提到商人敬其为人,为她解除痛苦,而她也跟着商人而去之事。可知白话小说所写情节乃全出于小说家的想象。其与其他各种记载孰真孰假且不去管他,但让商人在与士人的角逐中失败,则无疑是这篇小说所特有的东西,表现了士人渴望战胜商人的心理,以及在现实生活中存在着相反的实情。

《拍案惊奇》卷二五《赵司户千里遗音　苏小娟一诗正

果》,也表现了同样的商人在"情场"上败于士人的主题。钱塘名妓苏盼奴与太学生赵不敏交好。赵不敏科试及第,赴任襄阳司户,多年不能来为苏盼奴脱籍。苏盼奴"足不出门,一客不见"。但是,这时出现了一个商人,他想和苏盼奴交好,苏盼奴却不愿理睬他:

> 一日,忽有个於潜商人,带着几箱官绢,到钱塘来。闻着盼奴之名,定要一见。缠了几番,盼奴只是推病不见。以后果然病得重了,商人只认做推托,心怀愤恨。小娟虽是接待两番,晓得是个不在行的蠢物,也不把眼稍带着他。几番要呀在小娟处宿歇,小娟推道:"姐姐病重,晚间要相伴,伏侍汤药,留客不得。"毕竟缠不上。商人自到别家阚宿去了。

后来,"於潜客人被同伙首发,将官绢费用宿娼,拿他到官,怀着旧恨,却把盼奴、小娟攀着"。这也是一个同样主题的故事,将商人写得不入妓女之目,以为士人和文人扬眉吐气。然而在其他素材中,却并没有这样的情节和内容,而是相反,都称商人为"盼奴所欢";"诱商人官绢百匹",则亦"盼奴事"(梅鼎祚《青泥莲花记》卷八《苏小娟》引《武林纪事》)。可见苏盼奴并未拒绝商人,而且与商人交好,并诱其以官绢为嫖资。只是这篇小说既让盼奴拒绝商人,又以商人被诱去官绢事属之别家妓院,其目的也只有一个,那就是让商人在"情场"上失败,让士人在"情场"上胜利。这同样是文人幻想的产物。

不过,在《警世通言》卷三二《杜十娘怒沉百宝箱》里,这一主题却出现了某种变奏。其中的名妓杜十娘,看中公子李甲,愿跟随他终身。不料李甲内惧严父,外惑邪言,为了一千两银子,把杜十娘转卖给了新安商人孙富。这似乎显示了商人的胜利,因为商人既广有钱财,又可不拘礼法。可是小说家却不愿让商人胜利,所以让杜十娘自沉了。杜十娘的临终遗言表明,她不可能爱上商人,而只能爱上士人。可是像李甲这样的士人,却又是"眼内无珠"的,"妾不负郎君,郎君自负妾"。所以在青楼中,士人对于商人的胜利,其本质并无任何改变。

综观以上这些小说,有一点似乎是共同的,那就是在文人的笔下,妓女总是喜欢士人,而不喜欢商人;总是喜欢文人之"才",而不喜欢商人之"财";因此总是士人胜利,而商人失败。即使商人有什么胜利的迹象,那原因也是在其他方面,如老鸨的爱钱,或士人的"眼内无珠",而与妓女本人无关。如果说士人在娼楼妓馆还是一个可能的胜利者的话,那么他们在妓女心中可就是永恒的胜利者了。

然而,这只是这一主题的文学作品所特有的现象,在其他不是表现这一主题的文学作品中,商人几乎总是"情场"上的胜利者,把那些穷酸的士人打个落花流水。也正因为这样,所以我们更有理由相信,以上这些作品中所表现的士人对于商人的胜利,只不过是文人幻想的产物罢了。

清代文言小说：喜剧化的幻想

《杜十娘怒沉百宝箱》是一出悲剧，那李甲与孙富的交易尤其令人觉得寒心。这是在商人、女人和士人的"情场"三角角逐中，士人第一次出卖了自己的同盟者。不过历史往往总是如此，一出则为庄严的悲剧，再出则成了滑稽的喜剧，文学的主题亦每每如是。在《聊斋志异·霍女》中，士人黄生、霍女和巨商子这组三角关系，也演出了类似《杜十娘怒沉百宝箱》的一幕，不过其结果却大不同于前者，而变成了令人愉快的喜剧：

> 至扬州境，泊舟江际。女适凭窗，有巨商子过，惊其艳，反舟缀之，而黄不知也。女忽曰："君家綦贫，今有一疗贫之法，不知能从否？"黄诘之，女曰："妾相从数年，未能为君育男女，亦一不了事。妾虽陋，幸未老耄。有能以千金相赠者，便鬻妾去，此中妻室、田庐皆备焉。此计如何？"黄失色，不知何故。女笑曰："君勿急，天下固多佳人，谁肯以千金买妾者？其戏言于外，以觇其有无。卖不卖，固自在君耳。"黄不肯。女自与榜人妇言之，妇目黄，黄漫应焉。妇去无几，返言："邻舟有商人子，愿出八百。"黄故摇首以难之。未几，复来，便言如命，即请过船交兑。黄微哂。女曰："教渠姑待，我嘱黄郎，即令去。"女谓黄曰："妾日以千金之躯事君，今始

耶?"黄问:"以何词遣之?"女曰:"请即往署券,去不去固自在我耳。"黄不可。女逼促之,黄不得已,诣焉。立刻兑付。黄令封志之,曰:"遂以贫故,竟果如此,遽相割舍。倘室人必不肯从,仍以原金璧赵。"方运金至舟,女已从榜人妇从船尾登商舟,遥顾作别,并无凄恋。黄惊魂离舍,嗌不能言。俄商舟解缆,去如箭激。黄大号,欲追傍之。榜人不从,开舟南渡矣。瞬息达镇江,运赀上岸。榜人急解舟去。黄守装闷坐,无所适归,望江水之滔滔,如万镝之丛体。方掩泣间,忽闻娇声呼"黄郎"。愕然四顾,则女已在前途。喜极,负装从之,问:"卿何遽得来?"女笑曰:"再迟数刻,则君有疑心矣。"黄乃疑其非常,固诘其情。女笑曰:"妾生平于吝者则破之,于邪者则诳之也。若实与君谋,君必不肯,何处可致千金者?错囊充牣,而合浦珠还,君幸足矣,穷问何为?"乃雇役荷囊,相将俱去。

与《杜十娘怒沉百宝箱》相比,这个故事整个儿地颠倒了过来。霍女一手导演了这出喜剧,主动要求把自己卖给巨商子,从而为黄生谋得了"千金";黄生则重感情甚于金钱,只有霍女设计欺骗他才行,却又不费吹灰之力人财两得;只有巨商子一如既往,为了美色不惜一掷千金,但是他已不是孙富那样的导致悲剧的人物,而是成了一个被愚弄的可怜角色。显而易见,作者在这里采用了"反讽模仿"的手法,来对《杜十娘怒沉百宝箱》的故事作一番推陈出新。

不过，那个传统的士人战胜商人赢得女人的主题，却仍然没有什么改变，只不过被表现得更为理想化而已。霍女有如此才貌，却甘愿做穷书生之配，而不愿为巨商子之妾，其重士轻商的态度，与前述各妓女实是一致的。而她比前述各妓女更为理想的地方，则是她不仅能在感情上忠于书生，而且在实际上也能帮助书生。从巨商子那儿骗取千金，便是她的实际能力的证明。这比起那些"一无用处"的妓女来，自然是更合于士人的胃口的。如果李甲泉下有知，恐怕也要大感不平，因为杜十娘只会自沉，却不能为他骗来千金。当然，在霍女采取行动之前，她也没忘了试验一下书生的真心；待书生通过了考试以后，她才采取了进一步的行动。这显示了她过人的机智，大概也是吸取了杜十娘的教训吧？

看起来，士人对于"情场"胜利的幻想在升级：他们不仅渴望从商人那儿夺回女人，也希望从他们那儿夺过金钱。

不过，这种幻想的升级，似乎仍然透露出了相反的实情，即也许在现实生活里，士人已变得越来越软弱无力，他们从商人那儿既夺不回女人，也夺不到金钱；还不得不像《儒林外史》里的沈大年那样，自己把女儿送上门去给商人作妾。

第六章
商人的社会处境

中国的商人阶层尽管几千年来一直在发展壮大,到近世还颇为兴盛,却始终没能形成为一个独立的"第三等级",像在西方历史上曾经出现过的那样。这主要是因为中国始终是一个农业国家,商人阶层在社会上根本无法取得支配性的地位;其次也是因为建立在农业社会基础之上的统治机构,自古以来也一直采取重农抑商政策;此外还是因为中国的贸易始终只是国内流通型的,而非国际交流型的,因而商人阶层得不到国际环境的支援。由于诸如此类因素的综合作用,商人阶层便始终只能是一个从属性的阶层,而不能成为一个拥有政治实权的独立的社会等级。

由于始终处于这种从属性的社会地位,所以商人阶层即使拥有雄厚的经济实力,却仍然无法免于受到来自其他方面的种种困扰。统治阶层、官僚机器,甚至无赖恶棍等,都能给商人阶层带来种种麻烦;却没有什么机制或力量,能够保护商人阶层免受这些麻烦。除了极少数的巨商大贾、一些官商合一的商人以外，大部分普通商人都处在需要提心吊胆的环境之中，都显得那么的孤立无援和没有保障。

在这样的社会环境之中，商人要能够保护自己，就必须与官僚机构相勾结，把金钱部分地转化为权力。《金瓶梅》里的西门庆，便是这样一个官商合一的商人形象。这大抵是商人阶层出于无奈的行为，但这么做的后果却往往是灾难性的。这是一种双向的腐化过程：金钱腐化了社会组织的公正运营，权力腐化了商业贸易的公平原则。所以这既是中国官僚机构，也是中国商人阶层的一个悲剧。

在中国文学之中，我们经常可以看到一些具体的实例，显示商人是怎样受到社会其他方面的困扰的；我们也经常可以看到，商人们在抵抗各种困扰的过程中，又采取了一些什么样的被视为"不正当"的手段，既败坏了社会组织，也使他们自己堕落。其中的因果关系很难理清，一如人生的其他场合那样。

皇 权 的 干 涉

皇权是中国传统社会里最大的势力。尽管皇帝本人从身体到地位都非常脆弱，但是由他所直接或间接控制的力量，却常常大到足以压倒其他一切势力的地步。皇权的这种压倒一切的存在，使得任何其他的政治原则都不可能得到正常的发展。皇权对于商人阶层和商业贸易的影响也是如此。不论这种影响的具体表现是令人高兴的抑是令人沮丧的,反正皇权的干涉常使商人阶层的独立愿望化为泡影,商业贸易的公平原则沦为笑谈。

《喻世明言》卷三九《汪信之一死救全家》的入话里,有两个关于南宋高宗的小故事,对于我们了解皇权与商人阶层和商业贸易的关系,具有很好的启示作用。

一个小故事,是说孝宗登基以后,奉高宗为太上皇,孝宗经常奉着高宗,乘龙舟到西湖游玩。有一次,高宗偶尔赏识了一家酒店的鱼羹,结果引起了巨大的轰动效应,使酒店主人大发其财:

> 湖上做买卖的,一无所禁。所以小民多有乘着圣驾出游,赶趁生意。只卖酒的也不止百十家。且说有个酒家婆姓宋,排行第五,唤作宋五嫂,原是东京人氏,造得好鲜鱼羹,京中最是有名的。建炎中随驾南渡,如今也侨寓苏堤赶趁。一日太上游湖,泊船苏堤之下,闻得有东京人语音,遣内官召来,乃一年老婆婆。有老太监认得他是汴京樊楼下住的宋五嫂,善煮鱼羹,奏知太上。太上题起旧事,凄然伤感,命制鱼羹来献。太上尝之,果然鲜美,即赐金钱一百文。此事一时传遍了临安府,王孙公子,富家巨室,人人来买宋五嫂鱼羹吃。那老妪因此遂成巨富。有诗为证:"一碗鱼羹值几钱?旧京遗制动天颜。时人倍价来争市,半买君恩半买鲜。"

另一个小故事,是说高宗有一次散步,经过一座精雅的酒肆,看见一首《风入松》词,便随手改动了几个字,于是又引起了巨大的轰动效应,使酒肆主人也大发其财:

> 那酒家屏风上添了御笔,游人争来观看,因而饮酒,其家亦致大富……又有诗赞那酒家云:"御笔亲删墨未干,满城闻说尽争看。一般酒肆偏腾涌,始信皇家雨露宽。"

这两个小故事的共同特点,都是写由于皇帝略略涉足商业行为,便引起了巨大的轰动效应的。这两个小故事中所表现的轰动效应,都是对当事商人有利的,所以不会引起商人的反感;但是如果皇帝所引起的轰动效应是对当事商人不利的,那么皇权本身的巨大力量,就足以把商人压得粉碎了。"君恩"与"君威"原本就是皇权的双翼,所以小说家一针见血地指出:

> 那时南宋承平之际,无意中受了朝廷恩泽的不知多少;同时又有文武全才,出名豪侠,不得际会风云,被小人诬陷,激成大祸,后来做了一场没挞煞的笑话。此乃命也?时也?运也?正是:"时来风送滕王阁,运退雷轰荐福碑。"

小说家所指的是正话汪信之的故事,不过我们也可以把他的话应用到商人方面。在皇权的干涉之下,商人们的命运也是时而"时来风送滕王阁",时而"运退雷轰荐福碑"的。

入话所说的都是前者,而在现实生活中多的却是后者。无论是前者还是后者,都不是由于"命"、"时"、"运",而是由于皇权的巨大力量。皇权的巨大力量,把商人阶层玩弄于股掌之间,使他们"一则以喜,一则以惧",完全不可能有独立与自主的机会。

同时,这两个小故事还表现了皇权干涉商业贸易和商人阶层的另一个特征,那就是皇权所涉足的商业行为,往往是采取不等价交换的非商业原则的。即如第一个小故事所说的高宗买鱼羹,他所赏赐的却是"金钱一百文",这是超出原价不知多少倍的。这里所运用的不是等价交换的商业原则,而是不等价交换的非商业原则。在这个故事的场合,商人自因这种原则而大受其益;但是如果反过来,皇权利用这个原则,用极低廉的价格来购买商品,或者干脆就是强行掠夺,那么商人们就势必要大受其害了。而说起来,这同样是不等价交换的非商业原则的体现和运用。这种不等价交换的非商业原则,也是皇权干涉商人阶层和商业贸易的特征之一。

我们看唐代诗人白居易的《卖炭翁》(副题为"苦宫市也")诗便可以知道,这种不等价交换的非商业原则是怎样被用来剥削和压迫商人的。"卖炭翁"也许根本算不上是什么商人,只不过我们通过此诗,可以了解当时"宫市"的一般情形;从卖炭翁身上,也可以看到当时苦于"宫市"的一般商人的影子。所谓"宫市",也就是宫廷直接插手的买卖,也就

是体现皇权力量的买卖,也就是体现不等价交换的非商业原则的买卖。这种买卖对商人自然是极为不利的:

> 夜来城上一尺雪,晓驾炭车辗冰辙。牛困人饥日已高,市南门外泥中歇。翩翩两骑来是谁,黄衣使者白衫儿。手把文书口称敕,回车叱牛牵向北。一车炭,千余斤,宫使驱将惜不得。半匹红纱一丈绫,系向牛头充炭直!(《全唐诗》卷四二七)

卖炭翁的一车千余斤的炭,只换来了"半匹红纱一丈绫",这种极端不等价的交换之所以可能,而且卖炭翁对此还毫无反抗的余地,只是因为宫使"手把文书口称敕",即使用了皇权的力量和名义!

这个故事与上述小说里高宗买鱼羹的故事,适成鲜明的对照;但其中所贯穿的不等价交换的非商业原则,却是一致无二的。而且同样的,在现实生活中,多的是卖炭翁式的遭遇。这种皇权的强力干涉,使得等价交换的商业原则受到了破坏,也阻碍了商品经济的正常发展。

官吏的欺压

除了皇权的干涉之外,商人阶层还常常遭受官吏的欺压。商人们即使再有钱,在有权有势的官吏们看来,也只不过是蝼蚁而已,顷刻间便可让他们化为齑粉的。在官吏们的欺压面前,一如在皇权的干涉面前一样,商人们是毫无保障可言的。虽然并非所有的官吏都会对商人有所不利,但只要有一部分官吏如此,就可让商人们大倒其霉了。中国的商人阶层从来没有强大到能够在官吏面前保护自己的程度。

在中国文学中,记载了很多故事,表明在官吏们的欺压之下,商人们的命运是如何的可悲。

> 蜀简州刺史安重霸渎货无厌。州民有油客者姓邓,能棋,其家亦赡。重霸召对敌,只令立侍。每落一子,俾其退立于西北廂下,俟我算路,乃始进之。终日不下十数子而已。邓生倦立且饥,殆不可堪。次日又召。或有讽邓生曰:"此侯好赂,本不为棋,何不献赂而自求退?"邓生然之,献中金三锭,获免。(《太平广记》卷二四三《安重霸》)

为了贪求商人的财物,竟然使用了这样的"绝招",这个贪官也真够"聪明"的!在那个"倦立且饥"的邓生身上,我们看到了苦于官吏欺压的商人的一个缩影。

> 吕用之在维扬日,佐渤海王,擅政害人。中和四年秋,有商人刘损,挈家乘巨船,自江夏至扬州。用之凡遇公私往来,悉令侦觇行止。刘妻裴氏有国色,用之以阴事下刘狱,纳裴氏。刘献金百两,免罪。虽脱非横,然亦愤惋。(《剑侠传》卷三《虬须叟》)

在恶官的欺压面前,商人甚至都保不住妻子!从这个商人"乘巨船"来看,他还是一个大商人,况且遭遇这样的事情,一般中小商人就不必提了。

> 有大贾周师儒者,其居处花木楼榭之奇,为广陵甲第。殷欲之,而师儒拒焉。一日,殷谓(高)骈曰:"府城之内,当有妖起。使其得志,非水旱兵戈之匹也。"骈曰:"为之奈何?"殷曰:"当就其下建斋坛,请灵官镇之。"殷即指师儒之第为处。骈命军候驱出其家。是日雨雪骤降,泥淖方盛。执事者鞭挞迫蹙,师儒携挈老幼,匍匐道路。观者莫不愕然。殷迁其族而家焉。(《太平广记》卷二九〇《诸葛殷》)

周师儒乃是大商人,可是在官吏的强权面前,却还是一败涂地,其遭遇惨不忍睹。商人生命财产的没有保障,于此也可见一斑。

> 湖南帅马希声,在位多纵率。有贾客沈申者,常来往番禺间,广主优待之,令如北中求宝带。申于洛汭间市得玉带一,乃奇货也。因由湘潭,希声窃知之,召申谒衙,赐以酒食。抵夜,送还店。预戒军巡,以犯夜戮之。湘人俱闻,莫不嗟悯。尔后常见此客为祟,或在屋脊,或据栏槛,不常厥处。未久,希声暴卒。其弟希范嗣立,以玉带还广人。(《太平广记》卷一二四《沈申》)

为了贪图商人手中的玉带,这个军阀竟然把商人给谋害了!

在残暴贪婪的军阀面前,这个商人的生命宛如草芥。于是他只能化为鬼祟,来向谋害他的军阀复仇。在这种超自然的表现中,蕴含着商人们的斑斑血泪。

以上所说的,大都是作为个人的商人在官吏欺压之下的不幸遭遇。下面我们再来看一下,商人们正常的经营活动是如何受到官吏的破坏的。

《石点头》第八卷《贪婪汉六院卖风流》里,有一个专门迫害商人的坏官吾爱陶,他做了荆湖路例司监税提举以后,马上便想方设法搜括商人。他下了一道命令,规定过往客商都要报税,无论何物都是十抽其一,如有隐瞒的一半入官。他又养了一批打手,对商人作威作福。搜括来的财物,当然都落入了他自己的腰包:

> 凡客商投单,从实看报,还要覆看查点。若遇大货商人,吹毛求疵,寻出事端,额外加罚。纳下税银,每日送入私衙,逐封亲自验拆,丝毫没得零落……真个算及秋毫,点水不漏。外边商民,水陆两道,已算无遗利。

弄得过往客商叫苦不迭,对他恨之入骨:

> 这主意一出,远近喧传,无不骇异。做买卖的,那一个不叫苦连天……为此地方上将吾爱陶改作"吾爱钱",又唤作"吾剥皮"。又有好事的投下匿名帖,要聚集商民,放火驱逐……没造化的,撞着吾爱陶,胜遭瘟遭劫。那怨声载道,传遍四方。江湖上客商,赌誓发愿

便说:"若有欺心,必定遭遇吾剥皮!"发这个誓愿,分明比说天雷殛死翻江落海一般重大,好不怕人!不但路当冲要,货物出入川海的,定由此经过,没处躲闪,只得要受他荼毒。

在受吾爱陶荼毒的商人中,有一个姓汪的徽州商人,损失特别惨重。那次他在苏杭收买了数千金绫罗绸缎,运往川中去发卖,从吾爱陶的税关前经过。照例缴纳了税银之后,那班打手还要敲他竹杠。这个徽商不服气,和打手们吵了起来,被他们拖入衙门。吾爱陶寻个借口,说是徽商漏税,要把他的货物一半没收:

> 从来入官货物,每十件官取五件,这叫做一半入官。吾爱陶新例,不论绫罗绸缎布匹羢褐,每匹平分,半匹入官,半匹归商。可惜几千金货物,尽都剪破,总然织锦回文,也只当做半片残霞。

从这件事也可见吾爱陶行径之恶劣了。

而且,这样的贪官恶吏,也非止这儿一处。小说里曾提到一个好官,是"浒墅新任提举","比着此处,真个天差地远"。可见实际上还是坏官更多一些,只不过未必都像吾爱陶那样过分罢了。

《聊斋志异·鸮鸟》,揭露了当时官吏借征驴马之际,对当地商人大肆搜刮之事:

> 长山杨令,性奇贪。康熙乙亥间,西塞用兵,市民

> 间骡马运粮。杨假此搜括,地方头畜一空。周村为商贾所集,趁墟者车马辐辏。杨率健丁悉篡夺之,不下数百余头。四方估客,无处控告。

那些商人的驴马被抢走之后,致"远道失业不能归"。而据作者说,"市马之役,诸大令健畜盈庭者十之七,而千百为群,作骡马贾者,长山外不数数见也",可见当时大多数县令都借此搜刮,只是未必如长山县令之甚而已。在这样的官吏统治之下,商人们自然是有冤无处伸的。

《十二楼·萃雅楼》则向我们揭示,在权贵们的淫威之下,商人们是如何的软弱无力,他们的经营又是如何地受到干扰。话说明朝嘉靖年间,北京几个年轻商人,合伙开了一家名叫"萃雅楼"的商店,专门经营书籍、香料、鲜花、古董等"雅物"。由于他们经营得法,因此生意非常兴隆。不料平地起了风波:炙手可热的权贵严东楼,看中了店里的一个年轻人,要找他去陪他淫乐。那个年轻人不从,于是严东楼假称要买古董,从店里拿走了价值千金的货物,让店主人到他府上去取银。然而当店主人去取银时,却一直不能取到:

> 金、刘二人等东楼起身之后,把取去的货物开出一篇帐来,总算一算,恰好有千金之数。第二三日不好就去领价,直到五日之后,才送货单上门。管家传了进去。不多一会,就出来回复说:"老爷知道了。"金、刘二人晓得官府的心性比众人不同,取货取得急,发价发得

缓，不是一次就有的，只得走了回去。过上三五日，又来领价。他回复的话仍照前番。从此以后，伙计二人轮班来取，或是三日一至，或是五日一来。莫说银子不见一两，清茶没有一杯，连回复的说话也贵重不过，除"知道了"三字之外，不曾增出半句话来。心上思量道："小钱不去，大钱不来。领官府的银子，就像烧丹炼汞一般，毕竟得些银母，才变化得出，没有空烧白炼之理。门上不用个纸包，他如何肯替你着力？"就秤出五两银子，送于管事家人，叫他用心传禀；领出之后，还许抽分。只要数目不亏，就是加一扣除也情愿。

虽说严东楼拒不发银是别有原因的，但是从商人们的想法来看，这也是当时官府的一般做法。因为官吏们握有权力，所以自然也就"心性比众人不同"，要"取货取得急，发价发得缓"了；而官吏的管家也就可以仗势欺人，索要"银母"、"纸包"了。商人为此而遭到的困扰，也是可想而知的。后来，当两个商人获知严东楼的真正目的乃是要逼他们送上那个他看上的小伙子时，遂决定为了朋友宁可放弃这笔银子。可是这样还是逃不过去：

> 管家笑一笑道："请问二位，你这银子不领，宝店还要开么？"二人道："怎么不开？"管家道："何如！既在京师开店，如何恶识得当路之人？古语道得好：'穷不与富敌，贱不与贵争。'你若不来领价，明明是仇恨他，羞

辱他了,这个主子可是仇恨得、羞辱得的?……况且丢去之后,还有别事出来,决不使你安稳。这样有损无益的事,我劝你莫作。"

管家的这番话,真是洞达世情之言。"既在京师开店"云云,说出了官吏对于商人的欺压之重;"还有别事出来"云云,也可见商人的走投无路。所以后来两位商人不得已,只好乖乖地交出了那个小伙子。从此商店倒是太平无事了,可那个小伙子却吃尽了苦头。

正因为商人敌不过官府,所以商人大都害怕与官府发生什么纠葛,对官府都宁可采取敬而远之的态度。《警世通言》卷十一《苏知县罗衫再合》里,有一个仗义救人的商人陶公,听说遇害者要与官吏打官司,马上吓得脸色都变了:

> 陶公见是活的,慌忙解开绳索,将姜汤灌醒,问其缘故。苏知县备细告诉,被山东王尚书船家所劫,如今待往上司去告理。陶公是本分生理之人,听得说要与山东王尚书家打官司,只恐连累,有懊悔之意。苏知县看见颜色变了,怕不相容,便改口道:"如今盘费一空,文凭又失,此身无所着落,倘有安身之处,再作道理。"陶公道:"先生休怪我说,你若要去告理,在下不好管得闲事;若只要个安身之处,敝村有个市学,倘肯相就,权住几时。"苏知县道:"多谢多谢!"

后来,陶公把苏知县带回家中,让他在家教学,"不放他出门",一住就是十九年。苏知县欲出去寻访消息,"陶公苦劝安命,莫去惹事"。由此可见,一般的本分商人是多么害怕与官府发生纠纷;即使是像陶公这样的见义勇为的好商人,也不敢和不愿让自己去与官府对质,宁可让受害者在自己家中安住。他们都像惊弓之鸟,让官吏给欺压怕了。

由于商人常受官吏的欺压,所以蒲松龄甚至认为,官吏对于商人的危害,更要大于一般的无赖恶棍。在记载了"老龙船户"杀害商人的恶行之后,蒲松龄又发出了这样的沉重叹息:

> 彼巍巍然,出则刀戟横路,入则兰麝熏心,尊优虽至,究何异于老龙船户哉!(《聊斋志异·老龙船户》)

无赖的骚扰

商人阶层缺乏保障的社会处境,不仅使皇权和官吏可以对他们为所欲为,也使他们处于无赖恶棍的骚扰之下。本来在一个法制健全的社会里,制度应该能够基本保障人们的生命财产的安全;但是当皇权和官吏本身都在肆意践踏法律的时候,又怎能指望一般的无赖恶棍能够销声匿迹呢?因此之故,在一个法制不健全或根本欠缺的社会里,具有雄厚经济实力的商人,反而因此成为无赖恶棍的作践对象,他们破坏法制行为的首当其冲的受害者:

> 唐李宏,汴州浚仪人也。凶悖无赖,狠戾不仁。每高鞍壮马,巡坊历店,吓庸调租船纲典,动盈数百贯。强贷商人巨万,竟无一还。商旅惊波,行纲侧胆。任正理为汴州刺史,上十余日,遣手力捉来,责情决六十,杖下而死。工商客生,酣饮相欢。远近闻之,莫不称快。
>
> (《太平广记》卷二六三《李宏》)

在李宏这样的无赖恶棍的淫威之下,一般的商人都不得不忍气吞声。不过从任正理一上任便解决了这个问题来看,李宏之所以能够如此横行霸道,一定也是出于前任官员的姑息纵容,正如蒲松龄在《聊斋志异·老龙船户》的末尾所指出的:"剖腹沉石,惨冤已甚,而木雕之有司,绝不少关痛痒,岂特粤东之暗无天日哉!"这乃是过去社会的普遍现象。

《喻世明言》卷三六《宋四公大闹禁魂张》里,有一个商人张富,"家住东京开封府,积祖开质库,有名唤作张员外"。张员外生性极为吝啬,所以人们都叫他"禁魂张"。不过尽管他生性吝啬,却又是一个本分商人,"安分守己,并不惹事生非"。然而,他有一次"不近道理"的吝啬行为,却触怒了一个"小番子闲汉"宋四公。宋四公便去"觅了他五万贯锁赃物,都是上等金珠";然后设计陷害张富,使张富饱受折磨,"归家思想,又恼又闷,又不舍得家财,在土库中自缢而死"。

作者对此事的评论是:"可惜有名的禁魂张员外,只为'悭吝'二字,惹出大祸,连性命都丧了。""只为一点悭吝未除,便弄出非常大事。"认为张员外是咎由自取。可是我们却认为,张员外的吝啬固然可鄙,却并不构成无赖恶棍骚扰他的理由。真正的恶人应是那班无赖恶棍,而张员外则只是一个受害者。从这个故事也可看出,当时商人的生命财产是多么地没有保障,而且这种没有保障甚至已经成了社会的常识,连小说的作者对此也已麻木不仁了。

同时,在一定程度上,宋四公们的猖狂一时,也同样是官府的无能造成的:"这一班贼盗,公然在东京做歹事,饮美酒,宿名娼,没人奈何得他。那时节东京扰乱,家家户户,不得太平。"而一俟官府里出现了"能人",这班无赖恶棍就不得不销声匿迹了:"直待包龙图相公做了府尹,这一班贼盗,方才惧怕,各散去讫,地方始得宁静。"这就是所谓的"官好自民安"吧。

《金瓶梅》里的西门庆,虽说也是一个大商人,可同时也是一个无赖恶棍,也往往成为一般商人的对头。他做过许多无赖之事,就对商人所做的而言,则有唆使地痞打蒋竹山之事。蒋竹山原是一个郎中,后来李瓶儿招赘了他,"凑了三百两银子,与竹山打开门面,两间开店,焕然一新的"(第十七回),"开个大生药铺,里边堆着许多生熟药材,朱红小柜,油漆牌面,吊着幌子,甚是热闹"(第十八回),成了一个开生药铺的商人。西门庆恼恨他占了李瓶儿,又抢了自己的生意:"他有甚么起解,招他进去,与他本钱,教他在我眼面前开铺子,大刺刺做买卖!"(第十八回)于是唆使地痞去打蒋竹山：

> 这西门庆附耳低言，便把蒋竹山要了李瓶儿之事，说了一遍。"只要你弟兄二人，替我出这口气便了。"因在马上搂起衣底，顺袋中还有四五两碎银子，都倒与二人，便道："你两个拿去打酒吃。只要替我干得停当，还谢你二人。"……（张胜）一面接了银子，扒倒地下磕了个头，说道："你老人家只顾家去坐着，不消两日，管情稳扣扣教你笑一声。"（第十九回）

于是两个光棍设计，赖蒋竹山欠银不还，把他痛打了一顿，还被保甲拴去提刑院。夏提刑受了西门庆之托，不仅让他赔光棍银子，还把他打了三十大板。那个生药铺当然是开不下去了，李瓶儿的赘婿也做不成了。从这个故事也可以看出，无赖恶棍们的骚扰行为，也是得到夏提刑这样的坏官吏的纵容和庇护的。

《贪婪汉六院卖风流》里提到的一件事也告诉我们，如果得不到官吏的纵容和庇护，无赖恶棍们是不可能为所欲为的：

> 若说浒墅新任提举，比着此处，真个天差地远。前日有个客人，一只小船，装了些布匹，一时贪小，不去投税，径从张家桥转关。被这班吃白食的光棍上船搜出，一窝蜂赶上来，打的打，抢的抢，顷刻搬个罄空，连身上衣服也剥干净。那客人情急，叫苦叫冤，要死要活。何

期提举在郡中拜客回来,座船正打从桥边经过,听见叫冤,差人拿进衙门,审问道:"小船偷过港门,虽所载有限,但漏税也该责罚。"将客人打了十五个板子。向众光棍说:"既然捉获有据,如何不禀官惩治,私自打抢?其罪甚于漏税。一概五十个大毛板,大枷枷号三月。"

如果所有的官吏都能如此,那么无赖恶棍一定不能得志。只可惜这样的官吏真是少之又少,所以商人也就只能让无赖恶棍骚扰不堪了。

商人的应变

面对上述种种不利的社会处境,商人的应变反应也是各式各样的。一般的普通商人大抵只能忍受,或者指望遇上好官为自己做主;有些商人则通过弃商入仕,来改变自己的社会地位;有些商人千方百计地与官府交通,以期利用官府来保护自己,甚至利用官府来欺压别人;还有少数正直的商人,不堪忍受恶劣的社会环境,利用自己的力量与智慧,自己起来保护自己。不过这种种应变反应,大抵仅是消极的抵抗,而缺少一种独立自主的意识,这与中国商人阶层的先天不足是分不开的。

由于商人阶层再有经济实力,也无掌握政治权力的可能,因此很多渴望得到政治权力的商人,放弃了自己的职业,转入了政治的轨道,这我们在"由商入儒"那一节中已有所交待。因此,《贪婪汉六院卖风流》里的那个徽商,在饱受吾爱陶的欺压之后,特意从经商转向仕途,以利用权力找吾爱陶算账,以其人之道还治其人之身:

> 为受了这场荼毒,遂誓不为商,竟到京师纳个上舍,也要弄个官职,到关西地面,寻吾爱陶报雪这口怨气。

如果他生活在法制健全的社会里,他本来可以诉诸法律;只是他无法得到法律的保护,因此他只能弃商入仕。然而一俟他这么做了以后,即使他果能达到报复的目的,那也仍然只是统治阶层的胜利,而非商人阶层的胜利了。因为彼时彼刻,他已经不再是一个商人了。

商人应变反应的另一种类型,而且是过去较为常见的类型,是那些精明强干的商人,通过与官府勾结,进而弄个一官半职,来躲避官吏的欺压,甚而欺压其他商人。这是中国传统社会里特有的现象,证明了中国商人阶层的不独立,中国传统商业的封建性。我们看《金瓶梅》里的西门庆,便走上了这样一条道路。他本来就是一个无赖出身的商人,与官府有着千丝万缕的联系:

> 原是清河县一个破落户财主,就县门前开着个生药铺。从小儿也是个好浮浪子弟,使得些好拳棒,又会赌博,双陆象棋,抹牌道字,无不通晓。近来发迹有钱,专在县里管些公事,与人把揽说事过钱,交通官吏,因

此满县人都惧怕他。(第二回)

后来更是得到了一官半职,过起了亦官亦商的生活。别的商人都不断倒霉,他的生意却越做越大:

> 县门前西门大老爹,如今见在提刑院做掌刑千户,家中放官吏债,开四五处铺面:段子铺、生药铺、绸绢铺、绒线铺,外边江湖又走标船,扬州兴贩盐引,东平府上纳香蜡,伙计主管约有数十。东京蔡太师是他干爷,朱太尉是他卫主,翟管家是他亲家,巡抚、巡按多与他相交,知府、知县是不消说。家中田连阡陌,米烂成仓,赤的是金,白的是银,圆的是珠,光的是宝……(第六九回)

除了他的经营得法、巧取豪夺以外,也是因为他能交通官吏、亦官亦商之故。在商人阶层之中,像西门庆这样的商人也为数不少。他们尽管不一定是巨商大贾,但能量却特别巨大。严格说来,他们算不上是纯粹的商人,而是在官吏的欺压之下,商人阶层里应变而生的一种怪物。所以,像西门庆这类商人的出现,固然是他们本人性格使然,但传统社会的不合理结构也难辞其咎。

对于不利的社会处境的以上两种应变之道,尽管是可以理解的出于无奈的现实之道,却很难说是商人阶层应走的理想之道。只有壮大自己的力量,谋求自己的发言权,与其他阶层平等合作,才是商人阶层的唯一出路。这样做的条件过去并不具备,但想要这样做的愿望却也早有表现。在《喻世明言》卷二六《沈小官一鸟害七命》里,我们就可以看到这方面的一个例子。

话说卖生药商人李吉,由于大理寺勘官的葫芦提,被误当作杀人凶手处死,参与定案的还有皇帝本人。但是,李吉的同伴,另外两个商人,却晓得李吉是冤枉的。他们对此大感不平,想要替李吉辩冤。但他们又深知官府不会理睬他们的申诉;不仅不会理睬,还有可能连累自己。所以他们决定自己行动,去把那个真凶抓住,为同伴洗冤,也用事实证明官府的错误:

> 当时恰有两个同与李吉到海宁郡来做买卖的客人,蹀躞不下:"有这等冤屈事,明明是买的画眉!我欲待替他申诉,争奈卖画眉的人虽认得,我亦不知其姓名,况且又在杭州,冤倒不辩得,和我连累了,如何出豁?只因一个畜生,明明屈杀了一条性命!除我们不到杭州,若到,定要与他讨个明白!"

后来他们果然说到做到,在杭州找到了那个真凶,向官府告发了他,使他受到了应有的惩罚;那个葫芦提的大理寺勘官,也因此而丢了乌纱帽;李吉的冤案终获昭雪,他的家属也得到了赔偿。尽管冤死的同伴已不能复生,皇帝本人也总是一贯正确,但是两个商人的不懈努力,还是得到了卓有成效的结果。

在他们的想法和行动里,体现了一种可贵的精神,即不屈服于官府和皇帝的错误决定,对官府和皇帝不抱幻想,而是相信自己的判断能力,同时谨慎机智地处理事情。表面上他们没有与官府作正面对抗,但是在实际上,在与官府的较量上他们取得了一次大大的胜利:

> 小人两个不平,特与李吉讨命……大理寺官不明,只以画眉为实,更不推详来历,将李吉明白屈杀了。小人路见不平,特与李吉讨命!

他们是向凶手讨命,也是向官府讨命,也是向皇权讨命!他们是为了自己的同伴而讨命,也是为了自己的阶层而讨命!虽说这只是一个具体的案子,但是如果商人阶层把这种精神扩而充之,贯彻到其他各个方面,那么他们就能在应付不利的社会处境时,表现出自己的自主、尊严和力量。

第七章
商 人 的 危 险

每一种职业都有其危险性,商人经商自然也不例外。不过商人经商的危险,却不同于其他职业,主要来自于两个方面,一是商人的流动性,二是商人的富有性。商人,尤其是行商,必须跋涉江湖,四海为家,因此,他们几乎总是置身于各种陌生的环境,为各种陌生之眼所窥视。而且,他们又总是富于钱财或货物,自然容易成为恶人觊觎的目标,有时甚至也容易诱发普通人的歹念。他们的危险来自各个地方:路上、舟中、渡口、旅店、寺庙……他们的危险也来自各种人:强盗、窃贼、好汉、官吏、船夫、水手、车夫、店主、和尚、伙计……他们所赚得的金钱,至少有一部分,是来自于他们职业的危险性。

路　　上

对于每一个人来说,"路"都有着不同的意义。对于商人们来说,"路"也就意味着流通,从而也就意味着金钱。所以,商人们总是无法拒绝"路"的诱惑,总是向往着踏上旅途。他们在路上匆匆地来去,从一个地方到另一个地方,滚雪球般地扩大着他们的财产。然而忽然有一天,在路上的某个地方出了问题,于是"路"对于商人来说,顿时成了危险的来源,甚或丧命的地方;那个越滚越大的雪球,也就突然间被摔了个粉碎。

路上的危险,主要来自于那些杀人越货的强盗。唐代诗人刘驾的《贾客词》,恐怕是最早表现这一主题的诗歌:

> 贾客灯下起,犹言发已迟。高山有疾路,暗行终不疑。寇盗伏其路,猛兽来相追。金玉四散去,空囊委路岐。扬州有大宅,白骨无地归。少妇当此日,对镜弄花枝。(《全唐诗》卷五八五)

商人在灯下赶着早起,是为了赚钱而赶路;然而后来他却遭遇了不测,所以又宛如是赶着去赴死。路对于商人的双重意义在这里表露无遗:路通向商人的故乡,那儿的一切都是他从路上赚来;然而现在路上却发生了意外,于是路再也不能把他带回。

元代阙名的《硃砂担滴水浮沤记》,写一个商人为了躲避"血光之灾",到南昌去做买卖。虽然他生意做得颇为成功,但是"血光之灾"却终未能躲过。在回家的路上他被歹人杀害,财物也被歹人抢走。当看到他怎么也逃不脱歹人之手时,我们真有一种梦魇般的感觉。

具有类似主题的,还有阙名的《玎玎珰珰盆儿鬼》和孟汉卿的《张鼎智勘魔合罗》,其中的商人也为了躲避"血光之灾",而去他乡异府做买卖,也都从此未能再回来。

在我们看来,他们好像不是去躲"血光之灾",而简直是去赴"血光之灾"的。这些杂剧似乎象征性地说明,如果家乡对于商人不太安全,那么"路"对于他们就更加危险。

路上的危险,不仅来自于那些专做坏事的强盗,也来自于那些偶起歹意的常人。他们或者是脚夫,或者是伙计,或者是仆人,或者是合伙人,由于利欲熏心,为了一念之差,会偶发地犯下罪行:

> 何老,鄂州人,常为商。专诵《金刚经》。唐长庆中,因佣人负货,夜憩于山路。忽困寐,为佣者刜其首,投于涧中。取货而趋市,方鬻,见何老来,惶骇甚。何曰:"我得诵经之力,誓不言于人。"遂相与为僧。(《太平广记》卷一百七《何老》)

商人所携带的货物,诱发了所雇脚力的歹念,于是商人的帮助者,一变而为商人的谋害者。后半部分的情节荒诞不经,原是为了宣传"诵经之力",不过在象征的意义上,也未必不可理解为给偶起歹意的犯罪者以改过自新的机会,从而也说明了这种犯罪行为的偶发性质。不过,对于路上的商人们来说,即使是偶发性的犯罪,也将是致命的危险;而且唯其纯属偶发,事先不能防范,因而更加显得可怕。

《二刻拍案惊奇》卷二五《徐茶酒乘闹劫新人　郑蕊珠鸣冤完旧案》里的一个故事,也具有同样的意义。话说两个河南开封府杞县客商,一个是赵申,一个是钱已,"合了本钱,同到苏、松做买卖,得了重利,正要回去",偶然经过一地,听见一口井中传来呼救之声,两人商量要救他起来,于是钱已在上接应,赵申下井救人。本来一切顺利,一桩大好事眼看就要做成,可是……

> 大凡人不可有私心,私心一起,就要干出没天理的勾当来。起初钱已与赵申商量救人,本是好念头。一下子救将起来,见是个美貌女子,就起了打偏手之心,思量道:"他若起来,必要与我争,不能够独享;况且他囊中本钱尽多。而今生死之权操在我手,我不放他起来,这女子与囊橐多是我的了。"歹念正起,听得井底下大叫道:"怎不把绳下来?"钱已发一个狠道:"结果了他罢!"在井傍掇起一块大石头来,照着井中,叫声:"下去!"可怜赵申眼盼盼望着上边放绳下来,岂知是块石头?不曾提防的,回避不及,打着脑盖骨,立时粉碎,呜呼哀哉了!

本来是两个合伙做生意的伙伴,可是却因了其中一个偶发的歹意,另一个商人平白无故地送了性命。如果连合伙做买卖的同伴都会突然起杀心,那么商人在旅途上还有什么人可以相信呢？而糟糕的是这类事情还为数不少，如明代公案小说里的好多个故事，其中谋害商人的凶手本身也是商人。

除了各种歹徒和常人以外，商人在路上的危险，还来自于那些绿林好汉们。尽管他们自己标榜"替天行道"，尽管他们被人们视为英雄，但是他们却不仅抢劫官吏和恶霸，也抢劫一般的过路商人。在这一点上，他们与一般的强盗相比几乎没有什么区别。只是由于小说家常常用"好汉"的观点，而不是用商人的观点，来写他们的故事，故而一般的读者不免受其误导，一味赞扬好汉们的"壮举"，而忽略了商人们的受害。

"好汉"小说《水浒传》写到，"好汉"的入伙仪式之一，便是实际做一次杀人劫货行为，而其对象则常常是过路的商人。当林冲要求王伦允许他上梁山泊时，王伦对他提出的便是这样一个要求：

> 但凡好汉们入伙，须要纳"投名状"——是教你下山去杀得一个人，将头献纳，他便无疑心，这个便谓之"投名状"。（第十一回）

> 与你三日限。若三日内有"投名状"来，便容你入伙；若三日内没时，只得休怪。（第十一回）

于是林冲便去"僻静小路上等候客人过往"。然而第一天运气不好，"从朝至暮，等了一日，并无一个孤单客人经过"。

第二日运气还是不佳,"伏到午时后,一伙客人,约有三百余人,结踪而过,林冲又不敢动手,让他过去。又等了一歇,看看天色晚来,又不见一个客人过"。第三日时来运转,终于等到了一个单身客人,尽管未能取得头来,却抢了一担财帛(第十一回)。这就是"好汉"的入伙仪式,既是为了考验他们杀人劫货的决心和能力,也是为了让他们沾上人命走不得回头路。然而,对于成为牺牲品的过路商人来说,这又意味着什么呢?此外我们一定也还记得,林冲还是这部小说里最令人同情、最富正义感的角色呢!从上述描写中,我们可以从"好汉"的角度,了解到商人在路上被劫杀的真相。

在路上劫杀过路客商,并非是白衣秀士王伦一人的特别做法,而是梁山泊全体"好汉"的一般做法。林冲火并王伦,推举晁盖为新寨主,梁山泊重新聚义后,开门两件喜事,一件是胜了官兵,另一件就是劫了客商,得了大批金银财物:

> 正饮酒之间,只见小喽啰报道:"山下朱头领使人到寨。"晁盖便唤来问道:"有甚么事?"小喽啰说道:"朱头领探听得有一起客商,约有十数人,结联一处,今夜晚间必从旱路经过,特来报知。"晁盖道:"正没金帛使用。谁可领人去走一遭?"三阮道:"我弟兄们去。"晁盖道:"好兄弟,小心在意,速去早来。我使刘唐随后来策应你们。"三阮便下厅去换了衣服,跨了腰刀,拿了朴刀、桦叉、留客住,点起一百余人,上厅来别了众头领,

便下山去,就金沙滩把船载过朱贵酒店里去了。晁盖恐三阮担负不下,又使刘唐点起一百余人,教领了下山去接应。又分付道:"只可善取金帛财物,切不可伤害客商性命。"刘唐去了。晁盖到三更不见回报,又使杜迁、宋万引五十余人下山接应。晁盖与吴用、公孙胜、林冲饮酒至天明。只见小喽啰报喜道:"三阮头领得了二十余辆车子金银财物,并四五十匹驴骡头口。"晁盖又问道:"不曾杀人么?"小喽啰答道:"那许多客人见我们来得势头猛了,都撇下车子、头口、行李逃命去了,并不曾伤害他一个。"晁盖见说大喜:"我等初到山寨,不可伤害于人。"取一锭白银赏了小喽啰。四个将了酒果下山来,直接到金沙滩上。见众头领尽把车辆扛上岸来,再叫撑船去载头口马匹。众头领大喜,把盏已毕,教人去请朱贵上山来筵宴。晁盖等众头领都上到山寨聚义厅上,簸箕掌、栲栳圈坐定。叫小喽啰扛抬过许多财物在厅上,一包包打开,将彩帛衣服堆在一边,行货等物堆在一边,金银宝贝堆在正面。众头领看了打劫得许多财物,心中欢喜,便叫掌库的小头目,每样取一半,收贮在库,听候支用;这一半分做两分,厅上十一位头领均分一分,山上山下众人均分一分。(第二十回)

这场指挥有方的战斗,并不是对付官兵的,而是对付商人的。众头领心中欢喜之日,正是众商人伤心落泪之时。作为山寨的新任头领,晁盖与王伦的不同之处,也只是吩咐手下劫货而不杀人，可见一般的做法，是连人也要杀的；而且这在晁盖，也只是"初到山寨"的行为，也是保不得以后的；而且除了晁盖以外，其他兄弟是否会留心"劫货"与"杀人"之大防，也是全不可知的。有了这些"好汉"的这类"壮举"，商人在路上还有什么安全可言呢？然而商人在"好汉"手中所吃的苦头，以前却为读者所完全忽略了。

商人在路上所可能遭到的危险，在那些明代公案小说里写得最多，几乎成了一个最重要的主题。如《包龙图判百家公案》第二一回《灭苦株贼伸客冤》(《龙图公案》卷二《鸟唤孤客》同)、第二八回《判李中立谋夫占妻》(《龙图公案》卷七《地窨》同)、第三二回《失银子论五里牌》(《龙图公案》卷八《牌下土地》同)、第三八回《王万谋并客人财》、第四六回《断谋劫布商之冤》(《龙图公案》卷八《木印》、《国朝名公神断详刑公案》卷六《徐代巡断抢劫段客》、《名公神断明镜公案》卷三《陈风宪判谋布客》同)、第五五回《断江侩而释鲍仆》(《龙图公案》卷五《红衣妇》同)、第六十回《究巨蛙井得死尸》(《龙图公案》卷二《龟入废井》同)、第八七回《瓦盆子叫屈之异》(《龙图公案》卷五《乌盆子》同)、第九六回《赌钱论注禄判官》,《龙图公案》卷一《接迹渡》、《皇明诸司公案》卷一《曾大巡判雪二冤》、卷三《熊主簿捉谋人贼》,《郭青螺六省听讼录新民公案》卷二《井中究出两命》,《海刚峰先生居官公案》第四四回《假给弟兄谋命夺财本》,《古今律条公案》卷一《陈府尹判问恶仆谋主》(《名公案断法林灼见》卷二

《仆人同谋家主》、《国朝名公神断详刑公案》卷一《陈府尹判恶仆谋主》同),《国朝名公神断详刑公案》卷六《吴推府断僻山抢杀》、《阮县尹断强盗掳劫》,等等,都是表现同样主题的故事。虽然这些明代公案小说中的故事大抵抄来抄去,且各自多有重复,但其中所写商人在路上的种种危险,还是给人以深刻的印象。而作者与读者之所以对这类故事乐此不疲,也反映了他们对于这一主题的浓厚兴趣。

舟　　中

陆行则车,水行则舟,古时交通工具,舍此别无他途。商人行贩,亦是不雇车,则雇舟。而且比起车来,舟似乎更便于贩载重物,更便于长途运输。尤其是在南方水网纵横之地,几乎更是非舟不能长途经商。

但是,江湖或为盗贼渊薮,舟子或为盗贼化身,于是商人的危险,便不仅来自陆路,也来自水路。而且,在某种程度上,水路比陆路还要危险。因为在水上,一艘船便是一个自足的世界,如果强盗从偏僻处打上船来,则船上的商人几乎无路可逃;如果船上的舟子本身便是强盗,则搭船的商人无异于自投罗网。因此之故,那交织着商人血泪的故事,便不仅在陆路上,也在水路上演出着。

在唐代,流行着一个商女为父亲和丈夫复仇的故事,那就是关于谢小娥的故事。谢小娥是商人之女,又嫁给了一个商人,父亲和丈夫合伙做生意。不料有一天碰到强盗,她的父亲和丈夫全部遇害,谢小娥受伤未死,发誓要为父亲和丈夫报仇。经过顽强的寻访追踪,她终于找到了那帮强盗,使他们受到了应得的惩罚。

这个故事是那么的有名,所以不仅出现了李公佐的《谢小娥传》(《太平广记》卷四九一),以及出于同一传闻而姓名各异的《尼妙寂》(《太平广记》卷一二八),其事迹还被收入了《新唐书·列女传》。晚明时期,小说家还据此素材创作出了白话小说,那就是《拍案惊奇》卷十九《李公佐巧解梦中言 谢小娥智擒船上盗》。值得注意的是其中那一段表现商人在水上舟中遇害场景的描写:

> 两姓合为一家,同舟载货,往来吴、楚之间。两家弟兄、子侄、童仆等众,约有数十余人,尽在船内。贸易顺济,辎重充盈。如是几年,江湖上多晓得是谢家船,昭耀耳目……忽然一日,舟行至鄱阳湖口,遇着几只江洋大盗的船,各执器械,团团围住。为头的两人,当先跳过船来,先把谢翁与段居贞一刀一个,结果了性命。以后众人一齐动手,排头杀去。总是一个船中,躲得在那里?间有个把慌忙奔出舱外,又被盗船上人拿去杀了。或有得跳在水中,只好图得个全尸——湖水溜急,总无生理。谢小娥还亏得溜撒,乘众盗杀人之时,忙自去撑在舵上,一个失脚,跌下水去了。众盗席卷舟中财宝金帛一空,将死尸尽抛在湖中,弃船而去。

这段惊心动魄的描写,很好地表现了舟中的危险,那几乎是一种无路可逃的危险。"总是一个船中,躲得在那里"云云,正说明了舟中危险的性质。

上述这个故事也许过于残酷,那么我们再来看另一个故事,尽管具有某种幽默感和轻松性,但它也同样表现了舟中的危险。那就是《拍案惊奇》卷八《乌将军一饭必酬 陈大郎三人重会》的入话。其中说一个初出茅庐的年轻商人,三次外出经商,却三次遭到同一伙水上强盗的打劫。好在这伙强盗誓不杀人,但是每次也把货物搬个精光:

> 不则一日,早到京口,趁着东风过江。到了黄天荡内,忽然起一阵怪风,满江白浪掀天,不知把船打到一个甚么去处。天已昏黑了,船上人抬头一望,只见四下里多是芦苇,前后并无第二只客船。王生和那同船一班的人正在慌张,忽然芦苇里一声锣响,划出三四只小船来,每船上各有七八个人,一拥的跳过船来。王生等喘做一块,叩头讨饶。那伙人也不来和你说话,也不来害你性命,只把船中所有金银货物尽数卷掳过船,叫声"聒噪",双桨齐发,飞也似划将去了。满船人惊得魂飞魄散,目睁口呆。

王生三次遇盗,都在不同的地方,说明了水上的危险几乎是无处不在的。而且从各段描写来看,水寇几乎都是肆无忌惮的,没有什么力量来对付他们,只有乖乖地束手就擒。这说明商人在水上根本得不到什么保护,只能把自己的命运交付给运气和老天。

以上都是写强盗上船打劫的,已经够让人感到惊心动魄的了;如果碰到舟子本身便是强盗,那情景就更让人毛骨悚然了。《聊斋志异·义犬》便写到了这样的事情:

> 周村有贾某,贸易芜湖,获重赀。赁舟将归……舟人固积寇也,窥客装,荡舟入莽,操刀欲杀。贾哀赐以全尸,盗乃以毡裹置江中。

虽说后来此贾赖义犬得活,该盗也赖义犬被捕,但舟船对于商人的危险,已给人以深刻的印象。

在明代的公案小说里,反映这类内容的故事也不少,如《龙图公案》卷一《夹底船》(《古今律条公案》卷一《吴推府断问船户谋客》、《国朝名公神断详刑公案》卷一《吴推府断船户谋客》、《名公案断法林灼见》卷二《梢公黑夜谋商》同)、卷七《三娘子》(《名公案断法林灼见》卷二《梢公谋死客商》同)、《郭青螺六省听讼录新民公案》卷二《双头鱼杀命》等,都是商人为船户所谋害的故事,都给人以阴惨恐怖的感觉。

对于舟中的危险,《歧路灯》里的商人王春宇,从亲身体验的角度,说得最为真切生动:

> 到江南,走汉口,船上怕风怕贼。到大地方,还有船多仗胆,偶然到个小地方,湾了船,偏偏岸上有戏,人家男男女女欢天喜地的听唱,我在船上怕人杂有贼,自

> 己装的货船两三只,又怕水手就是贼,一夜何尝合过眼!单单熬到日头发红时,我又有命了。(第一百回)

所以直到年老做寿时,他也还是反对唱戏,因为这勾起了他关于早年舟中生活的回忆,那时由于可以想见的危险而一直提心吊胆。我们猜想作者对于商人的水上生活有着相当程度的了解,否则他不会把王春宇这个商人的辛酸表现得如此真切。

黑　　店

如果商人们利用水路,那么舟船就是他们的旅店;如果他们利用陆路,那么免不了要投宿旅店。旅店,对于风尘仆仆的旅人来说,应该是一个可以放松的地方。然而对于商人们来说,旅店有时却并不比路上或舟中更安全。他们身边所携带的财物,使他们即使在休息时、睡梦中,也仍然成为歹徒们觊觎的对象。本来投宿的人便三教九流都有,其中不免夹杂有用心不良之辈;然而最可怕的却是"黑店",其老板和伙计本身便是强盗的头儿,盗贼的帮手。商人们投宿这样的旅店,无异于飞蛾扑火,总是有去无回的。

唐代文言小说《板桥三娘子》,似乎是第一篇表现"黑店"题材的作品。尽管其中的"黑店"涂上了一层超自然的色彩,但是透过其超自然色彩,我们还是可以看出其"黑店"的性质:

唐汴州西有板桥店。店娃三娘子者，不知何从来，寡居，年三十余，无男女，亦无亲属。有舍数间，以鬻餐为业。然而家甚富贵，多有驴畜。往来公私车乘，有不逮者，辄贱其估以济之，人皆谓之有道，故远近行旅多归之。元和中，许州客赵季和，将诣东都，过是宿焉。客有先至者六七人，皆据便榻。季和后至，最得深处一榻，榻邻比主人房壁。既而三娘子供给诸客甚厚，夜深致酒，与诸客会饮极欢。季和素不饮酒，亦预言笑。至二更许，诸客醉倦，各就寝。三娘子归室，闭关息烛。人皆熟睡，独季和转展不寐。隔壁闻三娘子悉窣，若动物之声。偶于隙中窥之，即见三娘子向覆器下，取烛挑明之。后于巾厢中，取一副耒耜，并一木牛，一木偶人，各大六七寸，置于灶前，含水噀之。二物便行走，小人则牵牛驾耒耜，遂耕床前一席地，来去数出。又于厢中，取出一裹荞麦子，受于小人种之。须臾生，花发麦熟。令小人收割持践，可得七八升。又安置小磨子，砲成面讫。即收木人子于厢中。即取面作烧饼数枚。有顷鸡鸣，诸客欲发。三娘子先起点灯，置新作烧饼于食床上，与客点心。季和心动，遽辞，开门而去。即潜于户外窥之，乃见诸客围床，食烧饼未尽，忽一时踏地，作驴鸣，须臾皆变驴矣。三娘子尽驱入店后，而尽没其货财……(《太平广记》卷二八六)

投宿于三娘子的板桥店的，都是一些过往的商人，他们被三娘子变成驴子,货财也被吞没。这其实乃是对于"黑店"的一种超自然表现。对于变形的恐惧,或许是人类最原始的恐惧之一;在这篇文言小说里,便被用来象征商人对于"黑店"的恐惧。三娘子变人为驴的魔法实在可怕,这象征性地表现了"黑店"令人战栗的性质。

关于"黑店"的故事,《板桥三娘子》的超自然表现,固然已令人感到心惊胆战,而《水浒传》的过于写实的描写,同样令人感到毛骨悚然。《水浒传》里写到了好几个好汉们经营的"黑店",他们没有本事把客人变成驴子出卖赚钱,所以就干脆把客人们开剥后做成人肉馒头出售。如梁山泊的"山下朱头领"、旱地忽律朱贵,是梁山泊设在山下的耳目,他经营的一家"黑店",专一打探客商的情报,供好汉们剪径之用;同时也兼取客商之肉,做人肉馒头生意:

> 小人是王头领手下耳目,小人姓朱名贵。原是沂州沂水县人氏。山寨里教小弟在此间开酒店为名,专一探听往来客商经过。但有财帛者,便去山寨里报知。但是孤单客人到此,无财帛的,放他过去;有财帛的,来到这里,轻则蒙汗药麻翻,重则登时结果,将精肉片为靶子,肥肉煎油点灯。(第十一回)

另外两条好汉菜园子张青和母夜叉孙二娘,也在孟州道经营一家"黑店",专做人肉馒头生意。往来的富有财帛的客商,休想活着从这家店里走出:

> "大树十字坡,客人谁敢那里过!肥的切做馒头馅,瘦的却把去填河。"……实是只等客商过往,有那入眼的,便把些蒙汗药与他吃了,便死。将大块好肉切做黄牛肉卖。零碎小肉,做馅子包馒头。小人每日也挑些去村里卖,如此度日。(第二七回)

此外,如催命判官李立的黑店,也兼做人肉馒头生意,宋江便差点吃他开剥了(第三六回)。在这些好汉们的黑店里,不知多少商人失了财物,丢了性命,成了馒头馅或"黄牛肉"。

以上三座黑店,加上小尉迟孙新和母大虫顾大嫂的黑店,后来成了梁山泊的东西南北四座酒店,专一"打听声息,邀接来宾";黑店的主人们也成了梁山泊的重要头领(第七一回)。不知他们是否还继续做人肉馒头生意,但继续抢劫富有财帛的客商则是无疑的。

做人肉馒头生意,也许是梁山泊好汉们经营的"黑店"的专利,不过一般的"黑店"在谋财害命方面,却与上述好汉们的"黑店"并无二致。在阙名的《玎玎珰珰盆儿鬼》里,写到歹徒"盆礶赵"所开的一家"黑店",也是专门谋害投宿客商以图取财物的:

> 又开着一座客店,招接那南来北往的经商客旅,在此安歇。若是本钱少的,便罢;若是本钱多的,我便图了那厮的财,致了那厮的命!

那个倒霉的商人杨国用,便在这家"黑店"里丢了性命,被烧成灰,做成了瓦盆——连商人的骨灰都没有放过!

此外,在明代的公案小说里,也经常写到"黑店",如《郭青螺六省听讼录新民公案》卷二《断拿乌七偿命》、《海刚峰先生居官公案》第二三回《以烟杀人》、《国朝名公神断详刑公案》卷一《魏公断吴玉毒死马泰》(《龙图公案》卷九《兔戴帽》同),等等,都描写了一些黑店,或用烟,或用毒酒,谋害投宿商人后,图取他们财货的故事。

黑寺与黑渡

古时的旅店业虽然相当发达,但也不是到处都可以找到的,尤其是在广大的农村地区,或偏僻的山区。因此,那遍布全国各地的寺庙,便也往往为旅人提供借宿方便,客人则布施财物以代食宿之费。那无处不去的商人们,也自然是寺庙里的常客。由于他们富有钱财,所以在寺庙中还颇受欢迎。

然而在过去的寺庙中,有一些是专门谋财害命的"黑寺"。如《醒世恒言》卷二二《张淑儿巧智脱杨生》里的那个"宝华禅寺",便是一座典型的"黑寺"。还有一些虽然未必是"黑寺",只是有些和尚常常心术不正,会因见财起意而向客人下黑手,所以很容易偶发性地成为"黑寺"。无论是哪种情况,都会对投宿客人造成危险;而随身携带财物的商人,则更是容易受到觊觎。于是商人在旅途上的危险,便也常常来自于这类"黑寺",或"偶发性潜在黑寺"。

《海刚峰先生居官公案》第三二回《大士庵僧》,便写到了这样一个黑寺:商人赵秦投宿大士庵,庵里僧人见其多金,顿起谋害之心。赵秦后来虽然获救未死,但已经演出了骇人一幕。

《拍案惊奇》卷二四《盐官邑老魔魅色 会骸山大士诛邪》的入话,也写到了一个性质类似的故事:

> 一日,有个徽商某,泊舟(燕子)矶下,随步到弘济寺游玩。寺僧出来迎接着,问了姓名,邀请吃茶。茶罢,寺僧问道:"客官何来?今往何处?"徽商答道:"在扬州过江来。带些本钱,要进京城小铺中去。天色将晚,在此泊着,上来耍耍。"寺僧道:"此处走去,就是外罗城观音门了,进城止有二十里。客官何不搬了行李,到小房宿歇了?明日一肩行李,脚踏实地,绝早到了。若在船中,还要过龙江关盘验,许多担阁。又且晚间此处矶边风浪最大,是歇船不得的。"徽商见说得有理,果然走到船边,把船打发去了。搬了行李,竟到僧房中来。安顿了,寺僧就陪着登阁上观看……元来徽州人心性俭啬,却肯好胜喜名,又崇信佛事。见这个万人往来去处,只要传开去,说观音阁是某人独自修好了,他心上便快活,所以一口许了三十两。走到房中,解开行囊,取出三十两一包,交付与寺僧。不想寺僧一手接

> 银,一眼瞟去,看见余银甚多,就上了心。一面分付行童整备夜饭款待,着地奉承,殷勤相劝,把徽商灌得酩酊大醉。夜深人静,把来杀了。启他行囊来看,看见搭包多是白物,约有五百余两,心中大喜。

这个故事的惊心动魄之处,是事件的偶发性和突发性。仅仅因为看见了银子,那个殷勤好客的和尚,便把本来的奉承之心,转变为杀人之意;而一个平日供人游玩观赏的场所,也顿时成了一个杀人劫货的"黑寺"了。

有时商人即使不投宿,但只要暴露了钱财,也会引起和尚的歹念,给商人带来生命危险。《聊斋志异·布商》便写到了这样一个故事:

> 布商某,至青州境,偶入废寺,见其院宇零落,叹悼不已。僧在侧曰:"今如有善信,暂起山门,亦佛面之光。"客慨然自任。僧喜,邀入方丈,款待殷勤。既而举内外殿阁,并请装修;客辞以不能。僧固强之,词色悍怒。客惧,请即倾囊,于是倒装而出,悉授僧。将行,僧止之曰:"君竭赀实非所愿,得毋甘心于我乎?不如先之。"遂握刀相向。客哀之切,弗听;请自经,许之。逼之暗室而迫促之。

商人的一片好心,换来的却是谋杀!虽然后来这个布商有幸获救,但已经在这个"黑寺"中经历了可怕的一幕。

最后,我们顺便来看一下"黑渡"。对于商人来说,渡口也往往是危险之地。因为一旦商人上了渡船,便只能听凭舟子摆布;碰到专事杀人劫货的"黑渡",则商人也将在劫难逃了。《聊斋志异·老龙船户》便写到了这样一个"黑渡":

> 朱公徽荫巡抚粤东时,往来商旅,多告无头冤状。千里行人,死不见尸,数客同游,全无音信,积案累累,莫可究诘。初告,有司尚发牒行缉;迨投状既多,竟置不问。公莅任,历稽旧案,状中称死者不下百余,其千里无主者,更不知凡几……盖省之东北,曰小岭,曰蓝关,源自老龙津,以达南海,岭外巨商,每由此入粤。公遣武弁,密授机谋,捉龙津驾舟者,次第擒获五十余名,皆不械而服。盖此等贼以舟渡为名,赚客登舟,或投蒙药,或烧闷香,致客沉迷不醒;而后剖腹纳石,以沉水底。冤惨极矣!自昭雪后,遐迩欢腾,谣颂成集焉。

以上所说的各种路上的危险,到此大概要算登峰造极了吧!作者在下文愤怒地指出,这种"黑渡"的产生,"木雕之有司"实难辞其咎!然而又岂止是"黑渡",对于上文所说的商人所遭到的各种危险,黑暗的政治和社会环境不是也应负相当的责任吗?

第八章
商人的理念和实践

当西方各国率先取得经济发展的成果时,西方的理论家们事后诸葛,认为这与鼓励勤奋工作的"新教伦理"有关,又认为东亚的"儒教伦理"不适于现代经济的发展;而当东亚各国也开始取得经济发展的成果时,又有一些理论家们事后诸葛,起来纠正原先的理论家们的看法,认为重视秩序与勤奋的"儒教伦理"不仅不会阻碍,反而比"新教伦理"更有助于经济发展。理论家们的孰是孰非我们搞不清楚,伦理与经济发展的关系我们也弄不明白,只是仅就我们所接触到的有关传统商人的文学史料来看,至少在商人身上常常体现出一种敬业精神,这种敬业精神促进了商业活动的展开和发展。我们相信即使在现代社会中,它们也仍然会是有用的。

虽然其他阶层的人们常常看不起商人阶层,但是我们相信经商实在不是一个容易的职业,并不是生来就能或谁都可以从事的。"孔子门下三千弟子,只子贡善能货殖,遂成大富。"(秦简夫《东堂老劝破家子弟》)商人东堂老的这句话实在有道理。要成为一个真正的合格的商人,必须从小经受严格的指点和训练,必须能够经受住各种挫折的考验,必须具备吃苦耐劳和勇于冒险的品格,必须掌握各种与商业有关的专门知识,必须具有一种心无旁骛的献身精神,最后,当然还必须取得足以证明自己能力的成功——那就是大量地赚取金钱。所有这些,可以统称为商人的"敬业精神"。不管它的形成受了什么伦理的影响,反正它在商人阶层中确实存在,即使在今天也看不出有什么不对。

商 人 的 养 成

一个人要能够成为合格的商人,往往需要父辈商人的从小培养。其培养方式可以是亲自传带,也可以是鼓励指点。这样,当父辈商人年老退休以后,年轻商人就可以顺利接班。这种从小的培养与代际的交接,也许是很多专门行业的一般做法,只是在商人阶层中可以看得格外明显。至于培养的具体内容,则虽说专门技巧十分重要,但敬业精神则尤为必需。

《歧路灯》里有一个商人王春宇,他的儿子王隆吉原在姑夫家念书,王春宇硬叫他辍学经商。王春宇之所以这么做,据他自己说是为了省钱:"你在姑夫家念书,先生、姑夫都不愿意你回来,我岂不知是好意?只为十两身钱,就狠一狠叫你下了学。"(第一百回)这当然也是一个理由,反映了商人的节俭观念。不过更深层的原因,恐怕还是因为王春宇需要接班人,以继承他的经商事业。后来其子果然不负他的期望,把乃父的经商事业继承了下来:

> 却说王隆吉自从丢了书本,就了生意,聪明人见一会十,十五六岁时,竟是一个掌住柜的人了。王春宇见儿子精能,生意发财,便放心留他在家,自己出门,带了能干的伙计,单在苏杭买卖,运发汴城。自此门面兴旺,竟立起一个"春盛"大字号来。(第十五回)

王隆吉的成长道路,是跟着父亲在干中学的;而他的父亲也能放开手,让他独当一面。一个年轻商人就这么成长起来了。

王春宇的经商是行商坐贾兼任,所以王隆吉能在家里学习经商。还有一些专门做行商生意的商人,他们常常或有意、或不得已地把儿子带在身边,让他们从小耳濡目染自己的经商活动,在潜移默化中学会经商的本事,成长为一个合格的商人。如《太平广记》卷二九〇《吕用之》谈到,吕用之的父亲吕璜是一个商人,"以货茗为业,来往于淮浙间",在吕用之还很小的时候,就带着他外出经商,"用之年十二三,其父挈行。既慧悟,事诸贾,皆得欢心"。这恐怕也是一般商人的常见做法,我们看《喻世明言》卷一《蒋兴哥重会珍珠衫》里的商人蒋兴哥,便是由他父亲从小带在身边带出道的：

> 父亲叫做蒋世泽，从小走熟广东做客买卖。因为丧了妻房罗氏，止遗下这兴哥，年方九岁，别无男女，这蒋世泽割舍不下，又绝不得广东的衣食道路，千思百计，无可奈何，只得带那九岁的孩子同行作伴，就教他学些乖巧……蒋世泽怕人妒忌，一路上不说是嫡亲儿子，只说是内侄罗小官人。原来罗家也是走广东的，蒋家只走得一代，罗家到走过三代了。那边客店牙行，都与罗家世代相识，如自己亲眷一般。这蒋世泽做客，起头也还是丈人罗公领他走起的。因罗家近来屡次遭了屈官司，家道消乏，好几年不曾走动。这些客店牙行见了蒋世泽，那一遍不动问罗家消息？好生牵挂。今番见蒋世泽带个孩子到来，问知是罗家小官人，且是生得十分清秀，应对聪明，想着他祖父三辈交情，如今又是第四辈了，那一个不欢喜？……却说蒋兴哥跟随父亲做客，走了几遍，学得伶俐乖巧，生意行中，百般都会。父亲也喜不自胜。

从以上描写可以看出，几乎每一个年轻商人都需要有人带出道，年轻时的培养必不可少。蒋世泽是由他的丈人带出道的——也许先带出道才成了女婿？而蒋兴哥又是由他的父亲带出道的。也许九岁就带出去是迫不得已，但是以后迟早也是要带出去的。正因为从小传授了经商技能，所以后来蒋世泽一死,蒋兴哥就能够顺利接班,没有任何困难。又可以看出,商人大抵将经商技能代代相传,乃至有连续好几代的;而客店牙行也代代相传。这样在商人和客店牙行之间,便形成了一张世代交织的关系网络,这乃是商业信誉的重要保证之一。

有时候,碰巧商人不得不带在身边的是个女儿,那么也会因此而培养出一个女商人来。我们看《喻世明言》卷二八《李秀卿义结黄贞女》里的黄善聪便是如此。话说商人黄老实死了妻子,长女道聪已经出嫁,次女善聪只有十二岁,无人可代为照顾,所以不得不带在身边。为了安全起见,女扮男装,假称是张家外甥,"带出来学做生理":

> 是我家外甥,叫做张胜。老汉没有儿子,带他出来走走,认了这起主顾人家,后来好接管老汉的生意。

他所说的尽管是掩饰之辞,却说出了商人培养后代的动机和方法。不料黄老实不幸而言中,后来果然一病不起,把女儿一个人扔在异乡。黄善聪就凭着耳濡目染学来的本事,竟靠经商糊起口来。住在她隔壁的贩香客人李秀卿,也是"从幼跟随父亲出外经纪,今父亲年老,受不得风霜辛苦,因此把本钱与小生,在此行贩"的年轻商人,黄善聪便与他合伙经营,"轮流一人往南京贩货,一人住在庐州发货讨帐,一来一去,不致担误了生理,甚为两便"。他们这样一干就是六七年,还干得颇为成功,"这几年勤苦营运,手中颇颇活动,比前不同"。一代年轻商人就这样长成了,这自然也是他们父辈培养的结果。如果古代女人也可以抛头露面经商,则黄善聪一定可以成为一个能干的女商人。

有时候不幸父亲早逝,不能亲自把儿子带出道,则培养商人阶层传人的工作,便转由能干的母亲或其他亲属来担任。《聊斋志异·细柳》中,细柳训练儿子成为商人的故事,便说明了这一点。细柳先让不成器的儿子念书,但其子性"最钝","读数年不能记姓名"。于是细柳又"令弃卷而农",但其子"游闲惮于作苦"。细柳发怒道:"四民各有本业,既不能读,又不能耕,宁不沟瘠死耶?"认为士农工商都是正经职业,儿子应该择一而从,以维持自己的生计。农工既毕,细柳又"出赀使学负贩",希望儿子成为一个商人。不料其子不肖,好"淫赌,入手丧败,诡托盗贼运数,以欺其母。母觉之,杖责濒死"。可其子还是不改。于是细柳设计,让其子吃了一场苦头,其子这才痛改前非,成了一个合格的商人:

> 由是痛自悔,家中诸务,经理维勤;即偶惰,母亦不呵问之。凡数月,并不与言商贾,意欲自请而不敢,以意告兄。母闻而喜,并力质贷而付之,半载而息倍焉……货殖累巨万矣!

如果说前面几个年轻商人的成长过程是从小精明型,那么本故事里年轻商人的成长过程就是浪子回头型了。从这个故事可以看出,要成为一个合格的商人,得克服多少人性的弱点;而要培养出一个合格的商人,又得耗费多少的心血和心机。

《拍案惊奇》卷八《乌将军一饭必酬　陈大郎三人重会》的入话故事写到,由于商人的双亲早逝,培养下一代年轻商人的工作是由其婶母来担任的:

> 且说近来苏州有个王生,是个百姓人家。父亲王三郎,商贾营生。母亲李氏。又有个婶母杨氏,却是孤孀无子的。几口儿一同居住。王生自幼聪明乖觉,婶母甚是爱惜他。不想年纪七八岁时,父母两口相继而亡。多亏得这杨氏殡葬完备,就把王生养为己子。渐渐长成起来,转眼间又是十八岁了。商贾事体,是件伶俐。

可见王生的经商技能,都是其婶母传授给他的。不过,其婶母还觉不够,还要他外出经商,以经风雨见世面,成长为合格的商人:

> 一日,杨氏对他说道:"你如今年纪长成,岂可坐吃箱空?我身边有的家资,并你父亲剩下的,尽勾营运。待我凑成千来两,你到江湖上做些买卖,也是正经。"王生欣然道:"这个正是我们本等。"杨氏就收拾起千金东西,交付与他。

"也是正经"和"正是我们本等"云云,正反映了商人世家的代代相传性,以及对自己这个职业的自觉性。不料王生出师不利,第一次出门经商,就碰上了一伙强盗,被抢了个精光。当他狼狈地回到家里时,他的婶母不仅没有责怪他,反而鼓励他从头再来:

> 杨氏见他不久就回,又且衣衫零乱,面貌忧愁,已自猜个八九了。只见他走到面前,唱得个喏,便哭倒在地。杨氏问他仔细,他把上项事说了一遍。杨氏慰安他道:"儿哚,这也是你的命,又不是你不老成,花费了,何须如此烦恼?且安心在家两日,再凑些本钱出去,务要趁出前番的来便是。"王生道:"已后只在近处做些买卖罢,不担这样干系远处去了。"杨氏道:"男子汉千里经商,怎说这话?"

在危险和挫折面前,王生想要打退堂鼓,而婶母却激励他,安慰他,支持他,而且很实际地要他"务要趁出前番的来",这正是一个良好的商人训练者和养成者。"男子汉千里经商"云云,反映了一种经商所必需的冒险精神,是商人训练者和养成者务必要灌输给年轻商人的信条。于是王生又第二次出发了:

> 住在家一月有余……杨氏又凑了几百两银子与他,到松江买了百来筒布,独自写了一只满风梢的船,身边又带了几百两籴米豆的银子,合了一个伙计,择日起行。

结果第二度又是失利,遇上了同一伙强盗,又被抢了个精光。不过婶母还是鼓励王生,相信他的经商才能,并支持他再度出发:

> 杨氏见来得快,又一心惊。王生泪汪汪地走到面前,哭诉其故。难得杨氏是个大贤之人,又眼里识人,自道侄儿必有发迹之日,并无半点埋怨,只是安慰他,教他守命,再做道理。过得几时,杨氏又凑起银子,催他出去,道:"两番遇盗,多是命里所招。命该失财,便是坐在家里,也有上门打劫的。不可因此两番,堕了家传行业。"王生只是害怕……杨氏道:"我的儿,大胆天下去得,小心寸步难行。苏州到南京不上六七站路,许多客人往往来来,当初你父亲、你叔叔都是走熟的路。你也是悔气,偶然撞这两遭盗。难道他们专守着你一个,遭遭打劫不成?……只索放心前去。"王生依言,仍旧打点动身。

杨氏的劝告,又是说命,又是说理,真可谓苦口婆心。说命是为了让王生忍受挫折,说理是为了培养王生的冒险精神——"大胆天下去得,小心寸步难行",正是商人应该信奉的信条。"家传行业"、"当初你父亲、你叔叔都是走熟的路"云云,也无非是用传统继承性和前辈的榜样,来给王生增添勇气和信心。结果,第三次出门虽然又遭打劫,却因此而得了意外之财,其数额除可以抵消这次的损失外,还足以弥补

前两次的损失。这象征性地表现了,经历了三次(三者多也)磨难,一个商人终于合格成才了:

> 自此以后,出去营运,遭遭顺利。不上数年,遂成大富之家。

这个故事颇具传奇色彩,也不乏幽默感,但是其隐义是不难明白的,那就是要成为一个合格的商人,就必须经历种种的磨难,必须从磨难中抬起头来,必须培养起冒险精神。而在这个过程中,长辈的指导和鼓励乃是必不可少的。

以上这几个故事,让我们看到了年轻商人的培养过程。这种培养过程的必不可少性,正说明了经商这个职业的严肃性。

敬业精神(上)

一个人一旦选择了经商这个职业,他就再也无法过轻松的日子了。他必须学会吃苦耐劳,必须学会精打细算,必须学会起早摸黑,必须学会"唯利是图"。他要付出汗水,他要付出青春,有时他甚至还要准备着付出生命。只有这样,他才有希望获得成功,才有希望赚得大钱。

正因为他们的成功来之不易,他们的银子来得艰难,所以文学作品常常表现,很多成功的商人在回顾自己的经商历史时,往往都是"一把辛酸泪"、"谁解其中味"的。很多严肃的职业都需要上述这种精神,但人们常常忽视了经商也是如此。

秦简夫的《东堂老劝破家子弟》里,有两个富有的老年商人,一个叫赵国器,一个叫李实(东堂老)。他们都是东平府人,为经商来到扬州,居住在同一条巷子里。他们一生的经商,都获得了成功,到了老年时,都成了扬州的大财主。赵国器是"扬州点一点二的财主",其财产是"负郭有田千顷,城中有油磨坊、解典库";李实的财产也非常"松宽的有"。在回顾自己的经商历史时,赵国器常常是感慨万千:

> 想老夫幼年间做商贾,早起晚眠,积攒成这个家业……老夫一生辛勤,挣这铜斗儿家计。

东堂老也发出了同样的感叹:

> 我想这钱财也非容易博来的。[唱]做买卖,恣虚嚣;开田地,广锄铇;断河泊,截渔樵;凿山洞,取煤烧。则他那经营处恨不的占尽了利名场,全不想到头时刚落得个邯郸道……

> 想着我幼年时血气猛,为蝇头努力去争。哎哟,使的我到今来一身残病。我去那虎狼窝不顾残生。我可也问甚的是夜甚的是明,甚的是雨甚的是晴。我只去利名场往来奔竞,那里也有一日的安宁?投至得十年五载我这般松宽的有,也是我万苦千辛积攒成。往事堪惊!

几乎每一个成功的商人,可能都是"往事堪惊"的。因为在他们的成功背后,都有着与此类似的辛酸。不在年轻时努力的商人,便不会有后来的成功。所以从这种经历之中,很多商人都会像东堂老那样,总结出如下这种人生哲学:

> 那做买卖的,有一等人肯向前,敢当赌,汤风冒雪,忍寒受冷;有一等人怕风怯雨,门也不出。所以孔子门下三千弟子,只子贡善能货殖,遂成大富。怎做得由命不由人也![唱]我则理会有钱的是咱能,那无钱的非关命。咱人也须要个干运的这经营。虽然道贫穷富贵生前定,不俫咱可便稳坐的安然等。

这可以看作商人敬业精神的一份宣言书,其中所表达的观点,可能是大多数商人,尤其是成功的商人的信条。那就是经商的成功与否由人不由命,只有具备敬业精神的商人才能获得成功,而不具备敬业精神的商人则不会成功,甚至不可能成为一个合格的商人。而赚钱与否和赚钱多少,便是衡量一个商人成功与否的标志。关于商人的敬业精神,没有比这说得更明白的了。

正是出于这种信念,所以在改造扬州奴这个败家子时,东堂老所使用的方法之一,便也就是在扬州奴穷到极点时,让他从最小的买卖做起,体会一下经商的苦楚,养成勤奋与节俭的品质:

> [(正末)带云]扬州奴,你今日觅了多少钱?[扬州

> 奴云]是一贯本钱,卖了一日,又觅了一贯。[正末唱]
> 你就着这五百钱买些杂面你便还窑去。那油盐酱旋买
> 也可是零沽?[扬州奴云]甚么肚肠,又敢吃油盐酱哩!
> [正末唱]哎,儿也,就着这卖不了残剩的菜蔬。[扬州
> 奴云]吃了就伤本钱。着些凉水儿洒洒,还要卖哩!
> [正末唱]则你那五脏神也不到今日开屠。[云]扬州
> 奴,你只买些烧羊吃波。[扬州奴云]我不敢吃。[正末
> 云]你买些鱼吃。[扬州奴云]叔叔,有多少本钱,又敢
> 买鱼吃?[正末云]你买些肉吃。[扬州奴云]也都不敢
> 吃。[正末云]你都不敢买吃,你可吃些甚么?[扬州
> 奴云]叔叔,我买将那仓小米儿来,又不敢舂,恐怕折耗
> 了,只拣那卖不去的菜叶儿,将来煨熟了,又不要蘸盐
> 搠酱,只吃一碗淡粥。

这种极度的节俭与勤奋,宛如一种商人阶层的入门仪式,只有经过了这种入门仪式,才有资格成为商人阶层的一员。只是在经历了这一过程以后,东堂老确认扬州奴已具备了成为商人的条件,这才把原属于扬州奴的财产交还给他,放心地让他自己去运营生息。"不受苦中苦,难为人上人",这句古语应在商人身上,又别添了一番特殊的含义。

《歧路灯》里的王春宇,也是一个极为成功的商人,到了晚年,生意越做越大,各地都有字号,"生意已发了大财,开了方,竟讲到几十万上"(第一百八回)。不过,他这么大的成功,也是从头辛苦出来的。他"幼年不是富厚日子","受

了半辈子淡泊"(第一百回),只是吃尽辛苦营运,才成就晚年这个局面的。因此,在回忆自己的经商历史时,他也同样是充满着辛酸的:

> 我是生意人,江湖上久走,真正经的风波,说起来把人骇死! 遇的凄楚,说起来令人痛煞! 无非为衣食奔走,图挣几文钱,那酸甜苦辣也就讲说不起。(第四九回)

> 我的日子不是容易的。自幼儿赚的产业薄,一年衣食都有些欠缺。从街上过,看见饭铺酒肉,心中也想吃,因手里钱短,把淡唾沫咽两口过去了。这话我一辈子不曾对你娘说过。做个小生意,一天有添一百的,也有一天添十数文的,也有一天不发市的,间乎也有折本的。少添些,我心里喜欢,就对你娘说,哄他同我扎挣;折了本钱,自己心里难过,对你娘还说是又挣了些。人家欠账,不敢哼一点大气儿。后来天随人意,生意渐渐的好了……本钱渐渐大了,学出外做生意。到江南,走汉口,船上怕风怕贼。到大地方,还有船多仗胆,偶然到个小地方,湾了船,偏偏岸上有戏,人家男男女女欢天喜地的听唱,我在船上怕人杂有贼,自己装的货船两三只,又怕水手就是贼,一夜何尝合过眼! 单单熬到日头发红时,我又有命了。又一遭儿,离汉口不过三里,登时大风暴起了,自己货船在江水里耍漂,眼看着人家

船落了三只,连水手舵工也不见个踪影。如今看见咱家孩子们吃肉穿花衣裳,心里委实喜欢,心里说,你们享用,也不枉你爷爷受半辈子苦楚。若是门前搭台子唱戏,说是我生日哩,我独自想起我在江湖中,不知那一日是周年哩!(第一百回)

王春宇能够获得如此大的成功,靠的是早年的勤奋与节俭,靠的是不怕辛苦与危险。这大抵也是其他成功商人的必由之路。这里面的确含有某种"清教徒"式的精神。

勤奋与节俭的品质,也是《醒世恒言》卷三五《徐老仆义愤成家》里阿寄经商成功的秘诀。阿寄是一个临老学做生意的商人,但是他最终却赚得了大钱。这是因为他既能吃苦耐劳,又能勤俭节约,也即具备了商人的敬业精神。他一开始表示要做生意时,女主人颜氏担心他"有了年纪,受不得辛苦",但他充满自信地表示:

> 若论老奴,年纪虽老,精力未衰,路还走得,苦也受得……不瞒三娘说,老便老,健还好,眠得迟,起的早,只怕后生家还赶我不上哩!这到不消虑得。

他后来果然说到做到,非常地勤奋努力。同时,他也非常节俭,尽管赚了大钱,却从不乱花一文:

> 那老儿自经营以来,从不曾私吃一些好饮食,也不曾自私做一件好衣服,寸丝尺帛,必禀命颜氏,方才敢用。

虽说从主仆关系的角度来看,这可算得上是一种忠仆行为,不过从经商运营的角度来看,也原本是需要有这种节俭精神的。最能反映其节俭精神的例子,是他生病垂死之际,甚至拒绝吃药:

> 那老儿整整活到八十,患起病来,颜氏要请医人调治,那老儿道:"人年八十,死乃分内之事,何必又费钱钞。"执意不肯服药。

虽说节俭得有点过分,但这乃是其节俭精神的必然产物。从他的理由来看,其节俭精神,还是与商人固有的"合理化"的算计——也就是一切花费都要问是否有必要和合理——连在一起的。徐老仆的临终表现,让我们想起了汉高祖,他们都在临终前拒绝接受治疗和服药,不过汉高祖是因为相信天命,徐老仆乃是为了节省钱钞。从这里正可看出商人的敬业精神的特别之处。正因为具有勤奋与节俭的品质,再加上"那经商道业,虽不曾做,也都明白"的技巧和聪明,徐老仆的经商才会获得那么大的成功。所以小说家在一首诗歌里,对于徐老仆的这种敬业精神,给予了充分的肯定:

> 富贵本无根,尽从勤里得。请观懒惰者,面带饥寒色。

从以上几个故事可以看出,要成为一个成功的商人,是多么的不容易,要吃尽多少辛苦。如果过不了这一关,那当然就成不了气候。

敬业精神(下)

商人的生活,尤其是行商的生活,需要东奔西走;而一旦开始了东奔西走,也就会形成为一种习惯,一种植根于意识深处的需求。于是那些东奔西走的商人们,似乎总像是受到什么东西的召唤,使他们不安于室。即使他们已有了幸福的家庭,即使他们获得了浪漫的艳遇,却仍不足于拴住他们的心,他们的心在四面八方。这往往被前人批评为"重利轻别离",而且常常因此而引发许多家庭悲剧。但是我们能够理解这种心理和行为,因为这是同样的敬业精神的表现,就像在其他职业中所反映出来的一样。如果他们停止接受和听从那种召唤,他们也就不成其为真正的商人了。

在《太平广记》卷三四五《郑绍》里,我们可以看到一个极富象征性的例子,足以说明商人身上所具有的这种品质。一个来到异乡经商的商人,有幸获得了一次浪漫的艳遇;但是过了没多久,他就想离开情人外出经商,那浪漫的爱情根本拴不住他的心,虽说足以扰乱他的决心:

> 经月余,绍曰:"我当暂出,以缉理南北货财。"女郎曰:"鸳鸯配对,未闻经月而便相离也。"绍不忍。后又经月余,绍复言之曰:"我本商人也,泛江湖,涉道途,盖是常也。虽深承恋恋,然若久不出行,亦吾心之所不乐者。愿勿以此为嫌,当如期而至。"女以绍言切,乃许

之。遂于家园张祖席,以送绍。乃橐囊就路。

"我本商人也"以下几句,真是商人心理的深刻写照,也是商人敬业精神的典型表现。也正因为这种敬业精神,所以他才会在热恋的兴头上,"煞风景"地提出外出经商的要求。当然,他也不是没有犹豫和内心冲突的,只是他的敬业精神最终战胜了温柔乡的诱惑,这正说明了商人的敬业精神的力量之强大。

然而,具有讽刺意味的是,当他来年春天重返旧地,想与那女郎再续前缘时,却发现那儿早已是物是人非了:"但见红花翠竹,流水青山,杳无人迹。"这似乎象征了浪漫恋爱与商人敬业精神的不能两全。当那个商人"乃号恸,经日而返"时,我们也不免对他深感同情,同时也体会到了商人的两难处境,以及他们必然的选择中所蕴含的悲剧意味。

为了敬业精神而撇下温柔乡的又岂止郑绍一个,在很多文学作品里我们都可以看到他们的身影。《蒋兴哥重会珍珠衫》里的商人蒋兴哥,自娶了一房美貌的浑家后,"分明是一对玉人,良工琢就,男欢女爱,比别个夫妻更胜十分……不与外事,专在楼上与浑家成双捉对,朝暮取乐,真个行坐不离,梦魂作伴"。可是即使是如此美满的婚姻,也动摇不了蒋兴哥外出经商的决心:

> 兴哥一日间想起父亲存日广东生理,如今担阁三年有余了,那边还放下许多客帐,不曾取得,夜间与浑

> 家商议,欲要去走一遭。浑家初时也答应道"该去",后来说到许多路程,恩爱夫妻,何忍分离?不觉两泪交流。兴哥也自割舍不得,两下凄惨一场,又丢开了。如此已非一次。光阴荏苒,不觉又捱过了二年。那时兴哥决意要行,瞒过了浑家,在外面暗暗收拾行李,拣了个上吉的日期,五日前方对浑家说知,道:"常言'坐吃山空',我夫妻两口,也要成家立业,终不然抛了这行衣食道路?如今这二月天气,不寒不暖,不上路更待何时?"浑家料是留他不住了……泪下如雨。兴哥把衣袖替他揩拭,不觉自己眼泪也挂下来。两下里怨离惜别,分外恩情,一言难尽。

蒋兴哥的犹豫和内心冲突,也一如上文里的郑绍:一边是美貌的浑家,一边是经商之事业。而经过几个回合的较量,蒋兴哥也作出了"重利轻别离"的抉择。这是真正的商人必然会作出的抉择。

说来有意思的是,就像那个郑绍一样,等蒋兴哥经商回家时,他的妻子早已红杏出墙,一切都已物是人非了。为了听从商人敬业精神的呼唤,蒋兴哥失去了一个幸福的家庭,所以他后来也不免后悔道:"当初夫妻何等恩爱,只为我贪着蝇头微利,撇他少年守寡,弄出这场丑来,如今悔之何及!"这大概也是所有那些具有类似遭遇的商人们都会产生的念头吧?但是如果让他重新选择一次,我们相信他仍会作出同样的选择的,否则他就不是一个真正的商人了。

第八章 商人的理念和实践

岂止蒋兴哥是这样,那个乘虚而入、诱奸了三巧儿的商人陈商,又何尝不是如此!陈商买通薛婆,惨淡经营半年多,才得以把三巧儿骗上手,然后又使得三巧儿爱上了他。"往来半年有余,这汉子约有千金之费",也算是一场来之不易、费钱不少的浪漫偷情了。可是即使在这样的情况下,那神秘的声音也仍在召唤着他,使他主动中止了与三巧儿的偷情,撇下了这场梦寐以求的艳遇,再次走上了外出经商的道路:

> 陈大郎思想蹉跎了多时生意,要得还乡。夜来与妇人说知,两下恩深义重,各不相舍……又过几日,陈大郎雇下船只,装载粮食完备,又来与妇人作别。这一夜倍加眷恋,两下说一会,哭一会,又狂荡一会,整整的一夜不曾合眼。

陈商的内心不免也有同样的犹豫与冲突,但战胜的也同样是商人的敬业精神这一方。后来他也同样失去了情人,同时还搭上了自己的性命。

我们猜想,三巧儿这个忠于感情的女人一定不能明白,为什么深爱她的两个男人都会为了"蝇头微利"而抛下她远行?从在选择中被否决的女人一方看来,所有真正的商人都不可能同时也是伟大的情人。这是商人们的宿命性悲剧,恐怕同时也是他们的女人们的宿命性悲剧。

再来看《欢喜冤家》第三回《李月仙割爱救亲夫》里的商

人王文甫,他在再婚以后,与妻子李月仙甚为恩爱,"夫妻二人,终朝快乐","如鱼得水,似漆投胶,每日里调笑诙谐,每夜里鸾颠凤倒"。但是他也听到了同样的召唤,一心要离家外出经商:

> "我意见欲暂别贤妻,以图生计。尊意如何?"月仙道:"这是美事,我岂敢违?只是夫妻之情,一时不舍。"文甫说:"我此去,多则一年,少则半载,即便回来。"

而就在他外出经商期间,他的妻子与别人通奸,后来发展出天大的事来,他也几乎失去了家庭和性命。在这里我们看到的是一个同样的悲剧,即商人为了自己的敬业精神,而失去了自己其他方面的幸福。

当然,商人们抛下妻室外出经商,也不一定非导致悲剧性后果不可。只是在那些没有产生悲剧性后果的场合,我们同样可以感受到类似的悲剧意味。比如《喻世明言》卷十八《杨八老越国奇逢》里的商人杨八老,他本已有一个幸福美满的家庭,但他还是一心想着外出经商,还得到了妻子的支持,于是他就抛下娇妻幼子上路了:

> 妻李氏,生子才七岁,头角秀异,天资聪敏,取名世道,夫妻两口儿爱惜,自不必说。一日,杨八老对李氏商议道:"我年近三旬,读书不就,家事日渐消乏。祖上原在闽、广为商,我欲凑些资本,买办货物,往漳州商贩,图几分利息,以为赡家之资。不知娘子意下如何?"

李氏道:"妾闻治家以勤俭为本。守株待兔,岂是良图?乘此壮年,正堪跋涉,速整行李,不必迟疑也。"八老道:"虽然如此,只是子幼妻娇,放心不下。"李氏道:"孩儿幸喜长成,妾自能教训;但愿你早去早回。"当日商量已定,择个吉日出行,与妻子分别,带个小厮,叫做随童,出门搭了船只,往东南一路进发。

杨八老也不是没有犹豫和内心冲突的,但由于得到了妻子的支持和理解,所以他作出抉择要更为容易一些。然而,即使他的妻子后来并没有背叛他,但上述分离的场面还是让人感到具有某种悲剧意味,因为抛下娇妻幼子毕竟不是一件容易的事情。因而在杨八老的身上,同样体现出一种商人的敬业精神。

反之,如果像《拍案惊奇》卷二《姚滴珠避羞惹羞 郑月娥将错就错》里的潘甲那样,被别人逼着撇下娇妻外出经商,那就谈不上有什么敬业精神,也算不上是真正的商人了:

> 这个潘甲虽是人物也有几分象样,已自弃儒为商……少年夫妻,却也过得恩爱……却早成亲两月,潘父就发作儿子道:"如此你贪我爱,夫妻相对,白白过世不成?如何不想去做生意?"潘甲无奈,与妻滴珠说了,两个哭一个不住,说了一夜话。次日,潘父就逼儿子出外去了。

那潘甲的表现与前述几个商人完全不同,可以说是一个没出息的冒牌商人,因为他耽于新婚燕尔的夫妻生活,完全听不到那种神秘的声音的召唤。正因为这样,所以他的经商也不怎么成功(不过从他父亲对他的责备中也可以看出,一个没有敬业精神的商人,将会感受到怎样的环境压力)。这从另一个侧面证实了,敬业精神对于商人来说是多么重要。放弃了这种敬业精神的商人,即使能够享受家庭生活的乐趣,但同样不会得到完满的幸福,因为两难处境依然存在。而对于他们的女人来说,由于他们显得没有出息,所以同样没有资格成为伟大的情人。

风 险 的 考 验

除了自然和社会的风险之外,经商本身也有风险。经商本身的风险,来源于市场机制的盲目性。对于这种盲目性,商人大抵视为"命"——这是人们对左右人生的不可知力量的惯常称呼。这种经商本身的风险,也是对商人的巨大考验。只有经受住了这种考验的商人,才有可能成为成功的商人;而不能经受住这种考验的商人,则会被淘汰出商人队伍。

经商的可观利润,常常诱使人们下海。可是并不是每个人都能获得成功的,于是那失败者便得饱饮苦酒。《警世通言》卷二五《桂员外途穷忏悔》里的桂员外,由于受惑于经

商的好处,却未能获得预料的成功,而差点弄得家破人亡:

> 某祖遗有屋一所,田百亩,自耕自食,尽可糊口。不幸惑于人言,谓农夫利薄,商贩利厚,将薄产抵借李平章府中本银三百两,贩纱段往燕京。岂料运蹇时乖,连走几遍,本利俱耗。宦家索债,如狼似虎,利上盘利,将田房家私尽数估计,一妻二子,亦为其所有。尚然未足,要逼某扳害亲戚赔补。某情极,夜间逃出。思量无路,欲投涧水中自尽,是以悲泣耳。

这个人经商遭到惨败,又受到债主的逼迫,弄得走投无路。即使后来受到别人的救助,他也已经一蹶不振,不能再从事经商活动,永远离开了商人的队伍。经商的风险好比是一个过滤器,会把一切经不起考验者都滤出网外。

《拍案惊奇》卷一《转运汉遇巧洞庭红 波斯胡指破鼍龙壳》里,那个试图经商致富的年轻商人,一开始也连遭挫折,把家私都赔了个一干二净:

> 以后晓得家业有限,看见别人经商图利的,时常获利几倍,便也思量做些生意,却又百做百不着。一日,见人说北京扇子好卖,他便合了一个伙计,置办扇子起来……拣个日子,装了箱儿,到了北京。岂知北京那年自交夏以来,日日淋雨不晴,并无一毫暑气,发市甚迟。交秋早凉,虽不见及时,幸喜天色却晴。有妆晃子弟,要买把苏做的扇子,袖中笼着摇摆。来买时,开箱一

看，只叫得苦。元来北京历渗却在七八月，更加日前雨湿之气，斗着扇上胶墨之性，弄做了个"合而言之"，揭不开了。用力揭开，东粘一层，西缺一片，但是有字有画值价钱者，一毫无用。止剩下等没字白扇，是不坏的，能值几何？将就卖了，做盘费回家，本钱一空。频年做事，大概如此……不数年，把个家事干圆洁净了。

但是这个"倒运汉"却并没有被倒运压垮，在一次海外贸易中无意间发了大财，最终成了一个"转运汉"。"从此，文若虚做了闽中一个富商，就在那边取了妻小，立起家业……至今子孙繁衍，家道殷富不绝。"小说写他的"倒运"颇为彻底，写他的"转运"也颇为夸张。这无疑都有艺术虚构的成分，旨在表现作者"造化弄人"的想法。不过，这个故事中似乎也潜藏着这样一种意识，即只要不被经商的风险压倒，不被倒运的挫折压倒，而是继续不断地努力去干，就终会有一天获得转运的机会。而一旦"转运"的机会终于来临，则以前的种种"倒运"之事，看起来也就只是对于商人的考验罢了。这种关于经商风险的考验的潜在意识，宛如凤凰在烈火中重生的神话原型的商人版。

商人必须经受住风险的考验，度过种种心灵沮丧的危机，然后才能迎来"转运"的良机，进而获得巨大的成功，这样一种潜在意识，也出现在《聊斋志异·王成》里。其中的商人王成，也是在经历种种"倒运"的挫折后，才迎来"转运"的机会的。他的第一次大失败是贩葛亏损：

第八章　商人的理念和实践　175

> 王从之,购五十余端(葛)以归。妪命趣装,计六七日可达燕都。嘱曰:"宜勤勿懒,宜急勿缓;迟之一日,悔之已晚!"王敬诺,囊货就路。中途遇雨,衣履浸濡。王生平未历风霜,委顿不堪,因暂休旅舍。不意淙淙彻暮,檐雨如绳,过宿,泞益甚。见往来行人,践淖没胫,心畏苦之。待至停午,始渐燥,而阴云复合,雨又大作。信宿乃行。将近京,传闻葛价翔贵,心窃喜。入都,解装客店,主人深惜其晚。先是,南道初通,葛至绝少。贝勒府购致甚急,价顿昂,较常可三倍。前一日方购足,后来者并皆失望。主人以故告王,王郁郁不得志。越日,葛至愈多,价益下。王以无利不肯售。迟十余日,计食耗烦多,倍益忧闷。主人劝令贱鬻,改而他图。从之。亏赀十余两,悉脱去。

他之所以贩葛亏损,是因为他初出茅庐,"生平未历风霜",尚未具备商人的敬业精神,从而也就没能按照狐仙所说的去做,结果白白丧失了一次赚钱的良机。不过这次挫折对他来说也未必不是好事,如果他能从中吸取足够的教训的话。他的第二次大失败,是售鹑不遂:

> 适见斗鹑者,一赌辄数千;每市一鹑,恒百钱不止。意忽动,计囊中赀,仅足贩鹑,以商主人。主人亟怂恿之,且约假寓饮食,不取其直。王喜,遂行。购鹑盈儋,复入都。主人喜,贺其速售。至夜,大雨彻曙。天明,

> 衢水如河,淋零犹未休也。居以待晴。连绵数日,更无休止。起视笼中,鹑渐死。王大惧,不知计之所出。越日,死愈多;仅余数头,并一笼饲之;经宿往窥,则一鹑仅存。因告主人,不觉涕堕。主人亦为扼腕。王自度金尽囷归,但欲觅死,主人劝慰之。

"屋漏偏逢连夜雨",经商的风险每每如此。不过就在王成走投无路之时,转运的良机却已经悄然降临:他用死剩下来的一只鹑在赌场上赚回了本钱。由于王成经受住了风险的考验,所以他最终成了一个成功的商人。

这个故事告诉我们的也是同样的意思,只有经受住了风险的考验,才有可能成为成功的商人;而要能经受住风险的考验,商人就必须具备敬业精神。从这个意义上来说,上述各种失败都不仅仅是失败,而是商人通向成功的"天路历程"上的必有之物。他们同样必须"经过痛苦,得到欢乐",一如人生的其他场合那样。

第九章
商人的拜金主义

只要社会上仍然存在着商品交换关系,金钱便始终将是人们追求的目标之一。从这个意义上来说,每个人都有可能成为拜金主义者。

然而在拜金主义的彻底性上,却几乎没有什么人能超过商人。这是因为其他阶层的人们还追求其他目标,而商人却常常只追求金钱。拜金主义不仅是商人的人生目标,也是他们的价值观念。因为商人的职业本身,便是与商品打交道,让商品流通,进行商品交换,而这一切都离不开金钱,因此金钱自然会成为他们所追求的唯一目标,所信奉的唯一宗教。这就像读书人追求学问,艺术家追求创造,政治家追求权力一样,大抵都是价值观念使然,并没有什么不可思议的。

商人的拜金主义,常常只是全社会的拜金主义的一个集中表现,同时又反过来强有力地影响了全社会的拜金主义。由于它的影响力是如此强大,以致其他价值观念常会因此而显得黯然失色,所以商人的拜金主义也常常容易受人诟病。然而简单的诟病容易,深入的理解却要困难得多。在此我们仅就文学作品,来看看商人的拜金主义的各种表现。

唯 钱 是 图

商人的拜金主义的第一种表现,是他们常常把全部注意力集中在金钱上,让其他的一切都服从于赚钱这个伟大的目标。为此他们不惜抛下温暖的家庭,不辞忍受种种的辛苦,不怕放弃虚荣的架子,不吝献上自己的性命……这种专注于职业目标的精神,乃是每种职业要取得成功都必须具备的,一如读书人必须专注于学问,艺术家必须专注于创造,政治家必须专注于权力一样。只有全神贯注于自己的职业目标,人们才能获得想要的成功。商人阶层自然也不例外,因此他们必须专注于赚钱:

> 总之做生意的人,只以一个钱字为重,别的都一概儿不管他。即如我们生意人,也有三五位先世居过官的,因到河南弄这个钱,早已把公子公孙折叠在箱角底下,再不取来拿腔做势。且如生意人,也有许多识字的,也是在学堂念过书的,也有应过考的,总因家里穷,来贵省弄这个钱,少不得吃尽辛苦,奔走道路,食粗咽粝,独床独枕的过。每逢新年佳节,思念父母妻子,夜

间偷哭,各人湿各人的枕头,这伙计不能对那伙计说的……总之,钱、钱、钱,难、难、难!这心若不时时刻刻钻到钱眼里面,财神爷便不叫你发财;就如读书人心不时时刻刻钻到书缝里面,古圣贤便不曾替你代过笔。(第六九回)

这是《歧路灯》里的商人满相公对心血来潮想要做生意的公子哥儿们说的。那几个公子哥儿未免把经商看得太容易了,以为只要有了本钱就谁都可以干的。可是深知个中滋味的满相公却不以为然,不免给他们兜头泼了一盆冷水。以上这番话,可以说是商人的拜金主义,也是商人的价值观念的入门第一课,是上给本来具有其他价值观念的公子哥儿们听的。他们如果想要改行经商,就必须放弃原来的价值观念,而采用商人的价值观念,那就是专注于金钱的拜金主义。可是对那些公子哥儿来说,这也未免太难了一点,因为他们擅长的是花钱,而不是赚钱,所以他们最终都没能成为商人。这番话的最可贵之处,在于通过商人的自述,把商人的价值观念解释得入情入理,而不是如一般常见的那样,只是把它乱骂一通。

《歧路灯》里的商人已经提到,为了专心致志于赚钱,商人必须作出很多牺牲。那"各人湿各人的枕头,这伙计不能对那伙计说的"云云,真是将商人的苦恼表现得历历如绘。在武汉臣的《散家财天赐老生儿》里,商人主人公回顾自己的经商历史,对于自己为赚钱而费尽辛劳的前半生深为感

叹,很好地表现了商人"唯钱是图"的价值观念:

> 〔卜儿云〕老的也,想着你幼年时,南头里贩贵,北头里贩贱,乘船骗马,渡江泛海,做买做卖,挣闾下许来大家私。

> 钱也,则被你送了老夫也呵!〔唱〕则被你引的我来半生忙,十年闹,无明夜攘攘劳劳,则我这快心儿如意随身的宝。哎,钱也,我为你呵,恨不的便盖一座这通行庙。我那其间正年小,为本少,我便恨不的问别人强要,拼着个仗剑提刀。〔卜儿云〕咱人父南子北,抛家失业,也则为这几文钱。〔正末唱〕哎,钱也,我为你呵,也曾痛杀杀将俺父母来离,也曾急煎煎将俺那妻子来抛。〔卜儿云〕老的也,你走苏杭两广,都为这钱,恨不的你死我活,也非是容易挣下来的。〔正末唱〕哎,钱也,我为你呵,那搭儿里不到,几曾惮半点勤劳。遮莫他虎啸风崒律律的高山直走上三千遍,那龙喷浪翻滚滚的长江也经过有二百遭。我提起来魄散魂消!

上述这番自白,对于表现商人如何遵守自己的价值观念,如何实现自己的职业目标,是相当生动具体的。主人公为了赚钱,抛井离乡,历经危险,饱尝痛苦,费尽心机,总而言之是全力以赴了,因而可以说是一个"唯钱是图"的商人的典型。而且从以上自白来看,不仅没有令人感到他的行为有什么可厌,反而让人对他产生了隐隐的同情之心。

钱 上 取 齐

商人的拜金主义的第二种表现,是当其他价值观念与拜金主义发生矛盾时,他们会断然不顾其他价值观念,而只服从于拜金主义;不过,如果其他价值观念有助于拜金主义时,他们也会利用其他价值观念,以为拜金主义服务。总之,不管是利用还是不顾,其基本精神都是一致的,那就是一切以拜金主义为归宿。这被称作"钱上取齐"。

比如社会上通行的"人情"原则,当它有助于商人赚钱时,商人就会好好地利用它;当它有碍于商人赚钱时,他们就会毫不犹豫地抛弃它。对于商人的这种策略,《歧路灯》里有一个很好的分析:

> 原来这做客商的,本是银钱上取齐。若是主户好时,嘴里加上"相与"二字,欠他的也不十分勒索,倒像是怕得罪主顾的意思,其实原图结个下次。若是主户颓败,只得把"相与"二字暂行注销,索讨账目少不的而于此又加紧焉,只是怕将来或有闪损……要之作客商,离乡井,抛亲属,冒风霜,甘淡薄,利上取齐,这也无怪其然。(第六六回)

所谓的"相与",便是人情的意思,这也是为商人的赚钱服务的。是"相与"还是"不相与",要看怎样对赚钱有利,"相与"

有利便"相与","不相与"有利便"不相与"。不过难能可贵的是,作者对商人的这种策略,却有相当宽容的理解。

对于商人的这种策略,有些天真的人却不容易识破。他们常常把商人的人情攻势,当作真正的人情;结果当商人采取第二种行动,即置人情于不顾的行动时,他们总不免大吃一惊。《歧路灯》里的公子哥儿盛希侨,有一次便犯了这样的错误。他误以为商人与他往来是与他交好,所以当他发现商人"钱上取齐"的态度时,不免产生了受到欺骗的感觉:

> 你说叫他们显个人情?这个客商们没天理,那有人情?……我今年三月里,也是欠他们几两银子,为一向礼节往来,杯酒交好,也备了一席参鱼席儿,不过算完了账,交割清白,晌午吃一杯儿,原不萌心叫他们让。谁知我没起来,两三个极早到了。我洗了脸,急忙出来陪他。他们吃了茶,我说:"今日奉屈舍下,把前日那个欠项清白清白。"他们个个说:"有限银子,丢着罢,谁叫大爷挂心里?"说着说着,这个袖中掏出账本子,那个袋中取出文约。我叫老满取算盘,依他们算将起来,全不料共算了一千八九百两。我并没开口,他们还说,某宗让了半个破月,某宗去了三两二钱七分零头。我叫取出银子来,解开包封,放在桌面,只见他们脸上都变成白色。我原说一向相与,少称几两,大家好看些;谁知他们拨起成色来,我原不认的银子,他们说,这一锭子

只九四,那一个锞儿只九一二。内中有家母添出来几个元宝,他们硬说元宝没起心,只九二。我心里恼了,说:"你们就照这银子成色算,想是不足色,也不敢奉屈。"他们还说:"原是敝东写书来,要起一标足色的;若不是敝东书子上写的确,咱们这一号至交,自然将就些儿。"我心里烦了,说:"当年藩库解得国帑,今日起不得你们财东的标?也罢么,只抬过天平,随你们敲就是了!"他们敲了一阵子,还说差二两不足平。我腰中又摸出二两多一个锞儿,丢在盘子里,他们却说使不清。我说:"你拿的走罢。我饿了,我回去吃饭去。"其实围裙桌儿、果碟儿、杯箸已摆就了。我回后院去,也不知他们怎走了。那有饭给他们吃!(第八四回)

可这其实是这位公子哥儿自己太天真,把平日间商人们的人情攻势,误当作是真正的与己交好;却忘了在人情攻势的后面,隐藏着商人那个至高无上的价值观念。尽管商人们在算账时表现得"冷酷无情",但这只是他们"钱上取齐"的价值观念使然,并不如公子哥儿所说的是"没天理",也不等于在生活的其他方面没人情。

与这个天真的公子哥儿相比,还是一般的下层人物更了解商人的心理。比如同小说里的一个仆人便能一针见血地指出:

休看那客伙们每日爷长爷短,相处的极厚,他们俱

> 是钱上取齐的,动了算盘时,一丝一毫不肯让人……其实山、陕、江、浙,他们抛父母,撇妻子,只来河南相与人么?他山、陕、江、浙,难说没有个姑表弟兄姐夫妹丈,难说没有个南村北院东邻西舍,一定要拣咱河南人,且一定要寻咱祥符县的人,才相与如意么?不过是在财神爷银锞儿上取齐。(第三六回)

说来简单不过的道理,人们却常常不容易弄清。这当然与商人的人情攻势比较巧妙有关,但也与人们的容易轻信有关。

不过,"钱上取齐"只是商人的价值观念,并不牵涉到道德好坏的问题。为了更深入地了解商人阶层,我们有必要了解他们的种种策略和原则。我们也许应该牢牢记住《镜花缘》里的商人林之洋所说的话:

> 俺们千山万水出来,原图赚钱的,并不是出来舍钱的。任他怎样,要想分文,俺是不能!(第二六回)

金钱排座次

商人的拜金主义的第三种表现,是商人们往往会把赚钱的多少,来作为衡量一个商人,甚而一个人,是否成功的标准。赚钱多的就是成功的商人,或成功的人;赚钱少的自然就是失败的商人,或失败的人。这也是商人的价值观念所必然导致的结果,一如读书人会把学问的深浅,艺术家会把作品的优劣,政治家会把官阶的高低,作为衡量人物的标准一样。只不过由于全社会都存在商品交换关系,拜金主义也往往是一般人或多或少具有的倾向,因此商人阶层衡量人物的这一价值标准,便也自然会波及于社会的其他阶层。

商人阶层这种衡量人物的价值标准,在文学作品中也经常得到表现。如唐代张籍的《贾客乐》诗便写到,"金多众中为上客"(《全唐诗》卷三八二),表明这种金钱排座次的做法起源颇早。又如很多小说也都提到了依金钱或财物多少排座次的做法,唐五代的胡客识宝故事中就有如下的情节:

> 胡客法,每年一度与乡人大会,各阅宝物。宝物多者,戴帽居于坐上,其余以次分列。(《太平广记》卷四百三《魏生》)

《拍案惊奇》卷一《转运汉遇巧洞庭红　波斯胡指破鼉龙壳》里写到,这一做法也通行于从事海外贸易的商人们中间:

> 主人家手执着一付法浪菊花盘盏,拱一拱手道:"请列位货单一看,好定座席。"看官,你道这是何意?元来波斯胡以利为重,只看货单上有奇珍异宝值得上万者,就送在先席,余者看货轻重,挨次坐去,不论年纪,不论尊卑,一向做下的规矩。

这个"规矩"的最大意义,便在于"不论年纪"——这否定了宗法关系中所奉行的价值标准,"不论尊卑"——这否定了社会关系中所奉行的价值标准,而是只"看货轻重",即依金钱的多少,来决定商人的座次,同时也决定商人地位的高低。这便是一种彻底的拜金主义,一种只以金钱为衡量标准的价值观。

这种以金钱排座次的价值标准如果推广开去,那么就不仅会成为衡量商人是否成功的唯一标准,也会成为衡量每个人是否成功的唯一标准。《二刻拍案惊奇》卷三七《叠居奇程客得助　三救厄海神显灵》里写到,徽州便有这样一种风俗:

> 却是徽州风俗,以商贾为第一等生业,科第反在次着……徽人因是专重那做商的,所以凡是商人归家,外而宗族朋友,内而妻妾家属,只看你所得归来的利息多少为重轻。得利多的,尽皆爱敬趋奉;得利少的,尽皆轻薄鄙笑。犹如读书求名的中与不中归来的光景一般。

正因为"以商贾为第一等生业",所以才会对商人的赚钱多少如此重视;也正因为以赚钱多少作为衡量人物成功与否的标准,所以才会"以商贾为第一等生业"。这样,赚钱多少不仅成了衡量商人成功与否的唯一标准,也成了衡量社会阶层高低的重要标准。

这样一来,势必会对全社会产生重大影响,不仅会产生弃农为商、弃工为商的现象,也必然会产生大量弃儒为商的现象。于是社会上通行的其他种种价值标准,就不得不在这一价值标准面前退避三舍了。

也正是出于对于这种价值标准的信奉,所以秦简夫的《东堂老劝破家子弟》里的商人东堂老,才会说出下面这种断然的宣言:

> 我则理会有钱的是咱能,那无钱的非关命!

悔 罪 意 识

以上种种关于商人的拜金主义的表现,说明商人的拜金主义是如何的彻底。然而也正因为商人的拜金主义过于彻底,因而在一边对全社会发生强力影响的同时,也在另一边引起了社会其他价值标准的反弹。反弹的具体表现有两种,一是来自社会其他阶层的诟病,二是源于商人阶层内心的"悔罪意识"。

说"悔罪意识"也许言重了一点,不过我们只是在引喻的层面上来使用它的。商人对于拜金主义的"悔罪意识",主要来源于社会其他价值标准的影响,比如宗教的价值标准、伦理的价值标准、道德的价值标准,等等,那些价值标准或多或少都有否定拜金主义的倾向。商人虽然一般信奉拜金主义,但作为一个社会人,又不可能不或多或少地受到其他价值标准的影响。在其他价值标准的影响下,他们有时也会对自己过去的行为,也就是信奉拜金主义时的行为,产生深深的后悔和愧疚,这样他们就会产生"悔罪意识"。

武汉臣的《散家财天赐老生儿》,便是一篇表现上述主题的作品。其中那个富有的老年商人,由于受到了社会其他价值标准的影响,认为自己之所以没有儿子,乃是因为自己从前经商时作孽过多——所谓"作孽过多",也就是信奉拜金主义过于彻底。为了能够得到儿子,他想要舍散家财,以消除自己所做的冤业,求得老天的原谅和保佑:

> 则我那幼年间做经商买卖,早起晚眠,吃辛受苦,也不知瞒心昧己,使心用倖,做下了许多冤业,到底来是如何也呵![唱]将本求财,在家出外,诸般儿快,拥并也似钱来,到底个还不彻冤家债!

> [正末云]刘从善为人一世,做买卖上多有亏心差错处。我今日舍散家财,毁烧文契,改过迁善,愿神天可表。[唱]那其间我正贫困里可便夺的一个富豪,今日个上户也可怎么却无了下稍?也是我幼年间的亏心今日老来报。[带云]哎,钱也,我为你呵,[唱]也曾昧着心说咒誓,今日个睁着眼犯天曹,孜孜的窨约。[卜儿云]可是你那做买卖使心用倖折乏的,你怎么则埋怨我那?[正末唱]则俺这做经商的一个个非为不道,那些儿善与人交。都是我好贿贪财,今日个折乏的我来除根也那剪草。我今日个散钱波把穷民来济,悔罪波

> 将神灵来告。则待要问天公赎买一个儿……也等我养小来防备老。

由于没有儿子；又由于某种社会观念认为，没有儿子与做下冤业有关；又由于某种社会观念认为，商人的拜金主义也是冤业的一种，所以这个商人才会对于过去的拜金主义行为产生如此强烈的悔罪意识，才会为了求得冤业的消解而做出舍散家财的异乎寻常的举动。在这里最引起我们注意的，乃是一个曾经信奉拜金主义的商人，后来反而对此产生了强烈的悔罪意识。我们认为，这正是社会其他价值标准影响商人阶层的一个结果。

类似的例子还有刘君锡的《庞居士误放来生债》。其中的庞居士，本是一个"祖宗以来，所积家财，万贯有余"的大富翁，还在靠放债生息来扩大他的财产。不过由于受到了宗教信仰的影响，他也对自己过去的拜金主义行为产生了强烈的悔罪意识，也指望通过舍弃所有财产来为自己赎罪：

> 我恨不的罄囊儿舍与人些钱，恨不的刮土儿可便散与人些银……咱家中有十只大海船，一百小船儿，将咱家中金银宝贝玉器玩好，着那小船儿搬运在那大船上，俺一家儿明日到东海沉舟去也……再不做那天北的这经商，我也再不做那江南的贾客。

庞居士指望通过这样的行为，来使自己获得宗教上的救赎，因为宗教信仰认为拜金主义是万恶之源。所以，这同样是一个社会其他价值标准影响商人阶层的例子。

在文学作品之中,表现这类主题的并不多见。显然,这类故事缺乏现实性,不足以使得人们信服。不过,无论在现实里还是在文学中,我们都可以看到很多慈善行为。有些富有的商人们指望通过此类行为,来消除类似的对于拜金主义的罪恶感。

然而,即使是以上这类故事,也仍然带有拜金主义的烙印。因为在商人们指望通过舍散家财来消灾祈福的行为中,同样蕴含着对于金钱作用的牢不可破的信心;这与指望通过占有金钱来谋求幸福的意识,在精神实质上并没有什么本质区别。因为只有信奉拜金主义的人,才会相信金钱真会具有那么大的力量,通过占有它或是放弃它就能获得幸福。金钱当然非常有用,可是它不多不少只是金钱,很多事情超乎它的势力范围,但是商人们却往往相信它可以做到一切,无论是通过占有它抑是通过放弃它。这显示了商人的拜金主义信仰的根深蒂固。

第十章
理想的商业原则

商人的职业之容易受人诟病之处,便在于对金钱和利益过于敏感。所谓"唯利是图",所谓"利欲熏心",指的都是这一点。在文学作品之中,我们也常能看到对此的非难和指责,曹植所谓的"商贾争一钱"(《先秦汉魏晋南北朝诗》魏诗卷六引乐府断句),便是一种有代表性的意见。

不过,我们也常常可以看到一些例外,或者说对于一般商业原则的一些反弹。它们无论是现实的抑或是幻想的,都表现为某种理想的商业原则,与一般的商业原则形成鲜明的对照。在文学作品之中,我们也能看到不少这方面的表现,它们或者是商人实际行为的记录,或者是文人对于商人的理想要求的产物。我们觉得不管怎么说,它们总是反映了商人,或者说是一般人,对于商业的某种要求,因而总是具有现实意义的,而且未必不能成为现实。

现　实　的

理想的商业原则,依其是否可以实行,而可分成现实的和幻想的这两类。诸如信誉、信用、公平、服务精神等,尽管都是很难做到的,但毕竟是可以做到的,这样的理想的商业原则,我们认为是现实的、可行的。

《太平广记》卷三一《李珏》,写一商人因商德甚好而成仙的故事,在表现理想的商业原则上甚有意思:

> 李珏,广陵江阳人也。世居城市,贩籴自业。而珏性端谨,异于常辈。年十五时,父适他行,以珏专贩事。人有籴者,与籴,珏即授以升斗,俾令自量。不计时之贵贱,一斗只求两文利,以资父母。岁月既深,衣食甚丰。父怪而问之,具以实对。父曰:"吾之所业,同流中无不用出入升斗,出轻入重,以规厚利。虽官司以春秋较搉,终莫断其弊。吾但以升斗出入皆用之,自以为无偏久矣。汝今更出入任之自量,吾不可及也。然衣食丰给,岂非神明之助耶?"后父母殁,及珏年八十余,不改其业。

他因为做了"常人之难事",所以"阴功不可及也","年百余岁,轻健异常",终于成了神仙。正文重点在成仙,其次才是讨论商人的好坏。

不过从中我们可以看到这样一种意识,即利用与一般斤斤计较的商业原则相反的原则,从长远来看,是否也能获得同样的利益呢?如果这种原则是现实可行的话,则可以将人情与利益统一起来,达到一种更高级的商业境界。

从李珏的做法来看,这种实验似乎是成功的。"授以升斗,俾令自量"的做法,似乎是诉诸或唤起人们的自尊心(当然,对于没有自尊心的人是不适用的)。"不计时之贵贱,一斗只求两文利"的做法,是现在常说的"薄利多销",并且以薄利招徕顾客,促进多销;"岁月既深,衣食甚丰",则是以上原则所导致的结果,表明并不一定只有斤斤计较、唯利是图才能赚钱,而是薄利多销、尊重顾客也能赚钱。他的父亲认为这是"神明之助",但其实只是上述商业原则运作的自然结果。而作为这种商业原则的对立面的,就是如他父亲所指出的"同流"中人的做法。

在这里我们看到了某种理想的商业原则,它们在今天比过去获得了更多的实现。这不仅是商业成熟的表现,也是人性向善的证明。

我们再来看柳宗元的《宋清传》。其中的药商宋清,虽然做法有所不同,但也采用了同样的理想的商业原则。这种原则不仅能使商人获利,还能满足人情的需要:

> 宋清,长安西部药市人也。居善药。有自山泽来者,必归宋清氏,清优主之。长安医工得清药辅其方,辄易雠,咸誉清。疾病疕疡者,亦皆乐就清求药,冀速

已,清皆乐然响应。虽不持钱者,皆与善药。积券如山,未尝诣取直。或不识,遥与券,清不为辞。岁终,度不能报,辄焚券,终不复言。市人以其异,皆笑之,曰:"清蚩妄人也。"或曰:"清其有道者欤?"

宋清的做法之所以与一般商人不同,并不是因为他是"蚩妄人"或"有道者",而只是因为凭借上述做法他能够得到更多的利益:

> 清闻之,曰:"清逐利以活妻子耳,非有道也;然谓我蚩妄者,亦谬。"清居药四十年,所焚券者百数十人。或至大官,或连数州,受俸博,其馈遗清者,相属于户。虽不能立报,而以赊死者千百,不害清之为富也。清之取利远,远故大。岂若小市人哉,一不得直,则怫然怒,再则骂而仇耳。彼之为利,不亦谫谫乎?吾见蚩之有在也。清诚以是得大利,又不为妄,执其道不废,卒以富。求者益众,其应益广。或斥弃沉废,亲与交视之落然者,清不以怠遇其人,必与善药如故。一旦复柄用,益厚报清。其远取利,皆类此。(《柳宗元集》卷十七)

原来宋清所奉行的原则,乃是"放长线钓大鱼"。能够实行这种原则,则不仅能让人得益,而且自己也能得益,因而这是一种理想的商业原则。当然还必须注意到,他的药的质量也是绝对可靠的,这是他的信誉的基本保证之一。

这种理想的商业原则的实现,比起上述李珏的"俾令自量"来,更有赖于人们的善心和感恩之心,因而也许实际上更难做到。不过其中所体现的"远取利"的做法,却已经成了现代商业精神的一个组成部分。

李珏和宋清的做法,都含有某种理想主义成分,有赖于他人的"自尊"或"良心"之处太多,因而并不是每个商人都愿意或敢于去尝试的。而像《醒世恒言》卷三《卖油郎独占花魁》里的卖油小贩秦重的做法,则可以说是一般本分商人都能做到的,那就是今天所说的以质量、信誉和服务取胜的做法。这也可以说是理想的商业原则之一:

> 那油坊里认得朱小官是个老实好人……有心扶持他,只拣窨清的上好净油与他,签子上又明让他些。朱重得了这些便宜,自己转卖与人,也放他宽,所以他的油比别人分外容易出脱……那些和尚们也闻知"秦卖油"之名,他的油比别人又好又贱,单单作成他……妈妈也听得人闲讲,有个秦卖油,做生意甚是忠厚,遂分付秦重道:"我家每日要油用,你肯挑来时,与你做个主顾。"……九妈往外一张,见是秦卖油,笑道:"好忠厚人!果然不失信。"便叫他挑担进来,称了一瓶,约有五斤多重,公道还钱。秦重并不争论。王九妈甚是欢喜,道:"这瓶油,只够我家两日用。但隔一日,你便送来,我不往别处去买油。"秦重应诺,挑担而出。

秦重的做法,只是一个"诚"字。他讲信用,重然诺,不争价,赢得顾客信任,所以生意也就特别好。这是很多本分老实的商人都信奉的原则,也是在商业竞争中很有效的原则。

像秦重这样的商人,在文学作品中还有很多。比如《醒世恒言》卷十《刘小官雌雄兄弟》里的刘德,在河西务镇上开了一个小酒店儿,也信奉如秦重所采用的那种商业原则:

> 刘公平昔好善,极肯周济人的缓急。凡来吃酒的,偶然身边银钱缺少,他也不十分计较。或有人多把与他,他便勾了自己价银,余下的定然退还,分毫不肯苟取……因他做人公平,一镇的人无不敬服,都称为刘长者。

刘德的这种商业原则,后来为他所收的两个义子所继承:

> 且说刘奇二人,自从刘公亡后,同眠同食,情好愈笃,把酒店收了,开起一个布店来。四方过往客商来买货的,见二人少年志诚,物价公平,传播开去,慕名来买者,挨挤不开。一二年间,挣下一个老大家业,比刘公时已多数倍。讨了两房家人,两个小厮,动用器皿家伙,甚是次第。

诸如此类的做法,都符合理想的商业原则,所以他们都能赚钱。

讲究货真价实和重视商业信誉,也成了《十二楼·萃雅楼》中商人所信奉的原则。小说同时还显示,遵守这种商业原则,会给商人带来怎样的好处:

> 他做生意之法,又与别个不同,虽然为着钱财,却处处存些雅道。收贩的时节有三不买,出脱的时节有三不卖。那三不买?低货不买,假货不买,来历不明之货不买……那三不卖?太贱不卖,太贵不卖,买主信不过不卖……他立定这些规矩,始终不变。初开店的时节,也觉得生意寥寥;及至做到后来,三间铺面的人都挨挤不去。由平民以至仕宦,由仕宦以至官僚,没有一种人不来下顾。就是皇帝身边的宫女,要买名花异香,都分付太监,叫到萃雅楼上去。其驰名一至于此。

这是作者心目中的理想的商业原则,以及这种理想的商业原则的胜利。这种理想的商业原则也许实践起来不太容易,不过也并不像人们所想象的那么困难。

幻 想 的

由于受到人性自私的影响,现实的商业原则常常有所欠缺和不足,因此人们常常憧憬着,能够有一种理想的商业原则,使得买卖双方都能有所获益。这种理想的商业原则的内容,表现为信誉、信用、公平、服务精神等,这在上面一节中我们已经讲过了。上述这种理想的商业原则,大都是可以实现的,也正在越来越多地被实现。

理想的商业原则的另一种表现,往往采取了幻想的和夸张的形式;不过追究其产生原因,却仍是对于现实的商业原则有所不满。比如《镜花缘》里关于君子国中买卖的描写，便是一种理想的商业原则的幻想表现。其中的商人做买卖，尽可能想吃亏；而顾客买东西，也尽可能失便宜。这恰好与现实的商业原则相反，因而很明显是出于对现实的商业原则的不满。作者写了君子国里的三桩买卖，都表现了一种幻想式的理想的商业原则。

> 说话间，来到闹市。只见有一隶卒在那里买物，手中拿着货物道："老兄如此高货，却讨怎般贱价，教小弟买去，如何能安？务求将价加增，方好遵教。若再过谦，那是有意不肯赏光交易了。"……只听卖货人答道："既承照顾，敢不仰体？但适才妄讨大价，已觉厚颜，不意老兄反说货高价贱，岂不更教小弟惭愧？况敝货并非言无二价，其中颇有虚头。俗云：'漫天要价，就地还钱。'今老兄不但不减，反要加增，如此克己，只好请到别家交易，小弟实难遵命。"……只听隶卒又说道："老兄以高货讨贱价，反说小弟克己，岂不失了忠恕之道？凡事总要彼此无欺，方为公允。试问那个腹中无算盘？小弟又安能受人之愚哩！"谈之许久，卖货人执意不增。隶卒赌气，照数付价，拿了一半货物，刚要举步，卖货人那里肯依？只说价多货少，拦住不放。路旁走过两个老翁，作好作歹，从公评定，令隶卒照价拿了八折货物，这才交易而去。（第十一回）

一般的买卖,是"只有卖者讨价,买者还价",而这里的买卖,"卖者虽讨过价,那买者并不还价,却要添价"。又,"漫天要价,就地还钱","原是买物之人向来俗谈",至"并非言无二价,其中颇有虚头","亦是买者之话","不意今皆出于卖者之口"(第十一回)。又,一般的买卖,买者都想少付钱多拿货,卖者都想少付出货多收进钱,而这里也正好相反。

另外两次买卖,情形也是如此。一般的买卖,卖者都说自己的货物好,要大价钱,买者都说卖者的货物次,而欲付低价;一般拿货物时,买者专要拣上等的,卖者却希望搭出下等的;一般付银时,买者欲付劣银,卖者欲收好银,买者欲少付一分,卖者欲多讨一分,买者欲赊账,卖者欲现钱;可这儿也都正好相反。

以上这几个例子,在在体现了作者对于现实的商业原则的不满,以及对于理想的商业原则的幻想。过去一般的观点,都是这么认为的。

然而,这些故事是这么地违反"常识",所以不能不引起我们的其他一些想法。我们深知这类故事纯属幻想,根据是它们违背了人性自私的基本原理。现实的商业原则之所以有许多欠缺,正是因了人性自私的原因;而前述理想的商业原则之所以有可能实现,是因为人性的自私可以合理、合作和利他的方式来实现。而君子国里的理想的商业原则,却违反了人性自私的基本原理,所以从根本上来说只能是一种幻想(顺便说一句,如果做买卖真都像君子国人一样,则纠纷还将是一如既往,只是在另一个方向上发生而已)。

于是,这类君子国的故事反而提醒我们,理想的商业原则应该是有限度的,应该诉诸人性自私的合理性。如果往前多走一步,就有可能变为荒谬。进一步说,任何理想的原则都是如此,与人性的基本原理过于违背,离开人性的实际过于遥远,则都将走向荒谬。相比之下,前述那种理想的商业原则,由于合于人性的自私的实际,而且采用了合理的满足方式,所以才是切实可行的。"真理多走一步,就会变成荒谬",理想的商业原则也是如此。

所以我们猜想,作者在这里所要表现的,也许不仅是对于现实的商业原则的不满,也是对于幻想式的理想的商业原则的讽刺。对于那个沉湎于人性泥沼的现实,还有那个违背人性之常的幻想,作者似乎同时发出了一声冷笑。君子国的那段描写的意义,似乎还应该这样来理解。

紧接着君子国的那段描写,有一个喜剧性的小插曲,似乎更证实了我们的想法。话说众水手得到了很多名贵的燕窝,却都误认为只是些粉条子,于是林之洋便把燕窝都买了下来,付的却只是粉条子的价钱:

> 林之洋闻知,暗暗欢喜,即托多九公,照粉条子价钱给了几贯钱,向众人买了,收在舱里,道:"怪不得连日喜鹊只管朝俺叫,原来却有这股财气!"(第十二回)

这样的表现出商人投机心理的买卖,在现实里和文学中都是司空见惯的;只是这段描写紧接在关于君子国的故事之后,这就不免让人产生荒诞滑稽的感觉了。这种荒诞滑稽的感觉,类似于我们正做着黄粱美梦,醒来却发现现实一如既往一样。这种极富戏剧性的对比,也许正反映了作者的匠心:他要同时讽刺现实,嘲笑理想,无论它们是过于沉湎于人性,抑是它们过于违背人性。

第十一章
商 人 之 爱

两性关系是人类最基本的人际关系之一,男女之爱也是人类最基本的爱之一种。所谓"商人之爱",与一般人之爱,在本质上其实并无什么不同,它们都植根于人类最原始的本能,同样受到种种社会时代风尚等外在环境的制约。不过,由于商人阶层的职业属性,以及由其职业属性所引致的行为特征,"商人之爱"在表现形式上,也自有其不同于其他阶层的特别之处。当然,即使这些特别之处,也只是在程度上相对而言的。

决定"商人之爱"的特别之处的,主要有这样一些因素。一是由于商人生活的流动性,使他们长期离家在外,不能过正常的家庭生活,因而产生了性饥渴的问题,容易向家庭之外去寻找性的满足。二是商人大抵具有较强的经济实力,在一个连男女之爱都受到商品化侵蚀的社会里,很容易利用金钱买到"爱"。三是即使在过去的礼教社会里,商人由于其相对低下的社会地位(至少比士人阶层低下得多),反而较少受到道德观念的约束,因而较容易随心所欲地行事。可能还存在着一些其他因素,但我们认为以上三个因素比较重要。

在以上三个因素中,最重要的自然是第二个,也就是商人的经济实力的因素。由于具有较强的经济实力,因而在一个商品化的社会中,商人有可能去满足自己的欲望,去挑战礼教约束和道德观念。因而,这也是决定"商人之爱"的特别之处的一个根本因素。

由于以上三个因素,特别是第二个因素的作用,使得"商人之爱"表现出若干特别之处。一是比起社会其他阶层来,商人阶层中似乎更多见狎妓行为,也就是流连于娼楼妓馆;二是比起社会其他阶层来,商人阶层中似乎更多见异地重婚现象,也就是所谓的"两头大"婚姻;三是比起社会其他阶层来,商人阶层中似乎更多见偷情行为,也就是所谓的"婚外恋"现象。至少就文学作品来说,我们可以得出这样的结论。

"商人之爱"的这些特别之处,也往往会对社会的各种观念,例如婚姻观念、道德观念、贞操观念、爱情观念等,发生或明或暗、或大或小的影响。

娼 楼 妓 馆

"多少做客的,娼楼妓馆,使钱撒漫。"(《喻世明言》卷十八《杨八老越国奇逢》)因长期离家在外的流动性生活而导致的性饥渴,使商人们纷纷踏入娼楼妓馆去寻找性的满足;而商人们那雄厚的经济实力,又使娼楼妓馆对他们大开绿灯;而道德环境对商人阶层的相对宽松,又使得商人们可以在娼楼妓馆中为所欲为。所以狎妓于娼楼妓馆,也就成了"商人之爱"的一个明显特征。

在文学作品这里那里的娼楼妓馆中,我们几乎总是可以发现商人的风流踪迹。或因性饥渴或因好色,他们成了娼楼妓馆里的常客。《警世通言》卷五《吕大郎还金完骨肉》中的商人吕玉在外经商,"少年久旷,也不免行户中走了一两遍",结果"走出一身风流疮"来。《二刻拍案惊奇》卷二一《许察院感梦擒僧 王氏子因风获盗》里的盐商王禄,在外经商赚了大钱以后,便开始向娼楼妓馆放纵自己的情欲:"自古道:'饱暖思淫欲。'王禄手头饶裕,又见财物易得,便思量淫荡起来。接着两个表子,一个唤作夭夭,一个唤作蓁蓁。阒宿情浓,索性兑出银子来,包了他身体。"后来他因"日夜欢歌,酒色无度"而一命呜呼。《警世通言》卷三三《乔彦杰一妾破家》里的商人乔俊,"看来有三五万贯资本,专一在长安、崇德收丝,往东京卖了,贩枣子、胡桃、杂货回家来卖,一年有半年不在家"。他"好色贪淫","在东京卖丝,与一个上厅行首沈瑞莲来往,倒身在他家使钱。因此留恋在彼,全不管家中妻妾,只恋花门柳户,逍遥快乐"。《聊斋志异·鸦头》里的大贾赵东楼,出门"常数年不归",索性把娼楼妓馆当了旅馆,常宿于"小勾栏",他自己说是"余因久客,暂假床寝"。《拍案惊奇》卷二二《钱多处白丁横带　运退时刺史当艄》里的大商人郭七郎,心心向往着去京都狎妓:"闻得京都繁华去处,花柳之乡,不若借此事由,往彼一游,一来可以索债,二来买笑追欢。"所以到了京都,讨得欠债以后,便在娼楼妓馆中,过起放荡的生活来。《型世言》第三七回《西安府夫别妻　郃阳县男化女》里的两个年轻商人,一出外经商就要寻花问柳:"两个落店得一两日,李良雨道:'那里有甚好看处,我们同去看一看。'此时,吕达在郃阳原有一个旧相与妓者栾宝儿,心里正要去望他,道:'这厢有几个妓者,我和兄去看一看如何?'"

娼楼妓馆本是一种"人肉市场",只要有钱便谁都可以"消费"。连老实巴交的卖油郎秦重,对此内情也了如指掌:"我闻得做老鸨的,专要钱钞。就是个乞儿,有了银子,他也就肯接了。"(《醒世恒言》卷三《卖油郎独占花魁》)既然连乞儿有钱都肯接,那就更不用说广有钱财的商人了,他们就更是老鸨、妓女巴结的对象了。"王赛儿本是个有名的上厅行首,又见七郎有的是银子,放出十分擒拿的手段来……七郎赏赐无算……七郎挥金如土,并无吝惜……一般的撒漫使钱。"(《钱多处白丁横带　运退时刺史当艄》)《喻世明言》卷三《新桥市韩五卖春情》里的商人吴山,也迷恋一个"隐名的娼妓"韩五。那个私娼之所以缠住吴山不放,也只因吴山"家中收丝放债,新桥市上出名的财主","门首开个丝绵铺,家中放债积谷,果然是金银满箧,米谷成仓"。所以,"却恨吴山偶然撞在他手里,圈套都安排停当,漏将入来,不由你不落水"。在勾上了吴山以后,那私娼暗自庆幸道:"今番缠得这个有钱的男儿,也不枉了。"《儒林外史》里一个"二十多岁,生的也还清秀,却只得一担行李,倒着实沉重"的收丝客人,也只因为行李沉重,而成了私娼的算计对象(第五一回)。

不过,只要商人花完了钱财,他们就如虎落平阳,同样会受到白眼乃至驱赶,一如那些落魄的书生或公子哥儿。如乔俊在娼楼妓馆中使尽了银子,那老鸨对他的态度便骤然转变了:"却说乔俊……在东京沈瑞莲家……住了两年,财本使得一空,被虔婆常常发语道:'我女儿恋住了你,又不能接客,怎的是了?你有钱钞,将些出来使用;无钱,你自离了我家,等我女儿接别个客人,终不成饿死了我一家子罢?'乔俊是个有钱过的人,今日无了钱,被虔婆赶了数次,眼中泪下。寻思要回乡,又无盘缠。"赵东楼的下场也是如此,他原先曾以娼楼妓馆为家,但后来,"数年,万金荡然。媪见床头金尽,旦夕加白眼。妮子渐寄贵家宿,恒数夕不归。赵愤激不可耐,然无奈之"。结果当人们再见到他时,他已是"巾袍不整,形色枯黯",一副落魄相了。娼楼妓馆对商人特别青睐,只是因为商人有钱;一旦商人用尽了钱,则青眼也就自然会变成白眼了。正如那个鸨头所说的:"勾栏中原无情好,所绸缪者,钱耳!"

商人和妓女之间,虽说大抵是买卖关系,但有时也会产生感情,演出一幕幕的喜剧或悲剧。如《二刻拍案惊奇》卷六《李将军错认舅　刘氏女诡从夫》的入话说:"宋时唐州比阳有个富人王八郎,在江淮做大商,与一个娼妓往来得密,相与日久,胜似夫妻,每要娶他回家。"又如乔俊在娼楼妓馆用尽了银子,被老鸨一再驱赶,却无盘缠回乡,还是那个与他相好的妓女,才资助了他一些钱钞:"那沈瑞莲见乔俊泪下,也哭起来,道:'乔郎,是我苦了你!我有些日前趱下的零碎钱,与你些做盘缠,回去了罢。你若有心,到家取得些钱,再来走一遭。'乔俊大喜,当晚收拾了旧衣服,打了一个衣包。沈行首取出三百贯文,把与乔俊打在包内。别了虔婆……又辞了瑞莲,两个流泪而别。"至如《卖油郎独占花魁》里的卖油小贩,竟至于赢得了名妓花魁娘子的芳心。

　　这种商人和妓女的相恋,常常会引起很多社会问题。比如像在王八郎的场合,由于他和妓女感情甚好,所以他后来"竟到淮上,带了娼妇回来。且未到家,在近巷另赁一所房子,与他一同住下"。后来又和妻子离婚,"自去接了娼妇,到家同住"。这是因与妓女相好而导致商人家庭破裂的。又如杨景贤的《马丹阳度脱刘行首》里,也写到一个开解典库的商人,因与妓女交好,而引起了婚姻上的问题:"我一心待要娶他,他有心待要嫁我。争奈有老婆在家,和我生了一儿一女,我因此不好说得。前日刘大姐道:'你来,我问你,肯娶我时,我嫁了你罢!'我仔细想来,他有这等好意,怎生辜负了他？不若娶将他来，则在外面住，岂不美哉？"他后来与妻子也有很多麻烦，好在刘行首被马丹阳度脱成仙去了，否则也该有好戏可看了。在乔俊的场合，由于他流连于娼楼妓馆，"全不管家中妻妾，只恋花门柳户，逍遥快乐"，在那儿一住就是两年，打破了一年有半年在家的惯例，让妻妾们过于失望寂寞，结果引起了一妾红杏出墙的结局，乔俊自己其实该负更大的责任。反正，商人在娼楼妓馆的这类风流韵事，对于家庭社会的稳定性破坏很大，对于社会风气的变化也有相当大的影响。

"两头大"

有些商人长期在远离家乡的某个地方经商，有些商人定期来往于经商之地与家乡之间，于是为了解决自己的日常生活问题，他们常在经商之地另建一个家庭。这另一个家庭的女主人的身份其实仍然是妾，不过由于不与正妻住在一起而享有较大的自由，这用当时的话来说就是"两头大"——即两边都是"正妻"的意思。本来，一夫多妻制度在过去的有钱阶层中不足为奇，只是这种"两头大"婚姻现象却是商人阶层中所特有的。它的产生既与商人的流动性生活有关，又以商人雄厚的经济实力为基础。

"两头大"婚姻对商人的好处是显而易见的，它给了长期漂泊在外的商人以另一个"家"，使他们在生活的各个方面都得到了照顾。如《杨八老越国奇逢》里的西安商人杨八老,来到闽广一带经商,借住在一个居民家里。那家的母亲看中了杨八老,想要把女儿嫁给他,以使自己终身有依靠。她劝说杨八老的话,便反映了"两头大"婚姻对商人的好处:

> 杨官人,你千乡万里,出外为客,若没有切己的亲戚,那个知疼着热?如今我女儿年纪又小,正好相配官人,做个"两头大"。你归家去有娘子在家,在漳州来时,有我女儿。两边往来,都不寂寞,做生意也是方便顺溜的。

"两头大"婚姻解决了商人长期在外的生活不便和心理孤独等问题,使他们可以没有后顾之忧地一心一意做生意。不过问题是他要有足够的经济实力,足以同时养活两地的两个家庭。

同时,如果他真的认真对待这两个家庭,他也势必将碰到重婚者所共同面临的问题,那就是两个家庭都会争夺他,结果反而使他不得安宁。那个杨八老听从檗妈妈之劝,娶了其女儿,建立了另一个家庭后,就面临着这样一个难题:

> 却说杨八老思想故乡妻娇子幼,初意成亲后,一年半载,便要回乡看觑,因是怀了身孕,放心不下,以后生下孩儿,檗氏又不放他动身,光阴似箭,不觉住了三年,孩儿也两周岁了……杨八老一日对檗氏说,暂回关中,看看妻子便来。檗氏苦留不住,只得听从。八老收拾

> 货物,打点起身……杨八老也命好道:"娘子不须挂怀,三载夫妻,恩情不浅,此去也是万不得已,一年半载,便得相逢也。"

商人越是享受到"两头大"婚姻的好处,越是"反认他乡是故乡",就越是会遇到这种两头牵挂的烦恼,越是会两头都"相见时难别亦难"。幸福与不幸原是结伴而行的。

对于地位较低下的女人来说,"两头大"不失为一种令人羡慕的婚姻。因为尽管实质上还是妾,可是"两头大"婚姻中的女人,能够享受到商人经济实力的好处,却又没有受正妻管束的麻烦。正因为这样,所以檗妈妈要主动把女儿嫁给杨八老,成就一段"两头大"婚姻:

> 原来檗妈妈无子,只有一女,年二十三岁,曾赘个女婿,相帮过活。那女婿也死了,已经周年之外,女儿守寡在家。檗妈妈看见杨八老本钱丰厚,且是志诚老实,待人一团和气,十分欢喜,意欲将寡女招赘,以靠终身……"老身又不费你大钱大钞,只是单生一女,要他嫁个好人,日后生男育女,连老身门户都有依靠。"

《喻世明言》卷一《蒋兴哥重会珍珠衫》里的薛婆,也要把女儿嫁给来本地开店的徽州商人做偏房:

> 虽则偏房,他大娘子只在家里,小女自在店中,呼奴使婢,一般受用。老身每遍去时,他当个尊长看待,更不怠慢。如今养了个儿子,愈加好了。

《二刻拍案惊奇》卷十五《韩侍郎婢作夫人　顾提控掾居郎署》里的爱娘,为一个过路的徽州商人看中,要讨去扬州当中做偏房,媒人便这么夸赞"两头大"婚姻的好处:

> 这个朝奉,只在扬州开当种盐,大孺人自在徽州家里。今讨去做二孺人,住在扬州当中,是两头大的,好不受用。

所以爱娘的父母就肯了,还落了三百两银子。在这些媒人的嘴里,对于小家碧玉来说,"两头大"婚姻是令人羡慕的归宿。《醒世恒言》卷十三《勘皮靴单证二郎神》里的韩夫人,原是后宫夫人,后为庙官孙神道设计奸骗,判改嫁良民为妻:

> 后来嫁得一个在京开官店的远方客人,说过不带回去的。那客人两头往来,尽老百年而终。

《欢喜冤家》第三回《李月仙割爱救亲夫》里,也写到一个"两头大"婚姻,其结局很美满:

> 媒婆道:"事有凑巧,凌湖镇上,有一当铺汪朝奉,年将半百,尚无子息,孺人又在徽州。偶然来到本州,遇见我,浼我寻一女子,娶为两头大。若是红香姐姿貌,准准有二十多两银子。老身正出来为他寻觅……我去接了朝奉,即日人钱两交如何?"

后来,红香生了一子,月仙生了一女,"结了两下朱陈,两边大发,富贵起来"。可见对于当时许多女人来说,"两头大"婚姻确可能有美满结局。

不过,"两头大"婚姻中的女人将面临同样的难题,那就是商人"两头往来"总会顾此失彼。以上各例都没有提到这个问题,好像不成问题的样子;可是我们看杨八老的场合,当他告别这一头往那一头时,这一头妻子所感受到的痛苦,便可明白"两头大"婚姻仍是有其根本缺陷的:

> 檗氏不忍割舍,抱着三岁的孩儿,对丈夫说道:"我母亲只为终身无靠,将奴家嫁你。幸喜有这点骨血。你不看奴家面上,须牵挂着小孩子,千万早去早回,勿使我母子悬望。"言讫,不觉双眼流泪。

所以,对于"两头大"婚姻中的女人来说,其好处大抵只是经济上的,以及与正妻的关系上的,却绝不是家庭生活上的。

对于在家乡的正妻来说,"两头大"婚姻自然最没有意思。因为当她在家乡守活孤孀的时候,丈夫在外地却另外组建了一个家庭,这对她来说绝不会是一件愉快的事情。只是在过去容忍一夫多妻制度的社会里,"两头大"婚姻也只不过是其表现形式之一,因此正妻对此也是既没有办法,也没有发言权的。而且商人长期在外,总会设法解决性饥渴问题,相比之下,"两头大"婚姻还算是"本分"的——檗妈妈就是这么说的:

> 就是你家中娘子知道时,料也不嗔怪。多少做客

的,娼楼妓馆,使钱撒漫!这还是本分之事。

所以,正妻就更不会管那样的"闲事"了。然而,即使有这种种"理由",对家乡的正妻来说,"两头大"婚姻也仍是不公平的。《蒋兴哥重会珍珠衫》里的薛婆,便替"家中大娘子"抱屈道:

> 大凡走江湖的人,把客当家,把家当客。比如我第四个女婿朱八朝奉,有了小女,朝欢暮乐,那里想家? 或三年四年,才回一遍。住不上一两个月,又来了。家中大娘子替他担孤受寡,那晓得他外边之事?……常言道:"一品官,二品客。"做客的那一处没有风花雪月? 只苦了家中娘子。

她说的大抵也是真的,尽管是别有用心的。

因此之故,"两头大"婚姻自然会引起很多社会问题,也会对社会风气产生一定影响。商人本身用这种方式,向传统的婚姻制度作了挑战,动摇了传统婚姻制度的稳定性;而两头的商人的妻妾,当商人不在这一头时,都会有心理上和生活上的种种问题,有时会引发"红杏出墙"的行为,这就引起了社会风气的变化。

我们看《蒋兴哥重会珍珠衫》的例子,便可以得到很多的启发。蒋兴哥在外多年不归,其实并没有"两头大"婚姻之事;可是薛婆却极力渲染这一点,暗示蒋兴哥在外也可能如此,以引起作为"家中大娘子"的三巧儿对丈夫的不满,并因而放松对自己的约束,以便让图谋奸骗三巧儿的陈商容易下手。与此同时,通过介绍"朱八朝奉"对自己女儿的宠爱,向三巧儿灌输"倒是异乡人有情怀"的观念,以让同为"异乡人"的陈商容易为三巧儿所接受,使被奸骗后的三巧儿安于做陈商的"两头大"女人。薛婆的心理攻势加上实际行动,其结果是众所周知的:三巧儿在被陈商奸骗以后,又爱上了这个诱奸者,并等于做了陈商这个异乡商人事实上的"两头大"的偏房。

从这个故事我们可以知道,"两头大"在诱使"家中大娘子"因心怀不满而红杏出墙方面,在诱使妇女充当异乡商人的婚外恋对象方面,起了什么样的心理催化作用。在说明"两头大"婚姻对于社会风气的影响方面,这也许是一个较典型的例子。

偷情至上主义

娼楼妓馆或"两头大"婚姻,至少在过去的时代,还被看作商人"合法"的去处或做法。只是商人的活动半径却并不至此为止,他们还常常会有一些更为出格的行为,来满足自己的情欲和本能。那就是所谓的"偷情",也就是与他人的内眷通奸。

> 假如墙花路柳,偶然适兴,无损于事;若是生心设计,败俗伤风,只图自己一时欢乐,却不顾他人的百年

恩义——假如你有娇妻爱妾,别人调戏上了,你心下如何?

这是《蒋兴哥重会珍珠衫》的开场白。这里所说的两种情况,前者即指出入娼楼妓馆,后者即指诱奸别人内眷。可见即使在当时,后者也被认为是反道德的。这篇小说所写的,便是一个商人的后一种行为。在文学作品之中,常常出现关于商人的后一种行为的描写。

即使是他人的内眷,只要自己喜欢上了,也要千方百计地搞上手,这无疑是一种"偷情至上主义"。其背后的人生观常常是个人主义的,同时,一定的经济实力又会成为其后盾。可以说,正是因为有了经济实力,个人主义才得以膨胀,道德堤防才会被冲决。每个人的个别行为,会影响到时代风气;而一个时代的风气,又会影响到每个人。我们觉得,这就是在商人阶层里面偷情现象层出不穷的大致原因。

《二刻拍案惊奇》卷二八《程朝奉单遇无头妇　王通判双雪不明冤》里的徽州商人程朝奉,便是这样一个偷情至上主义者:

> 这个程朝奉,拥着巨万家私,真所谓"饱暖生淫欲",心里只喜欢的是女色。见人家妇女,生得有些姿容的,就千方百计,必要弄他到手才住。随你费下几多东西,他多不吝,只是以成事为主。所以花费的也不少,上手的也不计其数。

程朝奉在女色面前,完全没有任何顾虑;而支持他这么做的,正是他的经济实力。有一次他看上了卖酒李方哥之妻陈氏,便生心设计定要把她弄到手:

> 且说徽州府岩子街有一个卖酒的,姓李,叫做李方哥,有妻陈氏,生得十分娇媚,丰采动人。程朝奉动了火,终日将买酒为由,甜言软语,哄动他夫妻二人。虽是缠得熟分了,那陈氏也自正正气气,一时也勾搭不上。程朝奉道:"天下的事,惟有利动人心。这家子是贫难之人,我拼舍着一主财,怕不上我的钩?私下钻求,不如明买!"

他看上的女人,明明是别人的内眷,但他却是不管的;他所考虑的,是用什么办法,才能把她弄到手。他后来果然用三十两银子,买到了她的一个"肯"字。只是到了最后一刻,出了一点意外,使他不仅艳梦难圆,还吃尽了冤枉官司。令人感到震惊的,却是他那种不顾一切追求女色的态度。

程朝奉这种不顾一切追求女色的态度,还有那后来发生的奇怪之事,无疑使得小说家们大感兴趣,于是在许多公案小说里,都写到了这个故事,尽管细节各不相同,而且孰先孰后也很难说。如《皇明诸司公案》卷一《曾大巡判雪二冤》、《郭青螺六省听讼录新民公案》卷二《井中究出两命》、《海刚峰先生居官公案》第十七回《贪色破家》、《古今律条公案》卷一《马代巡断问一妇人死五命》、《国朝宪台折狱苏冤神明公案》卷二《沙兵宪断问两凶》、《国朝名公神断详刑公案》卷二《陈代巡断强奸杀死》、《名公神断明镜公案》卷二《陈大巡断强奸杀命》,等等。这个故事的原型最初出现于唐五代,见《太平广记》卷一七二《刘崇龟》(不过其中的主角是商人子弟,而不是商人)。可见这类商人花钱买奸的故事一直吸引着小说家们的注意。

具有这种偷情至上主义想法的商人,在文学作品里还有很多。如《蒋兴哥重会珍珠衫》里的新安商人陈商,偶然在枣阳县邂逅另一商人之妻三巧儿,便马上"见色起意"了:

> 谁知陈大郎的一片精魂,早被妇人眼光儿摄上去了。回到下处,心心念念的放他不下,肚里想道:"家中妻子,虽是有些颜色,怎比得妇人一半?欲待通个情款,争奈无门可入。若得谋他一宿,就消花这些本钱,也不枉为人在世。"

"家中妻子"不仅不成为色念的良心障碍,反而成了强化色念的反面参照物;而他所首先想到的可以利用的手段,也仍然是自己所拥有的金钱。他的人生理想,便是要占有美色。即使后来从媒婆嘴里得知,他看上的女人是别人的内眷,他还是一样地勇往直前:

> 我这救命之宝,正要问他女眷借借。

这里流露出一种强烈的个人主义倾向,一种强烈的反道德倾向。这正是小说作者所谴责的:"只图自己一时欢乐,却不顾他人的百年恩义。"

《欢喜冤家》第四回《香菜根乔装奸命妇》里的卖珠子客人邱继修,也是一个这样的偷情至上主义者:

> 且说这寺中歇一个广东卖珠子客人,唤做邱继修。此人年方二十余岁,面如傅粉,竟如妇人一般。在广东时,那里的妇人,向来淫风极盛,看了这般美貌后生,谁不俯就?因此本处起了他一个浑名,叫做"香菜根",道是人人爱的意思。他后因父母着他到江西来卖珠子,住歇在华严寺中。那日殿上闲步,忽然撞着莫夫人,惊得魂飞天外。一路随了他轿子,竟至张衙前,见夫人进到衙内。他用心打听,张御史上任去了,他独自在家,是扬州人。他回到寺中,一夜痴想道:"我在广东,相交了许多妇女,从来没一个这般雅致佳人。怎生样计较,进了衙内,再见一面,便死也罢!"

莫夫人是"命妇",也就是官太太;邱继修与命妇通奸,一旦事发,是要问死罪的。关于这一点,他不是不知道,可是他色胆包天,连命也顾不上了:

> 邱客道:"……只是人无远虑,必有近忧。倘然日后相公在家,一时撞破,夫人倒不妨。"夫人说:"为何我倒不妨?"邱客说:"他居官的人,怕的是闺门不谨,若有风声,把个进士丢了;只是我奸命妇,决不相饶!"夫人道:"既是这般长虑,不来也罢了。"邱客道:"夫人,虽云

露水夫妻,亦是前生所种。古人有言:'有缘千里能相会,无缘对面不相逢。'"夫人道:"数皆天定,那里忧得许多!"

后来,邱继修和莫夫人果然都双双死于此事。"夫人失节理该死,邱继修奸命妇亦该死",洪按院"将继修奸命妇拟斩",其判词颇愤慨于他的大胆:"色胆如天,敢犯王家之命妇;心狂若醉,妄希相府之好逑。"这自是邱继修预先知道的结局,但是他还是舍命去做了。到最后他乃"甘心一死","愿一死无疑",表现出强烈的为偷情而不顾性命的倾向(顺便说一句,这个故事也出现在《龙图公案》中,即卷三《死酒实死色》故事;又出现在《皇明诸司廉明奇判公案传》中,即卷上《洪大巡究淹死侍婢》故事)。

而且说起来,为偷情而不要命的,又岂止邱继修一个,那陈商不也是口口声声"今番得遂平生,便死瞑目"吗?

商人的这类偷情行为,对社会风气影响极大。它常常会导致家庭的破裂或重组,也会引起种种民事乃至刑事案件。我们看上面的那些例子,都是很有力的证明。所以即使过去的人们,对此也持否定态度。

然而正是在这种偷情故事中,我们却发现了商人们"不伦"而强烈的爱,那是在娼楼妓馆中绝少见到的。这种"不伦"而强烈的爱,证明了商人亦具深刻的感情,而且在有些场合,也是对不合理的旧道德观念的一种挑战,透露出新的道德观念的微弱消息。

金 钱 买 爱

商人的上述种种狎妓、重婚或偷情行为,无一不是以商人的经济实力为后盾的。当商人们涉足"爱"的领域时,他们也带入了一种强有力的商业精神。他们一如在社会生活的其他各个方面一样,撕下了原先笼罩在"爱"之上的神秘浪漫的面纱,而标上了各种各样的商标和价格,以供他们更方便地用金钱来购买。这种做法遭到了来自特权、等级、门第、道德观念、诗情画意、羞人答答的心理等各个方面的攻击和嘲笑,但是商人们却仍是一如既往地拨动着他们的算盘,计算着各种各样的"爱"的价格,充满自信地扔出他们的银子。而比起以上种种东西来,商人口袋里的银子,也似乎更能赢得美人的芳心,让她们投入商人的怀抱。

是什么使得《卖油郎独占花魁》里那个"终日挑这油担子,不过日进分文"的卖油小贩,"癞虾蟆在阴沟里想着天鹅肉吃",对名妓花魁娘子产生了"非分之想"呢?那就是可以买到一切的金钱,以及可供出卖的"爱":

> 我闻得做老鸨的,专要钱钞。就是个乞儿,有了银子,他也就肯接了。何况我做生意的,青青白白之人,若有了银子,怕他不接?

这是一种新的宗教,它的上帝就是金钱。在金钱面前人人平等,上至王公贵人,下至小贩乞儿。对于除了金钱一无所有的商人,这难道不是一种新的福音吗?

而像花魁娘子这样的名妓,本身便是"爱"(但愿不会有人认为我们亵渎了这个"神圣"的字眼)的商品化的产物。她们被标上了高低不等的价格,是让顾客论时间论服务购买用的。花魁娘子的价格是宿一夜十两银子,当然要算是其中的高级品了。

不过,即使花魁娘子宿一夜要十两银子,即使她"来往的都是大头儿……小可的也近他不得",但卖油小贩还是敢于对她抱有"非分之想",而且她也只能无可奈何地接待卖油小贩。这只是因为她虽然标价甚高,却仍然还是一种商品,是可以而且必须被出卖的。

在这种场合,虽然人们一再为卖油小贩辩护,说他之所以要嫖花魁娘子,完全是出于对她的爱慕,是一种"高尚"而"纯洁"的行为;但我们却还是清清楚楚地记得,卖油小贩为接近花魁娘子而做的各种准备工作,都是一种近似商业购买活动的行为。对于一个"本钱只有三两,却要把十两银子去嫖那名妓"的卖油小贩来说,他为达到此目的而做的各种努力,近于一种艰苦的朝圣的"天路历程"。只不过这不是宗教性质的"天路历程",而是商业性质的"天路历程":

> 自古道:"有志者事竟成。"被他千思万想,想出一个计策来。他道:"从明日为始,逐日将本钱扣出,余下的积趱上去。一日积得一分,一年也有三两六钱之数。

> 只消三年,这事便成了。若一日积得二分,只消得年半。若再多得些,一年也差不多了。"……时光迅速,不觉一年有余。日大日小,只拣足色细丝,或积三分,或积二分,再少也积下一分。凑得几钱,又打做大块包。日积月累,有了一大包银子,零星凑集,连自己也不识多少……秦重尽包而兑,一厘不多,一厘不少,刚刚一十六两之数,上秤便是一斤。秦重心下想道:"除去了三两本钱,余下的做一夜花柳之费,还是有余。"

这与为购买其他商品而积攒金钱的做法又有什么本质上的差别?换言之,这完全是一种商业性的购买行为。

尽管这种商业性的购买行为,后来转化为卖油小贩与名妓间的真正爱情,但其当初的商业性质还是不容否认的。同时,更值得我们注意的是,原先的商业性的购买行为,却不仅没有阻碍,反而促成了后来两人间的真正爱情(卖油郎"积趱闚钱"一举也是使花魁娘子心动的因素之一)。这无疑应该说是商人在青楼中的一个胜利,是他们的金钱买爱原则的一个胜利。

当然,商人以及他们的原则也有失败的时候。比如在《警世通言》卷二四《玉堂春落难逢夫》里,那个山西贩马客人沈洪,尽管有数万银子本钱,却因为粗蠢而不会风流(这是他不及卖油郎的地方),又兼玉堂春已经爱上了王三官,所以仍然遭到了失败。但是从他那牢骚和不满中,我们却可以看出商人对于金钱买爱原则的强烈信念:

> 在下是山西沈洪,有数万本钱,在此贩马。久慕玉姐大名,未得面睹。今日得见,如拨云雾见青天。望玉姐不弃,同到西楼一会。

尽管他被玉堂春骂为"自夸财势",但他那"有数万本钱"一语,在其他场合本来是可以无坚不摧的。所以,他对于自己的失败深感纳闷和不解:

> 王三官也只是个人,我也是个人,他有钱,我亦有钱,那些儿强似我?

从他的纳闷和不解里,正可以看出他对金钱买爱原则的强烈信念,以及对于这种原则受到破坏的不满和不平。正是在这种对于金钱买爱原则的信念方面,他与成功了的卖油郎其实是一致的。顺便说一句,在与此小说相同的其他素材中,那个商人都是"购买"成功的。

类似的例子,还有《警世通言》卷三二《杜十娘怒沉百宝箱》里的孙富。孙富是徽州新安盐商子弟,家资巨万。当看见美丽的杜十娘时,他自信能用一千两银子,把她从李甲手里买下来。结果他果真说动了李甲,答应把杜十娘转让给他。那人银交换的场合,正显示了商人的胜利:

> 公子亲到孙富船中,回复依允。孙富道:"兑银易事,须得丽人妆台为信。"公子又回复了十娘,十娘即指描金文具道:"可便抬去。"孙富喜甚,即将白银一千两,送到公子船中。十娘亲自检看,足色足数,分毫无爽。

> 乃手把船舷,以手招孙富。孙富一见,魂不附体。十娘启朱唇,开皓齿,道:"方才箱子可暂发来,内有李郎路引一纸,可检还之也。"孙富视十娘已为瓮中之鳖,即命家童送那描金文具,安放船头之上。

不料"瓮中之鳖"又逃走了,孙富白费心机一场。可是,在他的那种被后人视为不道德的购买行为中,却同样有着商人对于金钱买爱原则的强烈信念,以及众多成功实例支撑的宏观背景。他之所以没能取得成功,只是因为杜十娘个人的原因,一如沈洪之于玉堂春的场合,而绝不是由于上述原则已经失效。无论是像卖油郎那样获得了成功,抑是像孙富和沈洪那样遭到了失败,商人们对于金钱买爱原则仍是深信不疑的。

元杂剧里也常常表现了这一点。贾仲明《李素兰风月玉壶春》里的商人,一口一个"我有三十车羊绒潞绸",贾仲明《荆楚臣重对玉梳记》里的商人,一口一个"小人二十载绵花",马致远《江州司马青衫泪》里的茶商,一口一个"小子有三千引细茶",都想要以此打动妓女之心;可她们却傻乎乎地,不懂得金钱的价值,反爱着那些个穷秀才。尽管受到了文人剧作家的嘲笑和讽刺,但我们同样能从这些商人被滑稽化了的行为中,觉察出他们对于金钱买爱原则的强烈信念。

以上所说的,都是商人以金钱购买妓女之爱的例子,这也许会使人们产生一种误解,以为只有在诸如娼楼妓馆的场合,商人们才会去实践他们那金钱买爱的原则,因为那场所本来就是从事色情买卖的地方,而在其他的场合则未必会如此。可是事实却并不如此,金钱买爱原则也被商人们用在其他场合,比如买妾和偷情。

《韩侍郎婢作夫人　顾提控掾居郎署》里说:"元来徽州人有个僻性,是乌纱帽、红绣鞋,一生只这两件不争银子,其余诸事悭吝了。"所以小说里的那个徽州商人,"偶然间瞥见爱娘颜色",便一定要娶去作妾,"只要事成,不惜重价"。爱娘父母要价三百两,还以为是"极顶价钱"了,"不想商人慕色心重,二三百金之物那里在他心上?一说就允。如数下了财礼,拣个日子,娶了过去,开船往扬州"。这证明了金钱买爱原则的威力。

《吕大郎还金完骨肉》里的江西商人,也具有同样的精神:"偶有江西客人丧偶,要讨一个娘子,吕宝就将嫂嫂与他说合。那客人也访得吕大的浑家有几分颜色,情愿出三十两银子。"虽然价钱数目有所不同,但那"慕色心重"而"不争银子"的精神,却是与上述那个徽商相通的。

又如《石点头》第二卷《卢梦仙江上寻妻》里的盐商谢启,"好饮喜色,四处访觅佳丽",有婢妾二百余人,但是他并不满足,"今番闻得李妙惠又美又贤,多才多艺,愿致白金百两,彩币十端,娶以为妾",也是以金钱作为其纳妾的后盾的。

即使是对于别人的内眷,只要商人喜欢上了,他们也会以十足的自信,用金钱去促成偷情。他们虽然常常失败,但也常常获得成功。如《蒋兴哥重会珍珠衫》里的商人陈商,明知三巧儿是有夫之妇,但还是想要与她偷情。他所自恃的本钱,便是他所拥有的金钱。而且他的算计也完全是商业性的:"若得谋他一宿,就消化这些本钱,也不枉为人在世。"也就是说,他认为追求三巧儿是有"商业价值"的。他的算计非常精明,他的判断非常准确,他的行动非常有力。他去找薛婆要求帮忙,使出的杀手锏便是银子:

> 大郎见四下无人,便向衣袖里摸出银子,解开布包,摊在卓上,道:"这一百两白银,干娘收过了,方才敢说。"婆子不知高低,那里肯受。大郎道:"莫非嫌少?"慌忙又取出黄灿灿的两锭金子,也放在卓上,道:"这十两金子,一并奉纳。若干娘再不收时,便是故意推调了。今日是我来寻你,非是你来求我。只为这桩大买卖,不是老娘成不得,所以特地相求。便说做不成时,这金银你只管受用,终不然我又来取讨,日后再没有相会的时节了?我陈商不是恁般小样的人!"

他一开始并不说明来意,而是先把银子摆出来,而且来势非常"凶猛",显示出一种以雄厚经济实力为后盾的自信和派头。在他的心目中,这仍然是一桩"大买卖",而不是什么软绵绵的"爱的旋律"。他坚信既然是做大买卖,便要舍得花大钱;他也坚信只要花了大钱,大买卖便一定能成交。当薛婆表示此事相当难办时,他说服薛婆的方法仍然是增加"佣金":"事成之日,再有白金百两相酬。"他的"诚意",或不如说他的"佣金",打动了薛婆,使她使出浑身解数,经春历夏,终于促成了他的"大买卖"。陈商为此付出的代价是:

> 陈大郎有心要结识这妇人,不时的制办好衣服、好首饰送他,又替他还了欠下婆子的一半价钱。又将一百两银子谢了婆子。往来半年有余,这汉子约有千金之费。三巧儿也有三十多两银子东西,送那婆子。婆子只为图这些不义之财,所以肯做牵头。

这当然是笔"大买卖",主要的钱用在购买对象三巧儿身上,一部分钱用在中间人身上。而且值得注意的是,陈商的钱并没有白花,他最终"买"到了三巧儿的爱。其结果和才子用才、诗人用诗、公子哥儿用风流派头,赢得妇人的芳心,好像也没有什么不同,而且似乎更为明快有力一些。当然,不能说陈商之所以得到三巧儿的爱完全是因为金钱的关系,但金钱在其中起了重要的作用却是不争的事实。

《金瓶梅》里的西门庆,看上了有夫之妇潘金莲,想要让卖茶王婆为其撮合,所想到的和使用的,也无非是同样的办法:

> 这西门大官人自从帘下见了那妇人一面,到家寻思道:"好一个雌儿,怎能勾得手?"猛然想起那间壁卖茶王婆子来,"堪可如此如此,这般这般。撮合得此事

成，我破几两银子谢他，也不值甚的。"(第二回)

于是他就去找王婆，用银子来打动她，让她为自己牵线：

> 西门庆便笑将起来，去身边摸出一两一块银子，递与王婆，说道："干娘，权且收了，做茶钱。"……西门庆道："我有一件心上的事，干娘若猜得着时，便输与你五两银子。"……西门庆听了笑将起来："我并不知干娘有如此手段！端的与我说这件事，我便送十两银子与你做棺材本。你好交这雌儿会我一面。"王婆便哈哈笑了。(第二回)

"但凡世上人，钱财能动人意"，在西门庆不断加码的银弹攻势面前，王婆终于全力以赴地为他策划成功了。而且王婆用以打动潘金莲的，也还是西门庆的经济实力：

> 这位官人，便是本县里一个财主，知县相公也和他来往，叫做西门大官人。家有万万贯钱财，在县门前开生药铺。家中钱过北斗，米烂成仓，黄的是金，白的是银，圆的是珠，光的是宝，也有犀牛头上角，大象口中牙。又放官吏债，结识人。(第三回)

潘金莲之最终投入西门庆的怀抱，也未必不是因为西门庆的经济实力。就像这样，以雄厚的经济实力为后盾，西门庆在"情场"上一直取得节节胜利，成交了一笔又一笔心心向往的"买卖"。

类似这样的以金钱买爱的例子,在文学作品里还有很多。如《喻世明言》卷四《闲云庵阮三偿冤债》里的商人子弟阮三,要托他的朋友帮忙替他成就与官宦家千金的好事。《醒世恒言》卷十六《陆五汉硬留合色鞋》里的商人子弟张荩,想托陆婆为他与一个女子牵线,所使用的也是银弹攻势。他们都或许深受父兄们的影响吧?

至于《程朝奉单遇无头妇　王通判双雪不明冤》里的徽州商人程朝奉,就更是干脆用银子"明买",连"中介"都不要了:

> 天下的事,惟有利动人心。这家子是贫难之人,我拼舍着一主财,怕不上我的钩?私下钻求,不如明买。

他在"购买"女色时,"随你费下几多东西,他多不吝,只是以成事为主。所以花费的也不少,上手的也不计其数"。

在商人们用金钱买爱的场合,让人印象深刻的是,推动一切的仅仅是金钱,而且各方面都是以金钱为纽带的自愿合作关系。在这里一切都明明白白,没有暴力,没有强权,没有眼泪,没有感伤。像《醒世恒言》卷二三《金海陵纵欲亡身》里的海陵王,一边用银子说服别人为自己通情,一边在别人为难时又用暴力相威胁的做法,商人们是无力也不屑于去做的:

> 你这老虔婆,敢说三个不去么?我目下就断送你这老猪狗!

这种暴力威胁是政治的原则,而不是商业的原则。它有悖于商人的"职业道德",所以商人们是不会去用它的。商人对于金钱的力量有着深刻的洞察,对于人性的弱点也有着亲切的体认,所以一如在其他场合那样,他们在追求女色时,也自信而有力地使用着"经济手段",并且常常获得意料之中的成功。即使有时出乎意外地碰到个别"有些古怪"的女人,商人也只是对这些女人的"不通人情"感到匪夷所思,却从不会怀疑金钱买爱的原则本身。

第十二章
商人的女人们

"男人的一半是女人",商人的一半是商妇。商人的特别的生活方式,必然也会给商妇带来影响;而通过商妇们的种种行为,也有助于我们更好地了解商人。

商人生活的最大特点是它的流动性。没有哪一种职业像经商一样,需要在外面四处奔波,并长期离家在外。商人生活的这一特点,使他们的性爱生活也产生了种种相应的结果,这我们已在上一章中作了介绍;同时,这也使商妇们的性爱生活产生了种种相应的结果,这我们将在本章中加以介绍。

商人们较强的经济实力,道德环境的相对宽松,以及男性中心社会的必然偏向,都使得商人们在外出经商时,可以很方便地从家庭以外的地方得到性的满足,如狎妓、重婚及偷情等;但是,对于同样长期处于独居状态的商妇,社会却并未提供同样的方便。因为历来对男女双方实行双重道德标准,因而商妇常常面临着比商人更为困难的处境。她们或者只能在漫无尽头的等待中忍受性饥渴的煎熬,或者冒着名誉乃至生命的危险去偷尝红杏出墙的禁果。不过无论是其中的哪一种选择,对她们来说其实都并不理想,因为都不是正常的生活方式。

因此说来有意思的是,商人生活的流动性,也就是不稳定性,造成了商妇的种种问题;而一旦商妇有了种种问题,也就使得商人的生活更不安定了。作用力和反作用力总是相等的。有什么样的商人,便会有什么样的商妇;有什么样的商妇,便会有什么样的商人。商人们在外边占到的"便宜",比起他们在家里遭到的损失,究竟孰大孰小,恐怕也是一言难定的。因而,这或许既是商人,也是商妇,所共同面临的宿命性问题。二者原是分不开的,我们应把二者合起来考察。

等　　待

商妇们所面临的问题和苦恼,应该是"古"、"近"都一样的。不过在中世诗歌里,却表现得十分温柔敦厚。这或许是因为当时文学的理念所致,又或许是诗歌本身的特质使然。不过即使是这些温柔敦厚的表现,也足以含蓄地传达出商妇们的苦恼,尤其是性饥渴的苦恼了。

在中世诗歌里,商妇们的苦恼主要而且仅仅被表现为"等待"——那漫长的、不定的等待。当然,等待本来就是人生的一种必不可免的境遇,我们几乎总是在等待着什么;而且,等待尤其是女人们的命运,至少是过去的女人们的命运,因为她们总是被关在闺房里,没有自由行动的权利和机会。不过,由于商人是社会各阶层中流动性最大的阶层,因而商妇们也就成了最饱尝等待滋味的女人。在商人们为了生意而到处奔波时,总要在这里那里留下他们的女人,让她们去接受等待的命运。

我们看南朝出现的"商人歌"《三洲歌》,便已经是表现商妇等待主题的歌曲了。陈后主之作云:

> 春江聊一望,细草遍长洲。沙汀时起伏,画舸屡淹留。(《乐府诗集》卷四八)

在漫长的等待之中,春天又一度来临;可是那商人的船儿,却是仍不见踪影。温庭筠之作云:

> 团圆莫作波中月,洁白莫为枝上雪。月随波动碎潾潾,雪似梅花不堪折。李娘十六青丝发,画带双花为君结。门前有路轻别离,惟恐归来旧香灭。(《全唐诗》卷五七六)

青春之易碎易逝,一如波中月枝上雪;可是商人却不懂得珍惜,让少妇的青春白白浪费。

南朝出现的"写商人的歌"《估客乐》,其主题之一,也是表现商妇的等待的。释宝月之作云:

> 郎作十里行,侬作九里送。拔侬头上钗,与郎资路用。
>
> 有信数寄书,无信心相忆。莫作瓶落井,一去无消息。
>
> 大艑珂峨头,何处发扬州?借问艑上郎,见侬所欢不?
>
> 初发扬州时,船出平津泊。五两如竹林,何处相寻博?(《乐府诗集》卷四八)

急切的询问,反映出等待的心焦,心情与表情,都已跃然纸上了。

同为南朝出现的《长干曲》,到了唐代诗人手里,成了表现商妇等待主题的曲子。李白之作尤为著名:

> 妾发初覆额,折花门前剧。郎骑竹马来,绕床弄青梅。同居长干里,两小无嫌猜。十四为君妇,羞颜尚不开。低头向暗壁,千唤不一回。十五始展眉,愿同尘与灰。常存抱柱信,岂上望夫台。十六君远行,瞿塘滟滪堆。五月不可触,猿鸣天上哀。门前迟行迹,一一生绿苔。苔深不能扫,落叶秋风早。八月胡蝶来,双飞西园草。感此伤妾心,坐愁红颜老。早晚下三巴,预将书报家。相迎不道远,直至长风沙。(《全唐诗》卷一六三)

此诗表现了一对出身商人家庭的少男少女,从小到大萌生和发展着的友情和爱情,以及婚后丈夫经商远行,留得少妇在家等待的难耐。由于这首诗歌没有直接提到经商之类话题,所以人们常常忽略了其表现商妇的思念的真正主题。不过,如果跟下面这首《长干行》对比着读的话,我们自然很容易明白其真正的主题。下面这首《长干行》,作者有李白、李益和张潮三说,但不管作者是谁,这都是一首表现同上主题的好诗:

> 忆昔深闺里,烟尘不曾识。嫁与长干人,沙头候风色。五月南风兴,思君下巴陵。八月西风起,想君发扬子。去来悲如何,见少离别多。湘潭几日到,妾梦越风波。昨夜狂风度,吹折江头树。淼淼暗无边,行人在何处?北客真三公,朱衣满江中。日暮来投宿,数朝不肯东。好乘浮云骢,佳期兰渚东。鸳鸯绿浦上,翡翠锦屏中。自怜十五余,颜色桃花红。那作商人妇,愁水复愁风。(《全唐诗》卷一一四作张潮作,卷一六三作李白作,卷二八三作李益作,此处引文据前者。)

不仅是漫长的等待,还有说不出的担心;对于作为商妇的命运,不禁发出了沉重的叹息。但是尽管如此,那个"数朝不肯东"的"北客",却仍然不能转移她的感情。因为即使她的牢骚很多,那也只是出于对丈夫的爱情。张潮之作(又名《江风行》)云:

> 婿贫如珠玉,婿富如埃尘。贫时不忘旧,富贵多宠新。妾本富家女,与君为偶匹。惠好一何深,中门不曾

出。妾有绣衣裳,葳蕤金缕光。念君贫且贱,易此从远方。远方三千里,思君心未已。日暮情更来,空望去时水。孟夏麦始秀,江上多南风。商贾归欲尽,君今尚巴东。巴东有巫山,窈窕神女颜。常恐游此山,果然不知还。(《全唐诗》卷一一四)

除了难耐的等待之外,又添了对丈夫的担忧,怕那路边的野花闲草,绊住了丈夫的归思。这种猜疑仍然是适度的,只是出于对丈夫的满腔热爱。

在其他一些诗歌里,我们也能看到同样的主题。李益的《江南曲》,是一首脍炙人口的杰作:

> 嫁得瞿塘贾,朝朝误妾期。早知潮有信,嫁与弄潮儿。(《全唐诗》卷二八三)

一次次等待的落空,激出了异想天开的胡说;然而胡说的异想天开,正反映了焦灼之深刻。李白的《江夏行》,更复杂地表现了这一主题:

> 忆昔娇小姿,春心亦自持。为言嫁夫婿,得免长相思。谁知嫁商贾,令人却愁苦。自从为夫妻,何曾在乡土?去年下扬州,相送黄鹤楼。眼看帆去远,心逐江水流。只言期一载,谁谓历三秋?使妾肠欲断,恨君情悠悠。东家西舍同时发,北去南来不逾月。未知行李游何方,作个音书能断绝。适来往南浦,欲问西江船。正见当垆女,红妆二八年。一种为人妻,独自多悲凄。对

镜便垂泪,逢人只欲啼。不如轻薄儿,旦暮长相随。悔作商人妇,青春长别离。如今正好同欢乐,君去容华谁得知!(《全唐诗》卷一六七)

经历着漫长无尽的等待,连轻薄儿和当垆女的生活,也显得令人羡慕起来。刘采春的《啰唝曲》六首,也表现了同样的主题。不过由于她是一个女人,所以也许更多了一份实感:

> 不喜秦淮水,生憎江上船。载儿夫婿去,经岁又经年。
>
> 莫作商人妇,金钗当卜钱。朝朝江口望,错认几人船。(《全唐诗》卷八百二)

因为苦于漫长的等待,所以连河水和船只都憎恶起来;可是即使憎恶,却还是不得不天天"望"和"认"。王建的《调笑令》,也描绘了一幅相似的画面:

> 杨柳,杨柳,日暮白沙渡口。船头江水茫茫,商人少妇断肠。肠断,肠断,鹧鸪夜飞失伴。(《全唐诗》卷八九〇)

等待最怕黄昏时,却一个黄昏接着一个黄昏,商人少妇怎能不断肠呢?刘得仁的《贾妇怨》,也表现了同样的主题:

> 嫁与商人头欲白,未曾一日得双行。任君逐利轻江海,莫把风涛似妾轻!(《全唐诗》卷五四五)

然而女主人公在满怀牢骚之外,却又对丈夫抱着无限的关

心,洋溢着一片牵肠挂肚的温情。白居易的《琵琶行》中的那个商妇,也有着同样的苦恼:

> 商人重利轻别离,前月浮梁买茶去。去来江口守空船,绕船月明江水寒。(《全唐诗》卷四三五)

与其他诗歌不同的是,在这里失意与嫌鄙的情绪,已经压倒了失望与关心;因而现在的等待与孤独,反而反衬出过去风流生活的美好。

在唐代还发生过这么一个实有其事的故事:巨商任宗经商湘中,数年不归。其妻郭绍兰,等了又等,写了一首《寄夫》诗,系于燕足,托燕子捎给丈夫。其诗是这样的:

> 我婿去重湖,临窗泣血书。殷勤凭燕翼,寄与薄情夫。(《全唐诗》卷七九九)

可是其夫并不薄情,当时他正在荆州,忽然一只燕子停在他肩上,足上系有书信。他打开一看,原来是妻子寄来的,于是马上"感泣而归"。这个故事作为当时商妇生活的一个镜头,大概可以为上述表现商妇等待主题的诗歌提供一个具有真实感的背景或注脚。

以上这些中世诗歌中所表现的,仅仅是商妇们漫长而耐心的等待,而没有其他任何进一步的行动。她们对丈夫抱着满腔的爱情,也相信丈夫对于自己的爱情,因而从不怀疑等待本身的价值。即使对于丈夫有所抱怨和担心,那也只是因为爱得太深,而且表现得很有分寸。而且比起抱怨来,毋宁说担心得更多,因为经商的风险很大,也因为到处有野花闲草。总之,这类诗歌中的女主人公,大都是典型的"好女人"。

就像这样,中世诗歌从不表现商妇对于商人的"弃捐"(除了《琵琶行》有点儿这意思以外),从不表现商妇面对其他男人的诱惑时的困惑,从不表现商妇想要另外寻找安慰的"邪恶"念头。总之,中世诗歌中的商妇世界过于美好和富于诗意,使人感到欠缺"恶"的真实性与散文的写实性。"诗"总是"诗",适于表现"美",而不适于表现"恶"。"恶"的真实性与散文的写实性的表现,尚有待于继之而起的近世戏曲小说。

红 杏 出 墙

在中世诗歌的商妇世界里,尽管等待常令商妇感到苦恼,也常受到她们的抱怨,但是爱情本身却从未受到怀疑,也从未出现商人丈夫之外的男人;但是在近世戏曲小说的商妇世界里,等待却成了让爱情变质的重要因素,而且出现了商人丈夫之外的男人,他们使苦于等待的商妇失去了贞操。于是一个古典式的诗意的世界崩溃了,另一个近世式的肉欲的世界代之而起。这就是具有"恶"的真实性的世界,也就是具有散文的写实性的世界。

由于"恶"的真实性与散文的写实性的导入,近世戏曲小说中的商妇形象开始变得丰满起来。而一俟她们的形象开始变得丰满起来,她们也就超越了"善"、"恶"之类道德概念,而获得了一种独立的艺术生命力。

在近世戏曲小说的商妇世界里,商妇们常常不再满足于等待。她们不愿意压抑自己的情欲,也不愿意让大好年华白白逝去。所以她们常常被动或主动地委身于她们所喜欢的男人,一任自己偷尝不伦的"红杏出墙"的禁果。开启这种表现的先河的,应该说是一篇唐代文言小说,那就是《太平广记》卷三四五《孟氏》,它写了一个商妇因苦于等待而红杏出墙的故事:

> 维扬万贞者,大商也,多在于外,运易财宝,以为商。其妻孟氏者,先寿春之妓人也,美容质,能歌舞,薄知书,稍有词藻。孟氏独游于家园,四望而乃吟曰:"可惜春时节,依然独自游。无端两行泪,长只对花流。"吟诗罢,泣下数行。忽有一少年,容貌甚秀美,逾垣而入,笑谓孟氏曰:"何吟之大苦耶?"孟氏大惊曰:"君谁家子?何得遽至于此?而复轻言之也?"少年曰:"我性落魄,不自拘检,唯爱高歌大醉。适闻吟咏之声,不觉喜动于心,所以逾垣而至。苟能容我于花下一接良谈,而我亦或可以强攀清调也。"孟氏曰:"欲吟诗耶?"少年曰:"浮生如寄,年少几何?繁花正妍,黄叶又坠。人间之恨,何啻千端。岂如且偷顷刻之欢也!"孟氏曰:"妾有良人万贞者,去家已数载矣。所恨当兹丽景,远在他

方。岂惟惋叹芳菲,固是伤嗟契阔,所以自吟拙句,盖道幽怀。不虞君之涉吾地也,何故?"少年曰:"我向闻雅咏,今睹丽容,固死命犹拼,且责言何害!"孟氏即命笺,续赋诗曰:"谁家少年儿,心中暗自欺。不道终不可,可即恐郎知。"少年得诗,乃报之曰:"神女得张硕,文君遇长卿。逢时两相得,聊足慰多情。"自是孟氏遂私之,挈归己舍。凡逾年,而夫自外至。孟氏忧且泣,少年曰:"勿尔,吾固知其不久也。"言讫,腾身而去,顷之方没。竟不知其何怪也。

其实也未必是什么"怪",就是一个偷情少年而已。这种"神乎其神"的写法,乃是为了避免写得太直露,可以看作向近世戏曲小说写实性描写的过渡;不过其中所表现的主题却已经与后来的没有什么不同。如果让诗人来处理,则他们也许会只写到"吟诗罢,泣下数行"就结束了,孟氏将仍不失为一个忠于丈夫的"好女人";但是,小说家却认为到那个地方还远远不够,所以他还要写出商妇终于红杏出墙的下文。那个逾垣而入的秀美少年,代表了"邪恶"的诱惑的力量,也象征了商妇内心情欲的蠢动。他一旦出现在文学里以后,就再也不会"腾身而去"了,而是要留在文学作品里面,化身为所有那些让商妇"失足"的"恶"男人们。大好时光的白白流逝,遂不再成为无奈等待的对象,而成了大胆行动的动力。这是一种新的价值观,于是带来了一种新的商妇形象。

南宋皇都风月主人《绿窗新话》卷上里,收有一个同样主题的故事,那就是《陈吉私犯熊小娘》。不过与上篇故事不同的是,在本篇故事里,商妇已不仅是一个被动者,也成了一个主动者。她不能忍受漫长的等待,而要主动去追求情欲的满足:

> 卢叔宪娶熊院判之女,姿色绝群。卢因为商致富,费用奢侈,家资坐耗。一日,谓其妻曰:"意欲再往川蜀,两年可归,本息不下数万。"熊氏不能留。卢遂买货物毕集,遣陈吉看守门户,祗候宅中使唤,宿于廊下。卢既去,越两月。一夕,月明,熊氏领妮子惠奴出帘前看月,问陈吉:"睡也未?"又问:"你前随官人入蜀,知他与谁有约?"吉曰:"不知。"熊氏遂入,一夜睡不着。次夜,独出厅前,巡廊而行,至吉卧所,再三诘吉:"官人在蜀,与何人期约?"吉不得已,言:"与名妓赛观音欢好。今殆不回矣!"熊氏乃进抱吉曰:"我也不能管得。"遂为吉所淫。私通既久,入房共寝。衣服巾履,皆熊氏为之。惟恐其夫之归也。家资为吉传递,孑然赤立。明年,卢厚载而归,熊氏首以赛观音事责之。卢疑其有异志,因伺察其奸状,投牒于官。熊氏、陈吉、惠奴并送狱,鞠勘断遣。

商人长期在外经商,也有性饥渴的问题,不过他们大抵能在娼楼妓馆中得到一定程度的排遣。商妇们大抵也知道这一点,不过礼教未给她们以同样的权利,甚至也未给她们以抗议的资格。在熊氏的问话和行动之中,正表现出了解这一点的商妇的不平之情和报复之心。因而她的红杏出墙行为,也可以说是由商人的风流行为促成或激发的。这是此前的文学中未曾表现过的,正显示了商人行为所引起的"因果报应"。不过,这个故事还给我们以另一种印象,好像其中的商妇只是以丈夫在外的风流行为为借口,以给自己因按捺不住情欲而欲偷情的行为提供理由。"我也不能管得"云云,正是情欲压抑过久后的爆发之语。因此,这个故事的新的意义,在于其中的商妇是主动去追求情欲的满足的,这开了后来各种文学作品中类似故事的先河。而且,商妇偷情的对象也是近在身边的男人,而不是如《孟氏》里的"竟不知其何怪",这一点也为后来各种类似主题的故事所继承。

在元代阙名的《张千替杀妻》里,我们可以看到一个主题类似的故事。一个商人去外地索债,其"二十年夫妻"的夫人不安于室,主动去勾引丈夫的义弟。可是那义弟却重义而不好色,多次拒绝了夫人的挑逗:

> 更道是颠,更做道贤,恰便似卖俏女婵娟……吃得来醉醺醺又将咱来缠,眼溜涎,他道是休停莫俄延。
>
> 不睹时搂抱在祭台边,这婆娘色胆大如天,却不怕柳外人瞧见。又不是颠,往日贤,却做了鬼胡延。
>
> 俺哥哥往浙西不到半年,想兄弟情怎无思念?你看路人又不离地远,你待为非作歹,瞒心昧己,终久是不牢坚。

> ……遇着春天,花柳芳妍,粉蝶翻翩,紫燕飞旋,箫管声传,情素熬煎,因此上乔为作殢殢涎涎,亏张千难从愿。

后来丈夫回家,夫人要张千杀死丈夫,张千一怒之下,反把夫人给杀了。这个杂剧无疑是男人心理的表现,张千站在作为丈夫的男人的立场上,不能容忍义嫂的红杏出墙行为,以及想要杀害丈夫的罪恶行径(在后来的《欢喜冤家》第八回《铁念三激怒诛淫妇》、《型世言》第五回《淫妇背夫遭诛侠士蒙恩得宥》里,这个故事的原型得到了又一次展现,不过其中主人公的身份已不再是商人和商妇)。但是令我们印象更为深刻的是,这个商妇不仅主动勾引别的男人,还要别的男人把丈夫给杀了!在这个过程中,她的感情的变化幅度一定是非常巨大的。这与中世诗歌里的商妇形象已不可同日而语。

在近世的短篇白话小说里,商妇的红杏出墙行为获得了更为写实有力的表现。《警世通言》卷三八《蒋淑真刎颈鸳鸯会》里的蒋淑真,嫁得一个商人张二官,"日则并肩而坐,夜则叠股而眠,如鱼藉水,似漆投胶"。可是因为"张二官是个行商,多在外,少在内",因此蒋淑真不得不忍受性饥渴的熬煎:

> 这妇人是久旷之人,既成佳配,未尽畅怀,又值孤守岑寂,好生难遣。

这时她又听到了梢人的嘲歌之声,"二十去了廿一来,不做私情也是呆;有朝一日花容退,双手招郎郎不来",于是遂和对门店中的商人朱秉中勾搭上了。后来被张二官看破,把他俩都给杀了。然而蒋淑真为了情欲的满足,早已准备好付出生命的代价:

> 你道你有老婆,我便是无老公的?你殊不知我做鸳鸯会的主意:夫此二鸟,飞鸣宿食,镇常相守;尔我生不成双,死作一对。

这已不是趁丈夫外出经商时以偷情打发时间了,而是完全将自己的生命作为赌注,押上了自己心之所好的偷情。

这类主动追求情欲的满足的商妇形象,还有《警世通言》卷三三《乔彦杰一妾破家》里的周氏。她的丈夫乔俊,是个"看来有三五万贯资本,专一在长安、崇德收丝,往东京卖了,贩枣子、胡桃、杂货回家来卖,一年有半年不在家"的行商。有一次他外出经商好久不归,周氏难耐寂寞,便与小厮董小二勾搭上了:

> 不想周氏自从安了董小二在家,到有心看上他。有时做夫回来,热羹热饭搬与他吃。小二见他家无人,勤谨做活。周氏时常眉来眼去的勾引他。这小二也有心,只是不敢上前。一日,正是十二月三十日夜……到晚,周氏叫小二关了大门……小二在灶前烧火,周氏轻轻的叫道:"小二,你来房里来,将些东西去吃。"……此

> 时周氏叫小二到床前,便道:"小二你来你来,我和你吃两杯酒,今夜你就在我房里睡罢。"小二道:"不敢。"周氏骂了两三声"蛮子",双手把小二抱到床边,挨肩而坐……周氏道:"你在外头歇,我在房内也是自歇,寒冷难熬。你今无福,不依我的口!"小二跪下道:"感承娘子有心,小人亦有意多时了,只是不敢说。今日娘子抬举小人,此恩杀身难报。"二人说罢,解衣脱带,就做了夫妻……却如夫妻一般在家过活。

后来,一个好端端的商人家庭,便因为周氏的红杏出墙而给毁了。但是,这又岂止是周氏一个人的过错?乔俊自己在东京花天酒地,在娼楼妓馆流连忘返,一去两年不回,财本使得一空,"留恋在彼,全不管家中妻妾,只恋花门柳户,逍遥快乐"。所以,周氏的红杏出墙及后来的悲剧,也可以说是乔俊自己的风流生活的"报应",周氏个人的风流品格倒还在其次。因为周氏在红杏出墙之前,也曾"终日倚门而望,不见丈夫回来","周氏见雪下得大,闭门在家哭泣",所以她才会移情别恋,在小二身上寻找温暖。作者也把责任归于乔俊,"乔俊贪淫害一门";又同情他们的遭遇:"这乔俊一家人口,深可惜哉!"

《警世通言》卷二四《玉堂春落难逢夫》里,山西商人沈洪的妻子皮氏,也因"打熬不过"而红杏出墙,主动去追求情欲的满足:

> 且说沈洪之妻皮氏,也有几分颜色,虽然三十余岁,比二八少年,也还风骚。平昔间嫌老公粗蠢,不会风流,又出外日多,在家日少,皮氏色性太重,打熬不过。

不过她做得太过分了,不仅与隔壁的监生赵昂勾搭上了,把家私都倒贴给了情人,而且只恐老公回来盘问时无言可对,遂还要把老公给谋杀了。不过她责备丈夫的话,虽然只是掩饰自己丑行的借口,却也并不是完全没有道理的:

> 为妻的整年月在家守活孤孀,你却花柳快活,又带这泼淫妇回来,全无夫妻之情。

这当然不能成为她谋害丈夫的理由,不过却可以说是她红杏出墙的潜因。大抵那些主动追求情欲的满足的商妇,都会在内心里抱有与皮氏同样的念头。

商妇的红杏出墙,以及由此引发的各类案件,也成为公案小说的热门题材。如《包龙图判百家公案》第八回《判奸夫误杀其妇》(《龙图公案》卷七《斗粟三升米》同)、第九回《判奸夫窃盗银两》(《龙图公案》卷三《阴沟贼》、《皇明诸司廉明奇判公案传》卷上《吴县尊辨因奸窃银》、《名公案断法林灼见》卷一《询故辨奸》等同)、第三六回《孙宽谋杀董顺妇》(《龙图公案》卷三《杀假僧》同)等,都是处理这类题材的故事。《包龙图判百家公案》第十七回《伸黄仁冤斩白犬》和第八八回《老犬变作夫主之怪》,则将商妇们的红杏出墙幻化为与兽怪交媾（其采用了超自然的方式,已开启了《聊斋志异》同类故事的先河）,表现得也相当的阴暗,且大抵有不好的结局。

以上这些故事里的商妇,都是因为丈夫长期不在家,熬不过情欲的煎熬,又愤激于丈夫在外的风流生活,而主动红杏出墙的。这里面有两个最重要的因素,一是她们的人生观大抵也是个人主义的,把个人的幸福看得高于所谓的节操,正如《石点头》第四卷《瞿凤奴情愆死盖》里的商妇方氏所说的："人生一世,草生一秋,若不图些实在的快活,可不是妄投了这个人生?"她们时常感慨："只可恨有限的岁月,一年又是一年,青春不再;无边的烦恼,一种又是一种,野兴频来。"二是她们的行为也往往是出于对丈夫的报复心理,因为他们在外过着风流自由的生活,而商妇们却只能在家里守活孤孀。这可以说是对商人的风流生活的"报复",也可以说是商人生活所引起的又一个问题。正是这两种因素结合在一起,孕育出了新的商妇形象,构筑起了近世戏曲小说中充满肉欲的商妇世界,使它完全不同于中世诗歌中诗意而浪漫的商妇世界。

覆 水 重 收

以上这些故事的结局大抵比较绝对,不是丈夫杀了妻子及其情人,就是妻子及其情人谋害了丈夫;或是商妇本人害了情人灭口,或是情人激于义愤反而杀了商妇。总之,它们大抵会引起商人和商妇的彻底分手,而没有任何可以挽回的余地。这其中仍然体现了作者的道德倾向性,他们把此类事件看得十恶不赦,因此不能处理得更为复杂一些。

不过,在另外一些小说中,我们却可以看到更为复杂的表现,它们为我们塑造了更为复杂的商妇形象,不仅仅是绝对的非此即彼的选择。

在那些故事的场合,商妇们也许一直爱着自己的丈夫,只是在别人的生心设计之下,才不得已而失去了自己的贞操。然后由于自己的情欲的需要,或干脆就是自己的人性的弱点,又反过来爱上了那个诱奸者。但是她们对于丈夫的爱情,却并没有因此而消失。所以当丈夫回到身边时,或者当她们发现情人的问题时,她们也仍然能够割断情缘,或者凭自己的真情,或者凭自己的赎罪行为,或者凭自己的机智,来重新赢回丈夫的爱情,其中有一些人还能重新开始。

显而易见,她们的形象已经超越了简单的是非善恶概念,而具有了活泼泼的人性的复杂性,因而她们可以说是在商妇形象中,最具有人性复杂性和真实感的一群。于是,过去文学中的商妇世界的塑造,也遂超越了中世诗歌的"正题",一般近世戏曲小说的"反题",而达到了一个"合题"的阶段。

我们首先要提到的是《喻世明言》卷一《蒋兴哥重会珍珠衫》。其中的女主角三巧儿,与商人蒋兴哥结婚以后,感情异常融洽。丈夫外出经商以后,她也是一直守身如玉,尽管等待得非常苦恼。后来由于另一个商人的生心设计,她毫无过错地被诱奸了。这时她那压抑过久的情欲爆发出来,加上那个诱奸她的商人又是一个挺不错的人,因此她又爱上了那个诱奸者。后来她丈夫回到家里,无意中发现了她的私情,一怒之下把她给休了。她对自己的行为也甚感羞愧,曾经试图自杀而未获成功。后来她被嫁给一个官人为妾。在一场牵涉到蒋兴哥的官司中,她出于对故夫的不泯的爱情,让现任丈夫解脱了蒋兴哥的干系。现任丈夫得知她与蒋兴哥的关系后,又把她还给了蒋兴哥。经过这一番曲折的赎罪过程,她又重新回到了丈夫身边,开始了他们新的生活。

这篇小说最使我们惊讶之处,在于三巧儿这个商妇的形象,竟能被塑造得如此圆满真实。她先是爱着自己的丈夫,然后又爱上了那个诱奸者,但同时又仍保持着对于丈夫的爱。她可以说是一个忠于自己的感情的人,因而很容易得到读者的理解和原谅。也正是因了这一点,才使她后来的"覆水重收"的结局有了可能。而在此之前的文学里,从来没有一个商妇在有了红杏出墙的行为以后,在被丈夫发现了私情以后,还有可能"覆水重收",重新赢回丈夫的爱情的。

在《欢喜冤家》第三回《李月仙割爱救亲夫》里,我们可以发现另一个类似的商妇的形象。其中的女主角李月仙,在与商人王文甫结婚以后,"如鱼得水,似漆投胶,每日里调笑诙谐,每夜里鸾颠凤倒","夫妻二人,终朝快乐"。但当王文甫外出经商时,他家收养的义弟章必英先是诱奸了丫头红香,然后又使李月仙下了水。这时李月仙的反应,一如其他的红杏出墙的商妇,是大胆而主动地去追求情欲的满足的:

> 心中一动了火……便按捺不住起来,想一想:"叔嫂通情,世间尽有,便与他偷一偷儿,料也没人知道。"……"红香是一路人,再无别人知道,落得快活,管什么名节!"

不过,她同时也仍爱着丈夫,所以当一年以后,王文甫贩药回家时,"夫妻笑语温存,到晚,二人未免云情雨意",关系仍是好的。不过她试图保持三角关系的努力,在章必英几度谋害王文甫后,被残酷的现实击了个粉碎,她遂完全放弃了对于章必英的爱情。后来为了资助狱中的丈夫,她又不得已卖身给另一个男人,并且又爱上了那个男人。"过了两个月日,每夜盘桓,真个爱得如鱼得水,如胶投漆。""一夜间,弄得畅美之际",那个男人得意忘形,说出了自己就是章必英,以及前后谋害王文甫的经过。李月仙当时隐忍不言,第二天便去告发章必英,使王文甫脱出了冤狱。正因其与章必英已经"畅美"异常,故她的能"割爱救亲夫",就尤其显得难能可贵了。她通过告发她的情人,救出自己的丈夫,而赎

了自己的罪,并重新回到丈夫身边。而她尤为机智的地方,是把当初与章必英通奸之事,最终瞒过了她的丈夫:

> 文甫道:"贤妻怎生样得救我的性命?"……饮酒之间,只把七夕之言不讲,从根到底讲一个明白。文甫把手向天指道:"皇天有眼,可怜我若不是妻子雪冤,我死于九泉,这冤也不得明白!"月仙道:"箱中尚有七八十两银子,每应是我们的。如今重整家园,再图安享。"

李月仙耽于情欲,但又重视感情,而且不失机智,因此终于能够渡过种种难关,为自己找回幸福的生活。这是又一个超越了简单的是非善恶概念、具有人性的复杂性的商妇形象,也显示了小说家道德意识的通达,以及参透人情世事的世故。

在《欢喜冤家》第十九回《木知日真托妻寄子》里,小说家也差点塑造成功了另一个商妇形象,只是在最后一刻拗不过道德意识的要求,而最终让自己的努力功亏一篑。小说里的女主角丁氏,是商人木知日之妻,"只得二十一岁,生得一貌如花,温柔窈窕。夫妻二人,如鱼似水,十分恩爱"。木知日外出贩卖药材,把家事托给好友江仁照管。不料江仁人面兽心,在木知日走后不久,就偷盗了木家的财物,还对丁氏图谋不轨。丁氏深知江仁"心怀不良",故一直对他严加防范。但是江仁却仍生心设计,乘她熟睡时偷奸了她。事已至此,丁氏索性放下了贞操观念的包袱,与江仁尽性偷情了。"丁氏自此中门不闭,任从出入家中。"

丁氏的变化不免让人感到惊讶,不过仔细想来却也十分自然。这是因为她原先严拒江仁的非礼,只不过是出于贞操观念的考虑;而一旦她在江仁的生心设计下失去了贞操,就再也没有必要去顾虑它了,而只要顺从自己的情欲本能即可。这种依违于贞操观念和情欲本能之间的商妇形象,无疑是当时大多数"失足"商妇的真实写照:她们为了贞操观念而守住自己,一旦发现守不住了就完全放弃。

不过,丁氏所面临的困境还不止于此。在丈夫回来并发现了她的私情后,她有必要对自己的行为作出解释,以试图使自己能被丈夫"覆水重收"。这时她表现了足够的机智,把一切责任推给了诱奸者江仁:

> 谁知他计深心阴。六月初九日,夜间天热,赤身睡着,房门闭的。他预先伏于床下,后知我睡熟,被他奸了。彼时要叫起来,此身已被他玷污了。当时就该寻死方是,我想两个儿子无人管他,一死之后,家资必然偷尽,含羞忍耻,等待你归。今已放心,这一杯是永诀酒了。

不过我们知道她所说的不全是事实,因为她隐瞒了被江仁诱奸后心甘情愿继续通奸的真相;但是我们也理解她的苦衷,她是想要以此来解脱自己的困境。她做得非常成功,以至于丈夫终于原谅了她:"今据汝言,想来也是实的。论理

俱该杀死,然这奸情出彼牢笼,实非你意。你今也不可短见,我自有处。"而到了晚上,丁氏又欲擒故纵:

> 丁氏道:"你辛苦了,进房安歇,我今不得相陪了。"知日道:"为何?"丁氏道:"有何颜再陪枕席?"知日说:"不妨……"丁氏只得伏侍丈夫睡了。

后来江仁发疯,其妻方氏逃到木家,丁氏又劝丈夫一报还一报,也乘机把方氏给奸了:

> 丁氏整治酒肴,尽他客礼;一边扯了丈夫道:"他丈夫用计陷我,他妻子上门来凑,岂不是个报应公案?"

丁氏希望丈夫也奸方氏来减轻自己的罪恶感,并因而与丈夫扯平,逃过丈夫的惩罚。不过她的道学丈夫却并未听她的。

从丁氏在私情败露后的种种表现来看,她的确是已经使出了浑身的解数,为此她也显得十分可怜。读者本来也许希望,凭了丁氏的聪明和机智,她已能摆脱自己的困境,重新赢回丈夫的爱情,这样她便与上述三巧儿、李月仙的形象没什么两样了。

不过,小说家却似乎不愿意原谅丁氏,他让丁氏被鬼魂迷住,一病而亡。这其实只是一个十分牵强的安排,小说家在此满足了他的道德倾向性,却放弃了他作为一个小说家的责任,同时也失去了又一次成功的机会,因为他本来可以把丁氏塑造得更丰满的。

不过,即使像现在这样,丁氏在困境中的苦苦挣扎,也已让读者留下了难忘的印象。这同样是一个具有人性复杂性的商妇形象。

自 我 牺 牲

以上这些故事,也许会使我们产生一种错觉,以为大概所有的商妇都会为了满足自己的情欲而红杏出墙。其实事实并不如此。这是因为在过去的社会中,传统的礼教对女人束缚甚紧,很多女人也愿意接受礼教的束缚,商妇中的很多人(也许是大多数人)也不例外。商妇一如其他妇女,其中也存在着各种类型,她们会选择不同的生活方式。看过选择个人主义生活方式的商妇以后,让我们再来看一下选择自我牺牲生活方式的商妇,以使我们对于商妇的了解更为全面深入一些。

《太平广记》卷二七一《贺氏》里,有一个自我牺牲的商妇的典型,她不仅一生忍受着与丈夫的分离,而且对于丈夫的风流韵事也委曲求全。虽说她也完全可以归入那种传统的贤妇行列,但作为商妇,她显示出了不同于一般女人的特点:

> 兖州有民家妇姓贺氏,里人谓之织女。父母以农为业。其丈夫则负担贩卖,往来于郡。贺初为妇,未浃旬,其夫出外。每出,数年方至,至则数日复出。其所

> 获利,蓄别妇于他所,不以一钱济家。贺知之,每夫还,欣然奉事,未尝形于颜色。夫惭愧不自得,更非理殴骂之,妇亦不之酬对。其姑已老且病,凛馁切骨。妇佣织以资之,所得佣直,尽归其姑,己则寒馁。姑又不慈,日有凌虐。妇益加恭敬,下气怡声,以悦其意,终无怨叹。夫尝挈所爱至家,贺以女弟呼之,略无愠色。贺为妇二十余年,其夫无半年在家,而能勤力奉养,始终无怨,可谓贤孝矣!

这个商妇所遭受的一切不幸,如丈夫的长期不在家,丈夫的风流放纵,丈夫的非理殴骂,婆婆的凌虐不慈,家境的贫寒艰窘,换了一个信奉个人主义价值观的商妇,在在都可以成为红杏出墙的理由。不过贺氏却把一切都承受了下来。作者认为这是她的"贤孝"之处。她自己或许也自认是在践履"贤孝"。

不过,从她的受虐狂式的表现中,我们似乎可以看出某种精神上和道德上的优越感。贺氏凭借这种精神上和道德上的优越感,来忍受商妇生活所带给她的种种烦恼。这种精神上和道德上的优越感,也使她的丈夫成了被告,所以他要惭愧不自得地非理殴骂她。

这可以说是面对生活的不幸,商妇所能选择的另一种生活方式。但是我们同样有理由怀疑,选择了这种自我牺牲生活方式的商妇,难道真能比选择个人主义生活方式的商妇过得更为幸福吗?也许只不过是半斤八两而已。

第十三章
商人的幻想

幻想是人性的特质之一,它来源于我们的欲求与希望,有助于抚慰我们的缺憾与痛苦。也正因为这样,从我们的幻想,可以了解我们的人性与人生。

各个社会阶层的人所抱有的幻想,在本质上不会有什么不同;只不过幻想的具体内容,依各个社会阶层的不同,而会有种种不同的特征。商人的幻想,也有一些自己的特点,表现出商人阶层的特征。通过了解商人的幻想,我们能更好地了解商人。

商人的幻想的主要内容,是发财、艳遇和得助。虽然这大抵也是一般人的幻想,但对于商人来说显得更重要一些,在文学里也出现得更频繁一些。这些幻想的出现,与商人生活的特点有密切关系。

发　　财

大概所有的人都想发财,都曾做过各种各样的发财梦。不过由于商人的职业目标便是赚钱,因而他们的发财梦自然也就比别人做得更频繁一些。文学作品里所表现的商人的各种发财梦,既向我们展示了商人的内心世界,也向我们揭示了人性的奥秘。

我们把从事海外贸易的商人的发财梦,留给"从事海外贸易的商人们"那一章去介绍,这里只介绍那些一般商人的发财梦。

商人的发财梦的第一种表现,是盼望意外地得到某种异物,它能保佑他们财运亨通。

> 齐州有一富家翁,郡人呼曰刘十郎,以鬻醋油为业。自云壮年时,穷贱至极,与妻佣舂以自给。忽一宵,舂未竟,其杵忽然有声,视之,已中折矣。夫妇相顾愁叹,久之方寐。凌旦既寤,一新杵在臼旁,不知自何而至。夫妇前视,且惊且喜。自是因穿地,颇得隐伏之货。以碓杵为神鬼所赐,乃宝而藏之。遂弃舂业,渐习商估。数年之内,其息百倍,家累千金。夫妇神其杵,即被以文绣,置于匮匣中,四时致祭焉。自后夫妇富且老。及其死也,物力渐衰。今则儿孙贫乏矣。(《太平广记》卷一三八《齐州民》)

意外的富贵,意外的贫贱,不知何来,不知何往,这就是商人的生活。所以他们把幻想寄托在异物上,希望它能给自己带来好运气。

> 京国豪士潘将军,住光德坊。本家襄汉间,常乘舟射利,因泊江墟。有僧乞食,留止累日,尽心檀施。僧归去,谓潘曰:"观尔形质器度,与众贾不同。至于妻孥,皆享厚福。"因以玉念珠一串留赠之。"宝之,不但通财,他后亦有官禄。"既而迁贸数年,遂镪均陶郑。其后职居左广,列第于京师。常宝念珠,贮之以绣囊玉合,置道场内,每月朔则出而拜之。(《太平广记》卷一九六《潘将军》)

那个僧人大概是个异人,故意来考验商人的气度与耐心;那串宝珠大概也是异物,能够带给商人以财运和官运。商人经受住了考验,所以得到了好运气。

> 龚播者,峡中云安监盐贾也。其初甚穷,以贩鬻蔬果自业,结草庐于江边居之。忽遇风雨之夕,天地阴黑,见江南有炬火,复闻人呼船求济急。时已夜深,人皆息矣,播即独棹小艇,涉风而济之。至则执炬者仆地,视之,即金人也,长四尺余,播即载之以归。于是遂富,经营贩鬻,动获厚利,不十余年间,积财巨万,竟为三蜀大贾。(《太平广记》卷四百一《龚播》)

这似乎仍然是一场考验,只不过考试者与异物合二为一。

从象征意义上来理解,这场考验的题目似乎是"服务精神",人们认为这是商人理应具有的素质。这个商人经受住了考验,因而他得到了那个金人——顾客口袋里金钱的象征?

商人的发财梦的第二种表现,是偶然帮助了他人,结果他人报恩,遂得到了意想不到的财富。《拍案惊奇》卷八《乌将军一饭必酬　陈大郎三人重会》里的苏州商人陈大郎,因为有一天偶然见到一个"大大一个面庞,大半被长须遮了"的汉子,出于"吃饭时如何处置这些胡须,露得个口出来"的好奇,想要"拼得费钱把银子,请他到酒店中一坐",以便"看出他的行动来"。想不到这个多须汉子,却是舟山海中的大盗,后来因感陈大郎的一饭之恩,不仅让他妻儿团圆,还让他发了大财:

> 三口拜谢了要行,大王又教喽啰托出黄金三百两,白金一千两,彩段货物在外,不计其数……从此,大郎夫妻年年到普陀进香,都是乌将军差人从海道迎送。每番多则千金,少则数百,必致重负而返。陈大郎也年年往他州外府,觅些奇珍异物奉承,乌将军又必加倍相答。遂做了吴中巨富之家,乃一饭之报也。

其中颇令人发噱者,在于对那一饭的理解。在商人方面,只不过是"见他异样,要作个耍";但在大盗方面,却误认作是商人"尘埃之中,深知小可"。从这种错位中,不仅流露出作者的幽默感,也表现出作者对商人投机心理的把握。这种

"一饭之报",无非是"一本万利"的商业信条的幻想化而已,也就是用最少的投资,甚至是偶然的"风险投资",换回巨额利润。

商人的发财梦的第三种表现,是渴望得到能预测市场行情的神奇本领。

> 唐宝历中,荆州卢山人,常贩烧朴石灰,往来于白洑南草市,时时微露奇迹,人不之测。贾人赵元卿好事,将从之游。乃频市其所货,设果茗,访其息利之术。卢觉,谓曰:"观子意似不在所市,意何也?"赵乃言:"窃知长者埋形隐德,洞过蓍龟,愿垂一言。"卢笑曰:"今日且验。"(《太平广记》卷四三《卢山人》)

商人所最渴望得到的,乃是预测市场行情的本领。一旦遇到具有这种能力的奇人,他们自然要倾全力去结交了。在上面这篇文言小说中,我们便能感觉到商人的这种幻想。这使我们想起了那个金手指的故事:商人不愿只要仙人点成的黄金,而更想要那根能点石成金的金手指。这根能点石成金的金手指,大概就是预测市场行情的能力的象征吧?

商人的发财梦的第四种表现,是想要获得意外的横财。《乌将军一饭必酬　陈大郎三人重会》的入话,便是一个表现这种发财梦的故事。王生外出经商,第三次遇到同一伙强盗,这伙强盗也觉得有点"不好意思",于是把从其他地方打劫来的一船苎麻,做个顺水人情转送给了王生。王生回家以后才发现,苎麻里面藏有五千余金。这样王生不仅尽复前本,还有多余。商人渴望获得横财的心理在此表露无遗。然而当王生称赞这伙强盗的"义气"时,他当然不会去想失去这些银子的其他商人的苦恼。

幸运地得到意外横财的,还有《警世通言》卷二二《宋小官团圆破毡笠》里的宋金。宋金原是一个小伙计,因为生了痨瘵之病,被丈人抛弃在江边。可是他却因此而巧遇横财,结果成了一个大富翁兼大商人:

> 宋金走到前山一看,并无人烟。但见枪刀戈戟,遍插林间。宋金心疑不决,放胆前去。见一所败落土地庙,庙中有大箱八只,封锁甚固,上用松茅遮盖。宋金暗想:"此必大盗所藏,布置枪刀,乃惑人之计。来历虽则不明,取之无碍。"……宋金渡到龙江关口,寻了店主人家住下,唤铁匠对了匙钥。打开箱看时,其中充牣,都是金玉珍宝之类。原来这伙强盗积之有年,不是取之一家,获之一时的。宋金先把一箱所蓄,鬻之于市,已得数千金……余六箱只拣精华之物留下,其他都变卖,不下数万金。就于南京仪凤门内买下一所大宅,改造厅堂园亭,制办日用家火,极其华整。门前开张典铺,又置买田庄数处,家僮数十房,出色管事者千人。又畜美童四人,随身答应。满京城都称他为钱员外,出乘舆马,入拥金赀。

他后来还做些布匹生意等,"子孙为南京世富之家",一个发财美梦就这样实现了。

商人之渴望发财,一如官吏之渴望升迁,举子之渴望及第。而那些意外的发财机会,又如官吏意外的升迁,举子意外的及第。所以商人的发财梦,也是非常容易理解的。而且,几乎所有的商人,都不会仅仅停留在做梦的阶段,而是会脚踏实地努力去干的。

艳 遇

艳遇也是人的幻想的主要内容之一。从最早的文学作品开始,文人们就一直在表现着艳遇的主题,并留下了很多描写艳遇主题的杰作。艳遇的最具魅力之处,恐怕在于它打破日常生活之常规的能力。人们常常为了逃避平庸与单调,而躲避到艳遇的幻想中去。

商人们尽管拥有较强的经济实力,可以出入于娼楼妓馆,可以在这里那里追欢买笑,但他们也并非总能如愿以偿。他们的生意需要他们东奔西走,在寂寞的地方度过漫漫长夜。于是艳遇的幻想便会油然而生,或者文人们想象它们会油然而生。

《太平广记》卷三四五《郑绍》故事,写一个商人在旅途中的艳遇,是这类题材故事中较早的一个:

> 商人郑绍者,丧妻后,方欲再娶。行经华阴,止于

逆旅。因悦华山之秀峭，乃自店南行。可数里，忽见青衣，谓绍曰："有人令传意，欲暂邀君。"绍曰："何人也？"青衣曰："南宅皇尚书女也。适于宅内登台，望见君，遂令致意。"绍曰："女未适人耶？何以止于此？"青衣曰："女郎方自求佳婿，故止此。"绍诣之……女引一金罍献绍曰："妾求佳婿，已三年矣。今既遇君子，宁无自得？妾虽惭不称，敢以金罍合卺，愿求奉箕帚，可乎？"绍曰："余一商耳，多游南北，惟利是求，岂敢与簪缨家为眷属也！然遭逢顾遇，谨以为荣，但恐异日为门下之辱。"……至明年春，绍复至此，但见红花翠竹，流水青山，杳无人迹。绍乃号恸，经日而返。

作者没有说明其中女郎的身份，看起来也像是一些超自然物。不过正因为没有明确说明，所以反而给人以扑朔迷离之感。这是一个典型的艳遇幻想故事，显而易见，产生自商人旅途的寂寞。最后，商人之所以失去自己的艳遇，乃是因为他一心想要外出经商。这象征性地说明了商人的处境：有时艳遇与发财不能两全。这个商人忠于他的经商事业，所以不得不放弃他的艳遇机会。

同样的表现艳遇幻想主题的故事，也见于《二刻拍案惊奇》卷二九《赠芝麻识破假形　撷草药巧谐真偶》。其中的浙江商人蒋生，"一日置货到汉阳马口地方"，邂逅一个仕宦人家的美丽小姐，但又无缘得通情款，于是"晚间的春梦也不知做了多少"。后来发生了奇迹，蒋生获得了艳遇：

一日晚间关了房门,正待独自去睡,只听得房门外有行步之声,轻轻将房门弹响。蒋生幸未熄灯,急忙挑明了灯,开门出看。只见一个女子,闪将入来。定睛仔细一认,正是马家小姐。蒋生吃了一惊道:"难道又做起梦来了?"正心一想,却不是梦。灯儿明亮,俨然与美貌的小姐相对。蒋生疑假疑真,惶惑不定。

其实这只是狐狸精得知蒋生心事,假装马小姐前来欢会而已。"一来助君之欢,二来成我之事",倒也是两全其美。后来虽被蒋生识破原形,但那狐狸精却也甚够意思:

> 但往来已久,与君不能无情。君身为我得病,我当为君治疗。那马家女子,君既心爱,我又假托其貌,邀君恩宠多时,我也不能恝然,当为君谋取,使为君妻,以了心愿,是我所以报君也。

既让蒋生享了多时的艳福,又让他身体康复,"精完气足,壮健如故",而没有一般与狐狸精相通的后遗症;又能代为谋取如意女子,显得有始有终,体贴入微。有此三大好处,也恐世上再无此等好事了吧?所以"大家相传,以为佳话。有等痴心的,就恨怎生我偏不撞着狐精,得有此奇遇?妄想得一个不耐烦",算是道出了这类艳遇故事的打动人心之处了。

其实不仅行商们渴望艳遇,坐贾们也有着同样的渴望。那寂寞的值宿的店堂,也是产生艳遇幻想的温床。《聊斋志

异·双灯》里的卖酒商人魏运旺,便在他值宿的酒店楼上,遇到了一场持续了半年之久的艳遇:

> 一夕,魏独卧酒楼上,忽闻楼下踏蹴声。魏惊起悚听。声渐近,寻梯而上,步步繁响。无何,双婢挑灯,已至榻下。后一年少书生,导一女郎,近榻微笑。魏大愕怪。转知为狐,发毛森竖,俯首不敢睨。书生笑曰:"君勿见猜。舍妹与有前因,便合奉事。"……书生率婢子遗灯竟去。魏细瞻女郎,楚楚若仙,心甚悦之……遂与狎昵。晓钟未发,双鬟即来引去。复订夜约。至晚,女果至,笑曰:"痴郎何福,不费一钱,得如此佳妇,夜夜自投到也。"魏喜无人,置酒与饮,赌藏枚……通夕为乐……自此,遂以为常。

还有什么比冷清独宿的夜晚,忽然听到楼梯声响,看到一位佳人毛遂自荐,献上女性的温柔与爱情,更能令寂寞的商人感到满足的呢?而且又"不费一钱",又晚来晨去,神鬼不觉……至于她们的狐狸身份,乃是此一白日梦中对付道德检查的一种不可或缺的伪装。试想,如果不是超自然物,哪会有以上诸般好事呢?

《聊斋志异·蕙芳》也写到了这样一个故事。其中的货面小商贩得到了仙女的垂青,共同生活了十余年,享尽了人间的艳福,遍历了天上的奇缘:

> 马二混,居青州东门内,以货面为业。家贫,无妇,

与母共作苦。一日,媪独居,忽有美人来,年可十六七,椎布甚朴,而光华照人。媪惊顾穷诘,女笑曰:"我以贤郎诚笃,愿委身母家。"……既而马归,母迎告之。马喜,入室,见翠栋雕梁,侔于宫殿;中之几屏帘幕,光耀夺视。惊极,不敢入。女下床迎笑,睹之若仙。益骇,却退。女挽之,坐与温语。马喜出非分,形神若不相属。即起,欲出行沽。女曰:"勿须。"因命二婢治具。秋月出一革袋,执向扉后,格格撼摆之。已而以手探入,壶盛酒,柈盛炙,触类熏腾。饮已而寝,则花屩锦裯,温腻非常。天明出门,则茅庐依旧。母子共奇之……马自得妇,顿更旧业,门户一新。笥中貂锦无数,任马取着;而出室门,则为布素,但轻暖耳。女所自衣亦然。

这样的艳遇,其快乐的来源,不仅是美女美食美衣美居,也是一种"密室的快乐",一种旁人看不出,因而不会引起嫉妒,并导致作梗的快乐。那居室和衣服的"内外有别",便是一个最好的象征。几乎所有的白日梦,都有"密室的快乐"的成分,前述那几个艳遇故事都是如此。这反映了作者的世故,以及对人情的洞达。

《警世通言》卷二八《白娘子永镇雷峰塔》,其实也是一个表现商人艳遇幻想的故事。值得注意的是,这种类型的故事起源甚早,其中的女主角形象都很可怖,而男主角的身份则大都不是商人。但是到了这篇小说里,女主角的形象已变得大为可爱,而男主角的身份也已变成商人(许宣出身商人家庭,先做伙计,后自己也曾开店)。正是从这两个方面的变化中,我们可以看出文学向商人的倾斜,以及这个故事表现商人艳遇幻想的性质。不过,尽管这个艳遇幻想故事美丽动人,但由于受到故事原型的影响过深,以致无法彻底摆脱鬼怪的阴影和恐怖,所以,可以说这又是一个不彻底的艳遇幻想故事。或者说,它表现了这样一种矛盾的态度:商人尽管向往于得到艳遇,但他们对此又常心存疑虑。如果这样来理解许宣艳遇的性质,则我们也许可以对这篇小说获得一种新的认识。

得　　助

商人的生活总是充满了各种各样的危险,因此商人的幻想的一个重要内容便是得助。商人们渴望着在遇到危险时,能够有人挺身而出保护他们。于是他们把希望寄托于那些侠客,那些能人,甚至是那些强盗。他们希望这些能人隐身于这里那里,由于萍水相逢的机缘得以结识,最终能够依赖他们摆脱危险。尽管一般人也常常做得助的美梦,但是商人们的得助梦特富商业色彩。

《聊斋志异·雷曹》故事,便表现了商人的这一幻想。商人乐云鹤客游金陵,获得了一次奇异的经历:

> 一日,客金陵,休于旅舍。见一人颀然而长,筋骨

隆起,彷徨坐侧,色黯淡,有戚容。乐问:"欲得食耶?"其人亦不语。乐推食食之;则以手掬啖,顷刻已尽。乐又益以兼人之馔,食复尽。遂命主人割豚肩,堆以蒸饼;又尽数人之餐,始果腹而谢曰:"三年以来,未尝如此饫饱。"

这是一个商人故事中常见的老套:一个好心的商人,遇到一个奇异的陌生人,暂时放弃了斤斤计较的算盘,以善心和耐心亲切待之,赢得了这个陌生人的好感。聪明的读者自然知道,商人接着应该有所收获了。因为商人的好心宛如商业上的投资,是一定能够得到可观的回报的。果然不出所料,后来那个奇异的陌生人帮助了商人:

> 乐整装欲行,其人相从,恋恋不去。乐辞之。告曰:"君有大难,吾不忍忘一饭之德。"乐异之,遂与偕行……次日,渡江,风涛暴作,估舟尽覆,乐与其人悉没江中。俄风定,其人负乐踏波出,登客舟,又破浪去;少时,挽一船至,扶乐入,嘱乐卧守,复跃入江,以两臂夹货出,掷舟中;又入之:数入数出,列货满舟。乐谢曰:"君生我亦良足矣,敢望珠还哉!"检视货财,并无亡失。益喜,惊为神人……乐笑云:"此一厄也,止失一金簪耳。"其人欲复寻之。乐方劝止,已投水中而没。惊愕良久。忽见含笑而出,以簪授乐曰:"幸不辱命。"江上人罔不骇异。

这个能人其实乃是遭贬下凡的"雷曹",怪不得要吃那么多东西,又有那么大的本事。还有什么比生命财产的安全对商人来说更重要的呢?还有什么比那些萍水相逢的能人,能够帮助商人解脱困难,而更令商人心向往之的呢?由于一饭的善意与慷慨,这个商人不仅生命得救,而且货物无损,这可真是一本万利的投资了!因而,这个故事不仅反映了商人的愿望与幻想,还包含着一个对于商人极有意义的教训:不要怠慢那些萍水相逢的人,他们中也许有将来用得着的能人。

同样主题的故事,也见于《拍案惊奇》卷四《程元玉店肆代偿钱 十一娘云冈纵谭侠》。那个"禀性简默端重,不妄言笑,忠厚老成,专一走川陕,做客贩货,大得利息"的徽州商人程德瑜,正是因为在一家客店里接济了一个萍水相逢的妇人,而得以奇遇了深藏不露的剑侠韦十一娘,并且在遭遇抢劫时得到了韦十一娘的帮助。其实那个需要接济之事,也是韦十一娘故意安排,以考验程德瑜的人品的;程德瑜经受住了考验,所以韦十一娘才会帮助他:

> 吾是剑侠,非凡人也。适间在饭店中,见公修雅,不像他人轻薄,故此相敬。及看公面上,气色有滞,当有忧虞,故意假说乏钱还店,以试公心。见公颇有义气,所以留心在此相候,以报公德。适间鼠辈无礼,已曾晓谕他过了。

那些抢劫程德瑜财货的强盗,在韦十一娘的命令下,又乖乖地把财货还给了他,连一点折扣也不敢打:

> 才别去,行不数武,昨日群盗将行李仆马已在路旁等候奉还。程元玉将银钱分一半与他,死不敢受;减至一金做酒钱,也必不肯。问是何故,群盗道:"韦家娘子有命,虽千里之外,不敢有违。违了他的,他就知道。我等性命要紧,不敢换货用。"程元玉再三叹息,仍旧装束好了,主仆取路前进。

这还是表明了同样的教训,即商人出门在外,必须善于待人接物,或可获意外之报答和帮助;同时,这也表明了同样的幻想,即商人渴望在旅途上遇到能人,以保护他们的生命财产的安全。

从渊源关系上来说,上面这篇短篇白话小说,其实也是对《聂隐娘》等早期剑侠故事的一个继承。因为小说不仅将《聂隐娘》之类剑侠故事收入入话,而且小说所述韦十一娘之剑侠理念,也几与《聂隐娘》完全相同。但是,有一点值得注意的是,在《聂隐娘》之类早期剑侠故事中,从未出现过商人的角色;而在上述短篇白话小说里,男主角则变成了商人,而且小说的主题之一,也变成了商人对于旅途得助的幻想。从这一变化中,正可看出商人势力的增长对于文学内容的变化所发生的影响。于是剑侠故事遂也与商人发生了关系。在那连云的栈道上,在那漫漫的旅途中,商人们幻想着有韦十一娘这样的剑侠,来保护自己生命财产的安全。

发财、艳遇与得助

商人们喜欢做发财梦,也喜欢做艳遇梦。不过,正如《郑绍》故事所表明的,有时候发财梦与艳遇梦无法两全:要沉湎于艳遇就会耽误发财,若忙于发财则很难有功夫艳遇。郑绍便无法解决这个矛盾:他在艳遇梦实现时,心心念念的却是发财;等到他发财以后,却发现艳遇梦已难重圆。

面对这样的两难处境,便出现了另一类幻想,即发财与艳遇兼顾之梦。这样的综合性梦的代表作,应该说是《二刻拍案惊奇》卷三七《叠居奇程客得助　三救厄海神显灵》。这篇小说又取材于蔡林屋的《辽阳海神传》,它产生于明代中叶的嘉靖年间。

小说的主人公程宰是一个徽州商人,"正德初年,与兄程案将了数千金,到辽阳地方为商,贩卖人参、松子、貂皮、东珠之类"。不过他运气不好,"往来数年,但到处,必定失了便宜,耗折了资本,再没一番做得着"。他们又不好意思回去,这样便在辽阳滞留了下来,为别的徽商管管账目,以此勉强糊口度日。他们的住处也很糟糕,"兄弟两人,日里只在铺内掌帐,晚间却在自赁的下处歇宿。那下处一带两间,兄弟各住一间,只隔得中间一垛板壁。住在里头,就像客店一般湫隘,有甚快活?也是没奈何了,勉强度日"。

就在这样的情况下,那艳遇的美梦开始出现了。程宰所住的那间屋子,有一天晚上突然大放光明,变得温暖如春了。然后来了好多位美人,其中最漂亮的一位,还留下来与程宰同寝。"程宰客中荒凉,不意得了此味,真个魂飞天外,魄散九霄,实出望外,喜之如狂。"原来,这个同寝的美人,不是妖怪,不是狐狸精,而是辽阳海神。她对程宰,不仅无害,亦且有益:

> 美人也自爱着程宰,枕上对他道:"世间花月之妖,飞走之怪,往往害人。所以世上说着便怕,惹人憎恶。我非此类,郎慎勿疑。我得与郎相遇,虽不能大有益于郎,亦可使郎身体康健,资用丰足;倘有患难之处,亦可出小力周全。"

海神又能对他身体有益,又能使他资用丰足,又能有事出力周全,对于一个客居他乡、困守陋室的商人来说,还有什么比这更美好的事情呢?自此为始,海神无夜不来与他交欢:

> 此后,人定即来,鸡鸣即去,率以为常,竟无虚夕。每来,必言语喧闹,音乐铿锵……自此情爱愈笃。程宰心里想要甚么物件,即刻就有,极其神速。

而且更妙的是,这还是一种"密室的快乐","兄房只隔层壁,到底影响不闻",这样,这一浪漫的艳遇就不可能因为他人的嫉妒而受到干涉甚至破坏了。

不过,对于商人来说,光有艳遇是不够的,还得要发财才行。于是程宰像那个郑绍一样,颇杀风景地对海神提出了想要经商的要求。不过他比郑绍幸运得多,不仅没有因此而失去他的艳遇,还得到了神通广大的海神的帮助:

> 程宰自思:"我夜间无欲不遂,如此受用,日里仍是人家佣工,美人那知我心事来?"遂把往年贸易耗折了数千金,以致流落于此,告诉一遍,不胜嗟叹。美人又抚掌大笑道:"正在欢会时,忽然想着这样俗事来,何乃不脱洒如此!虽然,这是郎的本业,也不要怪你……你若要金银,你可自去经营,吾当指点路径,暗暗助你,这便使得。"程宰道:"只这样也好了。"

于是,在海神的"指点"(实为准确预测市场行情)下,程宰的经营无往而不获厚利。"如此事体,逢着便做,做来便希奇古怪,得利非常,记不得许多。四五年间,展转弄了五七万两,比昔年所折的,倒多了几十倍了。"这么一来,对于商人来说,便是"人财两得"的美满之事了。

"到嘉靖甲申年间,美人与程宰往来已是七载,两情缱绻,犹如一日。程宰囊中,幸已丰富。"这就到了分手的时候了。即使到了这个时候,海神也还是帮助程宰,让他躲过了许多祸害,满足了商人的第三个幻想:得助。

> 美人执着程宰之手,一头垂泪,一头分付道:"你有三大难,今将近了。时时宜自警省,至期吾自来相救。"

于是程宰后来三次历险,每次都得到海神的相救,遂得以无事回到家乡。而且,他还将有一个美满的来世,因为临别时美人跟他约好:"过了此后,终身吉利,寿至九九。吾当在蓬莱三岛,等你来续前缘。"至此为止,一个商人所可能梦想到的一切,都已经全部圆满并超额实现,因而,这篇小说堪称是表现商人幻想的集大成之作。

这种美好的幻想,应该不仅是商人,也是一般的男人,大都会有的;可是这种好运,现在却令人羡慕地落到了一个商人的头上,这又是为什么呢?小说家百思不得其解,最后发出了感伤的叹息:

> 但不知程宰无过是个经商俗人,有何缘分,得有此一段奇遇?说来也不信,却这事是实实有的……有诗为证:流落边关一俗商,却逢神眷不寻常。宁知钟爱缘何许,谈罢令人欲断肠。

这篇小说本于蔡羽的《辽阳海神传》,而《辽阳海神传》故事的来源,据蔡羽说又是得自别人的传说和程宰的自述:

> 戊子初夏,余在京师闻其事,犹疑信间。适某金宪、某总戎自辽入京,言之详甚,然犹未闻大同以后事。今年丙申在南院,客有言程来游雨花台者,遂令邀与偕至,询其始末。

这大抵是过去小说的常套,以给想象的故事套上一个真实的外壳。不过无论是真的流传有这个传说(无论是别人编的还是程宰自己编的),抑是一切都只不过是出于蔡羽的想象,其实都只能说明一个同样的事实,那就是随着商人阶层力量的增大,他们的幻想也开始引起了文人的注意,因而才出现了表现他们幻想的传说和文学作品。

这一点,倘与唐代文言小说《任氏传》(《太平广记》卷四五二。原作《任氏》,后人加"传"字)作一比较,就可以看得更清楚了。《任氏传》中的任氏,不仅丽于颜色,让郑子大饱艳福,也精于预测,使郑子大发横财。有一次,她让郑子花钱五六千,买下一匹屁股上有疵的马。这时,"其妻昆弟皆嗤之曰:'是弃物也,买将何为?'"过了不久,任氏又让郑子把马卖掉,让他索价三万。郑子果然把马卖到了差不多这个价钱,一进一出,赚了近五倍的钱。这完全是因为任氏能预测市场行情,具有特别的神机妙算之故。我们觉得,《任氏传》里的这个情节,对于后来的《辽阳海神传》,肯定发生过影响。不过在《任氏传》里,郑子只是一个公子哥儿,完全不必靠做买卖挣钱,所以上述这类买卖之事,在《任氏传》中只是偶一为之,以见任氏有此本事而已;如果郑子是个商人,则任氏或竟可像辽阳海神一样,让他大发横财矣!而到了《辽阳海神传》中,由于男主角已转为商人,所以辽阳海神便大显神通,让程宰买卖一切顺利,充分反映了商人的愿望和幻想。所以男主角身份的这一转换,以及关于买卖描写比重的增加,正可以认为是商人势力的增大在文学中所呈现出的反映,也可以认为是在商人的表现方面近世文学对于前代文学的进步之一。

这样，我们也许就可以回过头来回答小说家的问题了：正是因为商人阶层有着上述那些愿望和幻想，而且强烈得引起了社会的广泛注意，所以才会流传着类似辽阳海神这样的传说，也才会有敏感的文人来把它们写下来。这其间的因果关系，与小说家所设想的，其实是正好颠倒的。

第十四章
从事海外贸易的商人们

中国既是一个大陆国家,又是一个海洋国家。所以,中国人不仅一直关心着大陆,也一直关心着海洋。木华的《海赋》出现于3至4世纪,那恐怕至少是东洋文明中最早出现的关于海洋的杰作了吧?

而那些勇敢而贪婪的商人们,也用他们从事海外贸易的实践,证明着中国人对于海洋的热情。直到15世纪初叶以前(即郑和率领中国的船队所作的那次远洋航行以前),中国的航海技术似乎还一直处于世界领先地位。

在现代文明的条件下,即使像太平洋那样的大洋,也已经成了一个"湖泊"。中国作为一个海洋大国,正在重建自己的海洋文明。我们能够从过去汲取力量和教训。那么,就让我们来看看过去那些从事海外贸易的商人吧,看看他们有怎样的冒险精神,怎样的神奇经历,怎样的美妙梦想……

关于海外贸易的描写

最初的关于从事海外贸易的商人的描写,大抵出现在唐代的诗歌里,但这并不表明直到唐代才有了海外贸易,而只是表明唐代的海外贸易已经相当发达,所以才引起了诗人们表现的兴趣。这些诗歌最常表现的,是从事海外贸易的危险,以及对于从事海外贸易的商人的同情。

> 海客乘天风,将船远行役。譬如云中鸟,一去无踪迹。(《全唐诗》卷一六五)

这是李白的《估客乐》诗,表现了从事海外贸易的商人("海客")的悲壮的没落;而在前代的同题诗歌中,所写的还只是沿江贸易。

> 长帆挂短舟,所愿疾如箭。得丧一惊飘,生死无良贱。不谓天不祐,自是人苟患。尝言海利深,利深不如浅。(《全唐诗》卷七一八)

> 大舟有深利,沧海无浅波。利深波也深,君意竟如何?鲸鲵齿上路,何如少经过!(《全唐诗》卷七百四)

前者是苏拯的《贾客》,后者是黄滔的《贾客》,所写的都是从事海外贸易的商人:他们的利欲熏心,他们的冒险精神,他们的危险处境,以及对于他们的同情和不满。可是商人们的心理和梦想,又岂是诗人们所能完全了解的?

对于从事海外贸易的商人们的这种复杂感情,不仅出现在当时的诗歌里,也出现在当时的散文里,柳宗元的《招海贾文》就是一篇这样的文章。其中铺陈了从事海外贸易的危险,流露了对于从事海外贸易的商人的同情,同时也夹杂着对于他们为利忘身的冒险精神的批评。他先说:"咨海贾兮,君胡以利易生而卒离其形?"然后列举了海洋的汹涌、航船的颠簸、海怪的可怖、礁石的狰狞等危险因素,每小节均以"君不返兮逝恍惚"、"君不返兮终为虏"、"君不返兮以充饥"、"君不返兮卒自贼"、"君不返兮舂沉颠"、"君不返兮乱星辰"、"君不返兮魂焉薄"、"君不返兮糜以摧"等呼唤和劝告之语作结,然后又比较陆上经商的好处,劝商人不要再留在海上:

> 咨海贾兮,君胡乐出幽险而疾平夷,恂骇愁苦而以忘其归?

> 上党易野恬以舒,蹈踩厚土坚无虞。歧路脉布弥九区,出无入有百货俱。周游傲睨神自如,撞钟击鲜恣欢娱。君不返兮欲谁须?

> 胶鬲得圣捐盐鱼,范子去相安陶朱,吕氏行贾南面孤,宏羊心计登谋谟。煮盐大冶九卿居,禄秩山委收国租。贤智走诺争下车,逍遥纵傲世所趋。君不返兮谥为愚。

> 咨海贾兮,贾尚不可为,而又海是图,死为险魄兮

生为贪夫,亦独何乐哉?归来兮宁君躯!(《柳宗元集》卷十八)

柳宗元不满于从事海外贸易的商人们的,乃是"以利易生而卒离其形"、"乐出幽险而疾平夷"、"恂骇愁苦而以忘其归"、"死为险魄兮生为贪夫"。然而透过他的这些带有不满情绪的描写,我们正可看出商人们的那种冒险精神,正是这种冒险精神推动了海外贸易的发展。

从事海外贸易的危险,不仅来自于海洋,还来自于人本身。

> 唐邢璹之使新罗也,还归,泊于炭山。遇贾客百余人,载数船物,皆珍翠沉香象犀之属,直数千万。璹因其无备,尽杀之,投于海中,而取其物。(《太平广记》卷一二六《邢璹》)

这些从事海外贸易的商人们,躲过了狂风巨浪的危险,却丧生于凶残官吏的屠刀。

> 唐有一富商,恒诵《金刚经》,每以经卷自随。尝贾贩外国,夕宿于海岛。众商利其财,共杀之,盛以大笼,加巨石,并经沉于海。(《太平广记》卷一百八《贩海客》)

后来这个商人靠《金刚经》而复活,这当然不过是常见的报应奇谈。不过,即从这个故事也可获知,从事海外贸易要遭遇的巨大危险,以及商人们通过虔信祈求安全的心理。

不过,唐代的诗歌、散文和文言小说所写的,大抵只是从事海外贸易的危险等,还很少具体描写海外贸易的过程和细节。这样的描写要到后来明清的白话小说中才有出现,那就是诸如《拍案惊奇》卷一《转运汉遇巧洞庭红　波斯胡指破鼍龙壳》和《镜花缘》之类的作品,其中都相当具体地描写了海外贸易的过程和细节。在此我们就来看一下前者。

从事海外贸易的商人,他们常常是结伴而行的:

> 一日,有几个走海贩货的邻近,做头的无非是张大、李二、赵甲、钱乙一班人,共四十余人,合了伙将行。

里面常常有专门家:

> 元来这个张大,名唤张乘运,专一做海外生意,眼里认得奇珍异宝,又且秉性爽慨,肯扶持好人,所以乡里起他一个混名,叫张识货。

他们常常依靠季风,季风把他们刮向哪儿,他们就去哪儿做生意:

> 开得船来,渐渐出了海口⋯⋯三五日间,随风漂去,也不觉过了多少路程。忽至一个地方,舟中望去,人烟凑聚,城郭巍峨,晓得是到了甚么国都了。舟人把船撑入藏风避浪的小港内,钉了桩橛,下了铁锚,缆好

了。船中人多上岸,打一看,元来是来过的所在,名曰吉零国。

在那些贸易伙伴国里,都有一整套设施和措施,来接待外国客商,并从事买卖交易:

> 众人多是做过交易的,各有熟识经纪、歇家、通事人等,各自上岸找寻,发货去了……众人领了经纪主人到船发货……众人一起上去,到了店家,交货明白,彼此兑换。约有半月光景……众人事体完了,一齐上船。烧了神福,吃了酒,开洋。

回到中国,也是如此,有一套完整的做法:

> 开船一走,不数日又到了一个去处,却是福建地方了。才住定了船,就有一伙惯伺候接海客的小经纪牙人攒将拢来,你说张家好,我说李家好,拉的拉,扯的扯,嚷个不住。船上众人拣一个一向熟识的跟了去,其余的也就住了。

然后便是找熟主顾讲价发货了。以上这些描写,应该说是很写实的,虽说还不是十分详细,但已可以让我们了解当时海外贸易的一般做法。

从唐代诗歌、散文和文言小说,到明清白话小说,关于海外贸易以及从事海外贸易的商人的描写,从一般到具体,从只描写危险到表现过程和细节,这不仅反映了文学的发展和进步,也反映了海外贸易的发展和进步。

由海外贸易所催生的奇谈

比起一般的本土贸易来,海外贸易充满了更多的刺激。商人们在海外的所见所闻,肯定有许多不同于本土者。这无疑也激发了文人们的灵感,于是便催生了许多关于海外的奇谈,渲染着海洋里的神秘和恐惧,吸引着对于海洋有兴趣的人们。重读这些关于海外的奇谈,透过它们荒唐的外表,可以体会到中国人对于海洋的向往,对于海外世界的好奇,以及那种复杂的"海洋情结"。

> 唐会昌元年,李师谖中丞为浙东观察使。有商客遭风飘荡,不知所止。月余,至一大山,瑞云奇花,白鹤异树,尽非人间所睹。山侧有人迎问曰:"安得至此?"具言之。令维舟上岸……(道士曰):"汝中国人,兹地有缘方得一到,此蓬莱山也。"(《太平广记》卷四八《白乐天》)

海外有蓬莱山,那是神仙们居住的地方,这是中国古已有之的传说。然而有缘一到的,却是从事海外贸易的商人,这颇使人感到意味深长。这说明在当时人看来,从事海外贸易的商人,具有各种奇遇的可能性,因为海洋是充满神秘的,而只有商人能够去那里。人们对于海洋的好奇心和神秘感,便这样与商人们联系在了一起(此故事后来也被收入《拍案惊奇》卷二八《金光洞主谈旧迹　玉虚尊者悟前身》的入话)。

> 朱梁时,青州有贾客泛海遇风,飘至一处,远望有山川城郭。海师曰:"自顷遭风者,未尝至此。吾闻鬼国在是,得非此耶?"……复遇便风得归。时贺德俭为青州节度,与魏博节度杨师厚有亲,因遣此客使魏,其为师厚言之。魏人范宣古亲闻其事,为余言。(《太平广记》卷三五三《青州客》)

这里引起我们注意的,是青州客的奇遇所引起的反应。他的故事从一个地方流传到另一个地方,从一个人口里流传到另一个人口里,最后终于由文人把它记录了下来。这说明了人们对海外奇谈的兴趣,也说明了人们对海洋深处的关心。于是,那个从事海外贸易的商人,便又一次成了沟通大陆与海洋的使者,因为只有他到过海洋深处,只有他见证了一个奇迹。

> 有贾客泛于南海。三更时,舟中大亮似晓。起视,见一巨物,半身出水上,俨若山岳;目如两日初升,光四射,大地皆明。骇问舟人,并无知者。共伏瞻之。移时,渐缩入水,乃复晦。后至闽中,俱言某夜明而复昏,相传为异。计其时,则舟中见怪之夜也。(《聊斋志异·夜明》)

这一怪物,恐怕仍是什么自然现象的超自然化,或者干脆就是想象加恐惧的产物。这显示了海洋的神秘性,它是陆上怪现象的发源地。只有从事海外贸易的商人,才能够有机会领略它的奥秘。

> (马骥)从人浮海,为飓风引去。数昼夜,至一都会,其人皆奇丑。见马至,以为妖,群哗而走。马初见其状,大惧;迨知国人之骇己也,遂反以此欺国人。
> (《聊斋志异·罗刹海市》)

这个故事以幽默的方式表达了一个深刻的哲理,即随着风土文化的不同,价值观也会产生相应的变化。这个哲理在此被揭示和表现,似乎特别具有某种深意。因为在中国文化被当作天下共同文化的时代,只有完全与中国文化无关的海外文化的引入,才能促使人们注意到价值观的相对性问题。这种作为参照物的海外文化的引入,则是通过从事海外贸易的商人而实现的。因此,由商人的海外贸易所产生的奇谈,又能促使人们注意到文化和价值观的相对性问题。

同样的主题和意识,似乎也潜藏在《聊斋志异·夜叉国》中。其中说一个交州徐姓商人,"泛海为贾,忽被大风吹去,开眼至一处,深山苍莽,冀有居人,遂缆船而登,负糗腊焉",结果他来到的是"夜叉国"。因为侥幸带了糗腊,为夜叉们所嗜食,结果幸免于一死。又凭着烹饪技术,竟在夜叉国中住了下来,还娶妻生子,发了大财。后来他想念故乡,遂偷携一子回到老家。"出珠二枚,售金盈兆,家颇丰。"后来另一商人泛海,也来到夜叉国,带回了另一子的消息。于是已到中国的一子,又再度前往夜叉国,携夜叉母和兄弟返回中国。全家团聚的场面颇为滑稽:

> 抵家,母夜叉见翁,怒骂,恨其不谋,徐谢过不遑。家人拜见主母,无不战栗。彪劝母学作华言,衣锦,厌粱肉,乃大欣慰。

也许,夜叉国只不过是一海外异种族国度的夸张说法,此商人与母夜叉结婚生子,也只不过是与海外异种族通婚而已。不过正是从这类故事中,可以看到异种族文化观念的引入,引入者则是从事海外贸易的商人。而且有意思的是,这个商人在夜叉国活下来的秘诀,乃是他擅长烹饪技术,这似乎是中国人在海外常常靠此谋生的事实的一个象征性写照。

在以上这些海外奇谈的深处,潜藏着中国人对于海洋的好奇心,对于海外世界的好奇心。这种好奇心,一直是中国人向海洋进军的重要动力之一。

海外贸易与发财梦

所有的商人都做发财梦,但是从事海外贸易的商人们的发财梦特别美妙。这是因为,首先,从事海外贸易的利润常常很大,正如唐代诗人们所说的,"海利深"(苏拯《贾客》),"有深利"(黄滔《贾客》)。又如《转运汉遇巧洞庭红 波斯胡指破鼍龙壳》里所说的:"元来这边中国货物,拿到那边,一倍就有三倍价。换了那边货物,带到中国,也是如此。一往一回,却不便有八九倍利息?所以人都拼死走这条路。"利润愈大,则发财梦自然也会愈美妙。

其次,也是因为神秘莫测的海洋常使人产生无穷的遐想,认为它蕴含着各种可能性,尤其是大发横财的可能性。上述这篇小说里的商人文若虚,便是在海洋上扭转了他的坏运气的:"而今说一个人,在实地上行,步步不着,极贫极苦的;却在渺渺茫茫、做梦不到的去处,得了一主没头没脑钱财,变成巨富。从来希有,亘古新闻。"他"在实地上"做生意,"百做百不着","故此人起他一个混名,叫做'倒运汉'"。这个"倒运汉",却在一次海外贸易中,意外地发了大财,成了"转运汉"。而帮助他"转运"的,正是海外贸易。因而,对于商人的发财梦来说,海洋似乎蕴藏有无限的可能性。

从事海外贸易的商人们的第一种发财梦,是能够"在渺渺茫茫、做梦不到的去处,得了一主没头没脑钱财,变成巨富"。上述这篇小说里的商人文若虚,便是在一个无人荒岛上,偶然拾得一个庞大的"败龟壳",被善于识宝的波斯胡看中,花了五万两银子买走,让他发了一主大财,做了一个大富翁的。原来,这个"败龟壳"之所以值钱,乃是因为它是万年鼍龙蜕下之壳,里面有二十四肋,每肋中间节内有大珠一颗,"其珠皆有夜光,乃无价宝也"。大概只有从事海外贸易的商人们,才会有这种千载难逢的发财机会吧?也大概只有从事海外贸易的商人们,才会做这种异想天开的发财梦吧?

这种类型的发财梦,似乎受到了唐五代文言小说的影响。在《太平广记》里,收有好多个胡商识宝的故事,如《青泥珠》、《径寸珠》、《宝珠》、《水珠》、《李勉》、《守船者》、《严生》、《鬻饼胡》、《玉清三宝》、《宝骨》、《紫䇶羯》、《魏生》、《岑氏》、《刘贯词》等。尤其是其中的《魏生》,与本篇小说最为接近。只不过在唐五代的文言小说里,主角大抵不是士人,便是贵族;而在本篇小说里,主角文若虚却是一个商人。在唐五代文言小说里,宝物只是在什么地方偶然被找到;但在本篇小说里,它却来自遥远的海外荒岛。这都说明了海外贸易对于这篇小说的影响,以及对于这种发财梦的影响。

从事海外贸易的商人们的第二种发财梦,是因意外地出脱冷货而赚得大钱。上述这篇小说里的主人公文若虚,本来只是想去海外玩玩的。别人送他一两银子本钱,他偶然买了百斤有余的橘子,想在路上吃了解渴。不料来到吉零国,却被那儿的人视为奇货,愿出一个银钱买一个橘子。文若虚因而共赚了一千来个银钱,约合八九百两银子。这可真是"一本千利"的买卖了。这样的买卖机会,当然也是只有海外才有的;或者不如说,这种美妙的发财梦,也只有从事海外贸易的商人才会做的。因为货物通过易地而增值,这原是贸易的一般原则,但是只有在海外贸易中,才会增值得如此令人咋舌。

这种类型的发财梦也见于《镜花缘》。《镜花缘》里也经常写到,商人们先是带些不值钱的冷货,然后在海外碰到了偶然的机会,将冷货赚到了意想不到的大钱。比如唐敖所带之物,是花盆和生铁,一见之下着实令人生疑,其奇怪程度更甚于"洞庭红"。所以林之洋问他:"妹夫带这花盆已是冷货,难以出脱;这生铁,俺见海外到处都有,带这许多,有甚用处?"唐敖的回答也是不着边际:

> 花盆虽系冷货,安知海外无惜花之人?……至于生铁,如遇买主固好;设难出脱,舟中得此,亦压许多风浪,纵放数年,亦无朽坏。小弟熟思许久,惟此最妙,因而买来。好在所费无多,舅兄不必在意。(第八回)

不过聪明的读者一定早已猜到,这些"所费无多"的冷货,在以后适当的时候,是能够给主人带来财运的。果然,生铁在女儿国治河工程中派上了用场,那个工程的赏金是银子一万两。花盆则在长人国卖掉很多:

> 那时家父曾带了许多大花盆,谁知他们见了,也都重价买去,把盆底圆眼用玛瑙补整,都做了牛眼小烧酒杯儿。(第七十回)

这可真是意想不到的买卖了!当然,也只有在海外贸易中,才会产生这种匪夷所思的奇迹。

其实林之洋所带的货物中,也有两样是奇奇怪怪的冷货,一是蚕茧,一是酒坛。理所当然地,林之洋也靠它们意外地赚得了大钱:

> 我母舅带那蚕茧,因素日常患目疾,迎风就要流泪,带些出去,既可熏洗目疾,又可碰巧发卖。他又最喜饮酒,酒量极大,每到海外,必带许多绍兴酒,即使数年不归,借此消遣,也就不觉寂寞。所有历年饮过空坛,随便撂在舱中,堆积无数。谁知财运亨通,飘到长人国,那酒坛竟大获其利;嗣后飘到小人国,蚕茧也大获其利……原来那些小人生性最拙,向来衣帽都制造不佳。他因蚕茧织得不薄不厚,甚是精致,所以都买了去,从中分为两段,或用绫罗镶边,或以针线锁口,都做为西瓜皮的小帽儿,因此才肯重价买去……原来那长人国都喜闻鼻烟,他把酒坛买去,略为装潢装潢,结个络儿,盛在里面,竟是绝好的鼻烟壶儿。并且久而久之,还充作老胚儿;若带些红色,就算窝瓜瓢儿了。(第七十回)

所以林之洋要感叹:"这两样都是并不值钱的,不想他们视如至宝,倒会获利。"(第二十回)对于商人们来说,再没有比出脱无用的冷货,换来大把的银子,更为令人高兴的事了。只有在海外贸易中,才可能出现这样的奇迹;也只有在海外贸易中,才可能产生这样的美梦。

从事海外贸易的商人们的第三种发财梦,是在海外意外地得到大宗宝藏。这一美梦承自过去的文言小说的传统,具有强烈的超自然的色彩,同时又带上了海外贸易的特征。比如,《聊斋志异·罗刹海市》里,写一个从事海外贸易的商人,在海外的龙宫里得到了巨宝。虽说其写法有模拟唐代文言小说《柳毅传》之处,不过其主人公却有商人与书生之别。而且在《柳毅传》里,柳毅是因为有恩于龙女,才得到了龙女的爱情,以及龙宫里的宝藏的;但是在《罗刹海市》里,商人却仅仅因为是在海外,便幸运地得到了以上这一切。这种对比令人感到意味深长。其中的龙女自是"实仙人也",财宝也是"数世吃着不尽"的。这实在可以算是从事海外贸易的商人们的一个超级发财梦了!所以,作者最后感叹道:"显荣富贵,当于蜃楼海市中求之耳!"其真正的意思,当理解为海外贸易产生发财梦耳。

不过,小说家也很清楚,自己所写的,大抵只是白日梦而已,所以他在故事的末尾指出:"运退黄金失色,时来顽铁生辉。莫与痴人说梦,思量海外寻龟。"(《转运汉遇巧洞庭红 波斯胡指破鼍龙壳》)尽管把一切推在"时运"上,但也说明"海外寻龟"乃是"说梦"而已,是完全当不得真的。

附章:伏尔泰"下海"经商
——读傅雷译莫罗阿作《服尔德传》有感

暑中酷热,读"闲书"消遣。偶然读到傅雷翻译的莫罗阿的《服尔德传》(载《傅雷译文集》第十二卷,安徽文艺出版社,1989年新一版;除特别注明者外,以下引文均出该书,引文后括号中为该书页码;"莫罗阿"今通译为"莫洛亚","服尔德"今通译为"伏尔泰"),对其中所述伏尔泰(Voltaire,1694—1778)受英国重商习俗影响的若干情节留下了较深印象,觉得它们不但表现了伏尔泰一个比较鲜为人知的侧面,也透露了欧洲近代史进程中的一些重要信息,对我们了解西方文化、反观自身历史恐怕也不无助益,故特摘录一些片断,以供有兴趣者参考。

在路易十五的专制时期,伏尔泰几次以文字贾祸,还曾被流放到了英国(1726—1729)。"在流亡英国期间,他接触到迄今为止的先进哲学思想,会见了文史哲和科学方面的名流,考察了英国的社会制度,向法国公众介绍了牛顿和贝克莱。"(李澍泖《〈路易十四时代〉中译本序言》)其实伏尔泰

的收获远不止这些。在英国他结识了不少商人朋友,了解了英国的商人社会及其声势,这使同样出身于中产阶级的伏尔泰深感震惊:

> 服尔德到伦敦时……这位诗人被一个姓法格奈(Falkener)的商人招待到离伦敦十里的梵兹华斯地方,他在那边住下……因法格奈的关系,他见到了商人的社会;他们的声势,在国会中的权力,教服尔德叹羡不置,这种情形很满足中产者的自尊心。(第416—417页)

17世纪英国革命以后,英国中产阶级势力大增,在政治上也有了权力,尤其是在英国下议院,商人也有了发言权(顺便说一句,后来19世纪中英鸦片战争的爆发,英国下议院中的商人势力也起了推波助澜的作用),这在当时的法国是难以想象的。伏尔泰在震惊之余,决意把这方面的情形告诉法国人,以促使法国人认识到自己的落后,向英国人学习,改变自己传统的轻商思想:

> 不久他在罗昂(Rouen)又秘密刊印论列英国人的《哲学书信》。这是一部奇特的书,风格虽很轻巧,影响却极重大。我们不能说它写得如何深刻,材料如何丰富。但作者确达到了预定的目的,即是教法国人知道一些素来隔膜的英国情形,让他们想一想自己的缺点与制度,改变一下宗教与政治思想。(第425页)

其中有两封信是关于英国议会与政府的,里面提到了英国商人所在的下议院的势力,以及贵族的若干特权的废止。伏尔泰满心喜悦地写道:

> 这些情形使一个英国商人敢于自傲,也敢与罗马公民相比。所以即是贵族的子弟也不看轻经商的……(第425页)

伏尔泰自己也说到做到,在1733年,他把自己的悲剧《查伊》(Zaïre,一译《札伊尔》,1732)题赠给了他的英国商人朋友法格奈,这在当时的法国还是破天荒第一遭,是一个非常大胆的举动。而伏尔泰的用意,便是要以此来告诉法国人,商人在英国是何等地受尊重。他的题辞写道:

> 献给英国商人法格奈先生——亲爱的朋友,你是英国人,我是法国人,但爱好艺术的人都是同胞……所以我把这部悲剧题赠给你,有如我题赠给同国的文人或知己的友人一样……同时我能够很高兴的告诉我的国人,你们用何种目光看待商人,在英国,对于光耀国家的职业,大家知道尊重。(第416页)

伏尔泰不仅敏于言,还勇于行,他开始用自己"下海"经商的实践,来挑战法国人一向抱有的轻视商人的观念。还在英国流亡的时候,他就开始运用商业手段,来出版和推销自己的一部史诗:

> 和他们(英国商人)作伴的结果使他对于商业大感兴趣,且也颇有成就。他第一次的经营是在英国发售《亨利亚特》四开精装本的预约。他写信给史维夫脱说:"我能不能请求你,运用你在爱尔兰的信誉替我介绍几个《亨利亚特》的预约者,它完成已久,只因乏人赞助而迄未出版。预约只须先付一奇奈。"这次的买卖大获成功,预约全数售完。(第417页)

这样的做法,今天中国的文人们也开始不再陌生;不过伏尔泰此举是在三百余年前,在当时的法国文人中,大概也属初吃螃蟹者。伏尔泰也尝到了甜头,就此一发而不可收,回到法国以后,就"下海"大干了起来:

> 服尔德自己呢,虽然还年轻,已经爱金钱了。他在英国时懂得财富可以保障个人的独立自由。他回到法国的辰光结识了两个大金融家,巴里斯(Paris)兄弟。他们劝他把书吏阿鲁哀的遗产作些投资事业。他便投资一部分于供应军队食粮的生意,据他的书记说他赚到六十余万;又投资另一部分于加第克斯的商业和对美通商的船只方面。他运气很好,那些船只居然从没被军舰查抄。他又中了奖券,不久他的财富竟增加到一个诗人从未有过的地步。"他的皮包中装满着合同、汇票、期票、国家的债券。要在一个文人的皮包中寻到这么多的这类文件当然是不

容易的。"(第421页)

从"他运气很好"云云来看,他所投资的"对美通商"方面的生意,恐怕不无可疑的走私性质。果不其然:

> 爱做买卖的服尔德,禁不住在普鲁士做非法的投机事业。他雇用一个叫做赫歇尔的犹太人为经理。(第449页)

他还擅长推销术,像推销自己的作品一样,推销自己工厂里的产品:

> 他开办织造丝袜的工厂,把第一双出品寄给旭阿索公爵夫人。"夫人,只请你试穿一次,穿了之后可以把你的腿给任何人看。"他开办花边工厂。他又招了许多出色的钟表工人,像治理一个帝国那样的拼命推销他的出品。他对他所有的巴黎朋友宣传法尔奈的钟表:"此地的货色远胜日内瓦的……在巴黎值四十路易的打簧表,我这里只要十八路易。如蒙赐顾,竭诚欢迎……你可有极好的表,附赠极坏的诗,要是你喜欢的话。"(第459页)

他竟用了自己的诗作诱饵,也可算是一种"有文化品位"的推销术了。

伏尔泰的中年岁月,多次被放逐,被囚禁,也多次出逃异乡,在政治上屡受打击;却因了流放英国的见闻,爱上了经商与金钱,在经济上收获颇丰。这或许也多少弥补了他心理上的缺憾,给他的不幸岁月带来了一点安慰。

伏尔泰大力介绍英国的重商习俗,自己也于经商身体力行,这给当时的法国人带来了怎样的触动,对此后法国的发展又发生了怎样的影响,这些都是我们局外人所难明究竟的;不过过了一个世纪,巴尔扎克小说里所写的法国社会,与伏尔泰的时代已然隔世异境,也许其中已经透露出了意味深长的信息。

英国的"重商",以及继承之而来的美国的"重商",以及扩而大之西方的"重商",给世界的近现代史,尤其是给我们东方的近现代史,带来了何等巨大的冲击,这已经是众所周知的了;时至今日,这种"重商",也正在逐渐成为东方的普遍价值观之一,这也是有目共睹的了。追本溯源,伏尔泰于二百余年前的所见所闻、所作所为,当仍可给我们以许多有益的启示。

在二百余年前伏尔泰那时候的中国,商业不可谓不发达,商人不可谓不富有,但是商人却没有任何政治地位和发言权,社会上也形不成"重商"的风气(顶多只是"羡商"),也无伏尔泰这样的人来传递异国的"火种",透露和传播"重商"的消息;而中国所受的地理条件的限制,也使国人中纵有伏尔泰之辈,也难实地一睹英国商人社会的风采。中国在近代因闭关自守而落后挨打,在今天因融入全球经贸主潮而繁荣昌盛,这期间的变化可谓天翻地覆。重温伏尔泰的经历,不免令人感慨系之矣。

而能注意到为别人所忽略的方面,我们也要感谢莫洛亚独到的传记意识和眼光。

2000 年 9 月 27 日

重 版 后 记

本书初版名"传统中国商人的文学呈现",收入顾晓鸣教授主编的"中国传统商人"丛书,于1993年由海天出版社出版。当时,我正师从章培恒先生在职攻读博士学位,学位论文做"中国文学中的商人形象研究",本书的写作等于是学位论文的"热身"。学位论文于1994年完成并通过答辩,此后又经过十余年的增补修订,于2005年由复旦大学出版社出版,定名为"中国文学中的商人世界";而本书自初版以来,虽然已经过去了十七个年头,且早已脱销、绝版,却始终未获机会修订重版。这次借助复旦大学出版资助基金的支持,本书能够得到修订重版的机会,真是让我喜出望外的事情。

趁这次修订重版,我又核对了一遍引文,改正了若干错处,润色了一遍文字。由于本书初版出版于专著(学位论文)之前,因此在专著出版后回头再来修订本书,便理应根据专著来补充本书之不足。这样,由于经过了文字修订工作,也由于从专著中汲取了不少内容,本书较之初版应有较大的改观,也可以视为一种新版或定本。为显示与初版的区别,易从今名。另外,拙文《伏尔泰"下海"经商——读傅雷译莫罗阿作〈服尔德传〉有感》(原载《书城》2008年3月号),内容与本书有关,故收为附章,以供读者参考。

当然,就中国文学中商人形象的研究而言,本书仅能起到一个引导和入门的作用,更深入细致的研究和思考,还是应该参看《中国文学中的商人世界》的。

近年来,我在复旦大学中文系开设了一门名为"商人与文学"的专业选修课,主要是想把自己这方面的研究方法和心得传授给同学,也借此引导同学把研究扩展到我所未曾涉及的领域,本书及《中国文学中的商人世界》被用为与该课程配套的教学参考书。当然,本书主要还是一本面向一般读者的通俗读物。

本书修订重版的出版,端赖各方面的支持:杨明教授、陈尚君教授、傅杰教授、陈引驰教授等先后美言推荐本书;复旦大学出版资助基金管委会各委员鼎助本书出版;上海古籍出版社赵昌平总编、吴旭民编审接纳本书,责任编辑孙晖先生精心编辑……对于他们,我都要表示深深的感谢!

邵毅平

2010年5月22日识于日本京都寄寓

三 版 后 记

本书初版于 1993 年,其时我正旅居韩国蔚山;修订重版于 2010 年,偏巧又客席于日本京都;此次有机会修订三版,却难得地安居上海家中。在四分之一个世纪里,一本小书的出版史,既见证了中国经济的迅猛崛起,东亚三国的历史激荡,也留下了个人生活的雪泥鸿迹,学术生涯的心路历程,静言思之,不免感慨系之矣!

此次修订三版,除版式调整外,内容一仍其旧,没做什么改动。书名仅取正题,去掉了副题(其实是初版的正题)。

本书第五章"商人、女人和士人"另有韩译文,原载高丽大学校民族文化研究院《民族文化研究》第 68 号,2015 年 8 月,后收入朴京男编《东亚文学中的商人形象》,韩国首尔,소명出版,2017 年 5 月。

感谢宋文涛先生的精心编辑,让本书得以新的面貌问世,继续取悦于此有兴趣的读者。

邵毅平
2019 年 5 月 22 日识于沪上圆方阁

附录:邵毅平著译目录

一、著 书

《中国诗歌:智慧的水珠》 杭州,浙江人民出版社,1991年初版;台北,国际村文库书店,1993年初版;上海,复旦大学出版社,2008年修订版(易名为《诗歌:智慧的水珠》)。

《洞达人性的智慧》 杭州,浙江人民出版社,1992年初版;台北,国际村文库书店,1993年初版;上海,复旦大学出版社,2008年修订版(易名为《小说:洞达人性的智慧》)。

《传统中国商人的文学呈现》 深圳,海天出版社,1993年初版;上海,上海古籍出版社,2010年修订版(易名为《文学与商人:传统中国商人的文学呈现》);上海,复旦大学出版社,2019年重修版(去除副标题)。

《论衡研究》 韩国蔚山,蔚山大学校出版部,1995年初版;上海,复旦大学出版社,2009年初版,2018年第二版。

《中国文学史》(合著) 上海,复旦大学出版社,1996年初版。

《中国古典文学论集》 初集,韩国蔚山,蔚山大学校出版部,1996年初版;初集、二集合集版,上海,上海古籍出版社,2013年初版,2019年第二版。

《中日文学关系论集》 韩国河阳,大邱晓星CATHOLIC大学校出版部,1998年初版;上海,上海古籍出版社,2011年修订版;上海,中西书局,2018年重修版。

《韩国的智慧:地缘文化的命运与挑战》 台北,国际村文库书店,1996年初版;上海,上海古籍出版社,2005年修订版(易名为《朝鲜半岛:地缘环境的挑战与应战》);上海,中西书局,2017年重修版(易名为《半岛智慧:地缘环境的挑战与应战》)。

《无穷花盛开的江山:韩国纪游》 上海,复旦大学出版社,2001年初版;上海,中西书局,2017年修订版(易名为《韩国纪行:无穷花盛开的锦绣江山》)。

《黄海余晖:中华文化在朝鲜半岛及韩国》 昆明,云南人民出版社,2003年初版;上海,中西书局,2017年修订版(易名为《青丘汉潮:中华文化的遗存与影响》)。

《中国文学中的商人世界》 上海,复旦大学出版社,2005年初版,2007年第二版,2016年第三版;韩文版:朴京男等译,韩国首尔,仝명出版,2017年初版。

《胡言词典》(笔名"胡言") 初集,上海,上海文化出版社,2006年初版;初集、续集合集版,上海,复旦大学出版社,2013年初版;上海,中西书局,2019年增订本。

《诗骚一百句》 上海,复旦大学出版社,2007年初版;南京,译林出版社,2018年修订版(易名为《诗骚百句》)。

《东洋的幻象:中日法文学中的中国与日本》 上海,上海锦绣文章出版社,2010年初版;北京,商务印书馆,2018年修订版(去除副标题)。

《马赛鱼汤》 上海,复旦大学出版社,2015年初版。

《东亚汉诗文交流唱酬研究》(编) 上海,中西书局,2015年初版。

《今月集:国学与杂学随笔》 上海,上海文化出版社,2018年初版。

二、译　　书

吉川幸次郎《中国诗史》(合译) 合肥,安徽文艺出版社,1986年初版;上海,复旦大学出版社,2001年初版,2012年第二版。

吉川幸次郎《宋元明诗概说》(合译) 郑州,中州古籍出版社,1987年初版,1999年初印;上海,复旦大学出版社,2012年初版。

小尾郊一《中国文学中所表现的自然与自然观》　上

海,上海古籍出版社,1989年初版,2014年第二版。

王水照等编选《日本学者中国词学论文集》(合译) 上海,上海古籍出版社,1991年初版。

小野四平《中国近代白话短篇小说研究》(合译) 上海,上海古籍出版社,1997年初版。

村上哲见《宋词研究(南宋篇)》(合译) 上海,上海古籍出版社,2012年初版。

图书在版编目(CIP)数据

文学与商人/邵毅平著. —上海:复旦大学出版社,2019.11
(复旦小文库)
ISBN 978-7-309-14576-2

Ⅰ.①文… Ⅱ.①邵… Ⅲ.①中国文学-商人-人物形象-文学研究 Ⅳ.①I206.2

中国版本图书馆 CIP 数据核字(2019)第 179973 号

文学与商人
邵毅平　著
责任编辑/宋文涛

复旦大学出版社有限公司出版发行
上海市国权路 579 号　邮编:200433
网址:fupnet@fudanpress.com　http://www.fudanpress.com
门市零售:86-21-65642857　团体订购:86-21-65118853
外埠邮购:86-21-65109143
浙江新华数码印务有限公司

开本 787×1092　1/32　印张 9.875　字数 173 千
2019 年 11 月第 1 版第 1 次印刷

ISBN 978-7-309-14576-2/I·1185
定价:45.00 元

如有印装质量问题,请向复旦大学出版社有限公司发行部调换。
版权所有　　侵权必究